Gerd Gerber

DARDANUS

Ein Kampf um Byzanz

KDP

Das Hippodrom

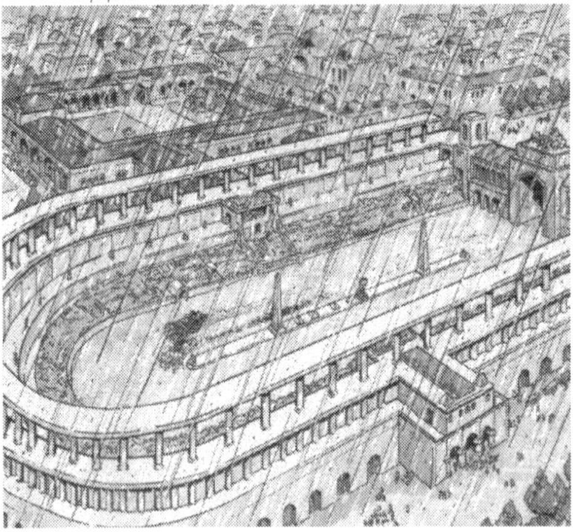

Impressum

DARDANUS

Ein Kampf um Byzanz

1. Auflage

Covergestaltung: Gerd und Petra Gerber

Email : gerber.g@t-online.de

Home : gerdgerber.de

DARDANUS

Ein Kampf um Byzanz

Prolog

Dardanus blieb stehen und schaute ehrfurchtsvoll zu dem prunkvollen Gebäude vor ihm hoch. Die mächtigen Säulen an beiden Seiten des Eingangsportals flößten ihm großen Respekt ein. Bisher hatte er sie nur aus der Ferne gesehen, denn das Gym mit den Thermen lag im Abgesperrten und für den Normalsterblichen nicht zugänglichen Bereich des Kaiserpalastes in Byzanz. Lange Zeit zum Staunen hatte er aber nicht, denn sein Begleiter gab ihm einen Stoß in den Rücken.
„An diesen Anblick wirst du dich gewöhnen müssen, mein Junge! Wir müssen weiter, denn der Präfekt wartet nicht. Weißt du eigentlich, wie viel junge Männer sich um diesen Posten reißen würden? Meine große Hoffnung besteht darauf, dass du für diese Arbeit alle Voraussetzungen mitbringst. Na ja, meine Fürsprache trägt auch nicht unwesentlich dazu bei!“
Dardanus schaute seinen Begleiter fragend an.
„Warum tust du das für mich, Thadäus? Ich kann mein Glück noch gar nicht fassen.“
Thadäus fuhr sich verlegen durch seine langen, grauen Haare.

„Nun ja, ich habe es deinem Vater versprochen! Mit seinen letzten Worten bat er mich, dass ich mich um dich kümmern soll. Dein Vater war ein großer Kämpfer und hat mir oft genug das Leben gerettet. Dann erwischte ihn ein Pfeil der Perser. Er hatte nur noch die Zeit, mir von dir zu erzählen. Dabei nahm er mir das Versprechen ab, dass ich dich auf keinen Fall zu den Legionären bringen soll. Doch nun genug davon! Wir müssen weiter!“
Man merkte ihm an, dass ihm das Gespräch unangenehm war.
Er wollte Dardanus mit sich ziehen, doch der blieb beharrlich stehen.
„Wie hast du mich überhaupt gefunden? Meine Mutter war eine Gemeine aus dem Volk und Schauspielerin bei den Blauen. Woher wusste mein Vater von mir? Meine Mutter hatte es ihm nie gesagt!“
„Ach Junge, das ist eine lange Geschichte! Dazu haben wir jetzt keine Zeit! Wir müssen gehen!“
Nur widerwillig gab sich Dardanus damit zufrieden und folgte jetzt dem alten Mann durch das Eingangsportal des Gymnasiums. Sie durchquerten die große Eingangshalle und blieben schließlich vor einer schweren und mit reichlich Ornamenten verzierten Flügeltür stehen.
„Warte hier! Ich werde mit dem Präfekten erst einmal alleine sprechen!“
Er öffnete mit einem Ruck einen Flügel der Tür und trat ein. Präfekt Theudis schaute hinter seinem Schreibtisch erstaunt auf. Als er Thadäus erkannte, huschte ein breites Grinsen über sein faltiges Gesicht. So alt konnte er noch nicht sein, denn sein Haar zeigte noch keine grauen Strähnen. Die Falten in seinem Gesicht hatten ihm wohl sein bewegtes Leben ins Gesicht gegraben.
„Ich habe schon auf dich gewartet, alter Freund. Hast du deinen Schützling nicht mitgebracht? Ich bin schon neugierig auf diesen Wunderknaben!“

„Er wartet draußen vor der Tür! Ich wollte zunächst einmal ein paar Worte mit dir alleine reden! Wir haben uns lange nicht gesehen und du bist kein bisschen älter geworden!"
Theudis lachte spöttisch auf.
„Du brauchst mir nicht zu schmeicheln! Wenn sich dein Schützling nicht für die Arbeit eignet, so werde ich ihn trotz unserer Freundschaft nicht nehmen!"
Thadäus nickte verstehend.
„Darum wollte ich vorher mit dir sprechen! Unsere Wege haben sich nach unserem großen Sieg über die Perser getrennt. Du hast hier am Hofe eine wichtige und bedeutsame Laufbahn eingeschlagen, während ich nach dem Ausscheiden aus dem Legionsdienst mit der Zahlung für die gedienten Jahre ein bescheidenes Leben führe. Ich will nicht klagen, aber wir haben Seite an Seite gekämpft und der Vater dieses Jungen hat dabei sogar sein Leben verloren. Meinst du nicht, Präfekt, du wärst nicht auch diesem Jungen etwas schuldig?"
Theudis räusperte sich verlegen.
„Nun ja, ich werde ihn wohlwollend betrachten. Du musst aber verstehen, ich trage hier große Verantwortung. Warum versuchst du nicht, ihn bei der Legion unterzubringen?"
Thadäus schüttelte den Kopf.
„Ich musste seinem Vater versprechen, dies nicht zu tun! Doch jetzt genug geredet! Sieh ihn dir erst einmal an, dann sehen wir weiter!"
Er ging zur Tür und öffnete sie.
„Komm, der Präfekt will dich sehen!"
Dardanus trat zögernd ein und blieb ein paar Schritte vor dem Schreibtisch des Präfekten stehen. Theudis erhob sich und fixierte ihn mit bohrenden Blicken von oben bis unten. Nur kurz hielten sich seine Augen an der schäbigen Tunika auf, die zwar sauber, aber sehr verschlissen wirkte. Ein breiter, verzierter Ledergurt betonte die schmale Hüfte und lenkte von der einfachen Kleidung etwas ab. Trotzdem gefiel ihm, was er da sah. Dieser junge Mann strahlte etwas

aus, dem man sich nicht entziehen konnte. Das dichte, leicht krause Haar versuchte er mit einem schmalen Leinenband um die Stirn zu zähmen. Trotzdem stand es widerspenstig an den Seiten und über den Ohren ab. Theudis gab zu, dass der junge Mann sich nicht für die Legion eignen würde. Dazu waren seine Schultern zu schmal. Selbst mit einiger Fantasie konnte er sich nicht vorstellen, dass dieser Jüngling die Last eines Kettenhemdes, oder gar noch dazu einen schweren Schild tragen könnte. Sein Gesicht zeigte nur die Ansätze eines Bartes und doch wirkte es offen und männlich. Besonders die blauen Augen beherrschten das Gesicht und konnten jeden für sich einnehmen. Theudis brach nun das für Dardanus quälende Schweigen.
„Du gefällst mir, mein Junge! Wie viel Lebensjahre zählst du? Du scheinst noch sehr jung zu sein! Vielleicht zu jung für diese Aufgabe?"
„Herr, ich zähle 20 Jahre und habe erlebt, was manche nicht mit viel mehr Lebensjahren erfahren haben. Lasst Euch von meinem Aussehen nicht täuschen!"
„Du scheinst also im richtigen Alter zu sein! Doch bevor ich dich nehme, werde ich dir deine künftigen Aufgaben erklären. Wenn du dann noch immer bereit bist, in meine Dienste zu treten, so sei es denn! Also du wirst dafür sorgen, dass die Sklaven in den Thermen ihre Arbeit richtig versehen. Auf Wunsch musst du auch einmal selbst handanlegen! Im Gym stehst du den Faustkämpfern und den Leibgardisten zur Verfügung. Du organisierst Übungskämpfe und sorgst für Geräte und Hilfsmittel. Die Faustkämpfer werden nicht allzu zimperlich mit dir umgehen. Da wirst du einiges einstecken müssen, aber, wenn du geschickt bist, werden sie dich akzeptieren. Also, der Dienst ist kein Honigschlecken! In der Therme halten sich nur hochgestellte Personen auf und wenn die Sklaven etwas falsch machen, werden diese Personen deinen Kopf fordern. Willst du immer noch in meine Dienste treten?"

Dardanus trat einen Schritt näher an den Schreibtisch des Präfekten heran und antwortete:
„Herr, ich habe bisher meinen Lebensunterhalt mit weit unangenehmeren Tätigkeiten verdingen müssen. Ich brauche nur etwas Zeit zum Eingewöhnen, dann werde ich alles zu Eurer Zufriedenheit erledigen. Darum wäre es das größte Glück für mich, in Eure Dienste treten zu können!"
Der alte Thadäus warf einen gespannten Blick auf den Präfekten. Der ließ sich langsam auf seinen Sessel zurücksinken und sprach:
„Nun gut! So soll es denn sein! Du kannst deinen Dienst sofort beginnen! Doch zuvor brauchst du neue Kleidung und ein reinigendes Bad solltest du auch nehmen."
Er klatschte in die Hände, woraufhin sich eine Seitentür öffnete und eine Dienerin hereinstürmte.
„Sorge für diesen Mann! Er ist der neue Herr über Diener und Sklaven!", befahl Theudis kurz. Die Dienerin streifte Dardanus nur mit einem kurzen Seitenblick. Dann verneigte sie sich ein wenig und flüsterte:
„Folgt mir Herr!"
Dardanus wandte sich noch einmal an den Präfekten.
„Ich danke Euch, Herr! Ihr werdet das nicht bereuen! Ich werde immer in Eurer Schuld stehen!"
Danach ging er auf den alten Thadäus zu und umarmte ihn.
„Mein Vater wird nun seinen Frieden finden! Ich danke auch dir für deine Fürsprache. Das werde ich dir niemals vergessen!"
Nach diesen Worten folgte er der Dienerin, ohne noch einmal zurückzuschauen.

Zwei Jahre später

„Hey Dardanus! Wo bleibt der Winker?"
Damit meinte der Rufer ein drehbares Gestell, mit in Kopfhöhe weitausladenden Armen. Die Enden dieser Arme waren mit dicken Stoffballen umwickelt und glichen großen Händen. Dieses Übungsgerät für die Faustkämpfer hatte Dardanus erfunden, als er feststellte, dass viele der Kämpfer zwar gewaltig zuschlagen konnten, aber oft kaum in der Lage waren, Schlägen auszuweichen. Das sollte mit diesem Winker verbessert werden.
Dardanus schaute den Faustkämpfer Rufusius spöttisch an.
„Du wolltest doch das Teil nicht mehr sehen, weil du zu viel Schläge von ihm abbekommen hast!"
In der Tat hatte es Rufusius bisher nicht verstanden, den kreisenden Armen auszuweichen. Nach jedem Schlag gegen den linken Arm fuhr ihm das rechte Ende des Winkers in den Nacken. Nun wollte er es aber doch wohl noch einmal versuchen. Dardanus schob den Winker in die Mitte des Raumes.
„Hier bitte sehr! Lass dich von ihm verhauen!", grinste er dabei. Knurrend machte Rufusius sich daran, einen seiner gefürchteten Schläge gegen den linken Arm des Winkers zu schwingen. Das Klatschen in seinem Nacken ließ ihn wütend aufschreien. Ärgerlich wandte er sich an Dardanus.
„Was soll der Blödsinn hier? Wozu brauche ich solch ein Gerät? Wenn ich zuschlage, hat der Gegner keine Gelegenheit mehr, zurückzuschlagen!"
Dardanus hütete sich jetzt, zu spotten, denn er kannte Rufusius nur zu gut. Zwar hatte sich in den letzten zwei Jahren, in denen er hier nun schon für die Kampffähigkeit der Faustkämpfer sorgte, so etwas wie Freundschaft

entwickelt, doch trotzdem war Rufusius immer mit Vorsicht zu genießen. Darum antwortete Dardanus nun ernsthaft:
„Du bist ein großer Kämpfer, Rufusius! Wenn du triffst, brauchst du dich nicht mehr zu sorgen. Aber was ist, wenn mal dein Schlag ins Leere geht? Dann wird dein Gegner zuschlagen und dies vielleicht genauso hart wie du!"
„Das wird nie geschehen!", unterbrach ihn Rufusius schroff. „Ich bin bisher ungeschlagen! Alle meine Gegner haben meine Faust zu spüren bekommen. Wieso soll ich denn etwas an meinem Kampf ändern?"
„Dann will ich dir mal etwas zeigen! Würdest du zum Kampf gegen mich antreten? Natürlich mit den Schutzhandschuhen!"
Rufusius starrte ihn ungläubig an.
„Ich habe wohl nicht richtig gehört! Du halbe Portion willst gegen mich antreten? Du wirst trotz der Schutzhandschuhe nicht einmal einen Wimpernschlag lang auf den Füßen stehen. Auch werden dich die Handschuhe nicht vor schweren Schäden bewahren! Ich mag dich und darum möchte ich dir nicht schaden!"
Dardanus lachte spöttisch auf.
„In der ersten Zeit habt ihr mir hier das Leben verdammt schwer gemacht. Ich habe daraus gelernt und mir ein dickes Fell angeschafft. Vor allen Dingen habe ich gelernt, dass man seine Stärken ausspielen muss, wenn man überleben will. Darum habe ich in der ganzen Zeit wie ein Besessener mit den Ringern und auch allen anderen Faustkämpfern geübt. Was ich dabei gelernt habe, möchte ich dir heute zeigen. Daher verschone mich nicht!"
Rufusius schüttelte wieder verständnislos den Kopf.
„Ich verstehe dich nicht! Es ist schade um dein hübsches Gesicht. Die Damen in den Thermen werden sich von dir abwenden und nicht mehr nach dir rufen, wenn ich mit dir fertig bin!"
Dardanus lachte, während er sich die Handschuhe überzog.

„Höre ich da ein wenig Neid von dir? Mach dir keine Sorgen, denn mein Gesicht wird sich nicht verändern!“
Sie nahmen nun in der Mitte des Raumes gegenüber Aufstellung. Es war wirklich ein ungleiches Duell. Auf der einen Seite der, in unzähligen Kämpfen, erprobte Rufusius, neben dessen riesiger Gestalt, die Figur des Dardanus eher zerbrechlich wirkte. Obwohl dieser in den vergangenen Jahren jede Gelegenheit wahrgenommen hatte, seine Muskeln zu stärken.
Unschlüssig hob Rufusius nun seine Fäuste. Noch immer konnte er nicht glauben, dass dieser Zwerg ihn zum Kampf aufgefordert hatte. Erst als Dardanus ihm einen schmerzhaften Tritt gegen das Schienbein versetzte, löste sich seine Verkrampfung.
Sein wuchtiger gerader Hieb mit der rechten Faust zischte nur knapp am Gesicht von Dardanus vorbei, weil der fast unmerklich seinen Oberkörper zurückgebogen hatte. Wütend über seinen Misserfolg versuchte es Rufusius nun mit einem Schwinger, hinter dem er sein ganzes Körpergewicht legte. Er war sich sicher, dass man solch einen Schlag nicht auspendeln konnte. Dardanus rührte sich immer noch nicht von der Stelle, sondern duckte sich nur nach unten weg. Der Schwinger fuhr pfeifend über ihn hinweg. Dadurch wurde Rufusius von seiner Wucht nach vorne gerissen. Dabei lief er in eine Schlagserie von Dardanus, die seinen Magen traf und ihm für einen Moment die Luft nahm. Unwillkürlich nahm er zum Schutz seine Fäuste herunter, da trafen ihn die Schläge am Kopf. Rufusius brüllte ärgerlich auf und schlug nun blindlings nach Dardanus, doch diese Schläge gingen ins Leere, weil der sich schon längst wieder gelöst hatte und außerhalb seiner Reichweite war. Nun griff Rufusius wütend an. Seine Schläge kamen nun wie Dreschflegel, doch sie trafen ihr Ziel nicht, weil Dardanus sie alle auspendelte. Dabei schlug er immer wieder selbst zu. Es waren keine Schläge, die Rufusius erschütterten. Sie waren aber schmerzhaft genug, um zu erkennen, dass ein Gegner mit größerer

Schlagkraft ihn wohl in Schwierigkeiten gebracht hätte. Schnaufend hielt er inne und breitete seine Arme aus.
„Genug! Ich habe begriffen! Wie hast du so kämpfen gelernt?"
„Das versuche ich dir die ganze Zeit zu zeigen! Schau her!" Dardanus trat nun wieder vor den Winker.
„Wenn du mir dies nachmachen kannst, wirst du der beste Kämpfer, den das Hippodrom je gesehen hat."
Er begann mit der rechten Hand und schlug wuchtig gegen den rechten Arm des Winkers. Durch die erzeugte schnelle Drehung schoss der linke Arm auf seinen Kopf zu. Nun wurde Rufusius Zeuge eines für ihn unfassbaren Ablaufs. Dardanus duckte sich und änderte mit seinem nächsten Schlag gegen einen der Arme die Drehrichtung des Winkers. Dies wiederholte er in rasender Geschwindigkeit immer wieder. Wegducken, Auspendeln und Schlagen und Richtungsänderung wechselten sich in atemberaubender Geschwindigkeit ab, sodass Rufusius selbst beim Zuschauen die Übersicht verlor. Als Dardanus die Demonstration mit einem Stepp aus der Gefahrenzone des Winkers beendete, stieß Rufusius hörbar den Atem aus.
„Das war unglaublich!", stöhnte er. „Das werde ich nie hinbekommen!"
„Das brauchst du auch nicht! Du musst es nur zweimal schaffen. Dann wirst du unschlagbar sein! Ich lasse dich jetzt mit dem Winker allein, denn ich muss zur Therme. Es haben sich hohe Herrschaften angekündigt. Glaube nur nicht, dass dies ein reines Vergnügen ist. Wenn nur die Temperatur der Bäder nicht so ist, wie sie sein soll, landet man im Kerker. Außerdem haben die Damen manchmal recht eigenwillige Wünsche! Also beneide mich nicht!"
Mit den Worten zog er wieder seine Tunika an und verließ den Übungsraum. Er trat hinaus in die Palästra, dem großen Innenhof, der die Thermengäste dazu einlud, unter freiem Himmel ihre Lockerungsübungen zu machen. Von hier aus gingen mehrere Gänge hinaus. Der erste diente als Ein - und Ausgang und führte hinaus in den großen

Park des Kaiserpalastes, der bis hinunter zum Meer reichte. Bei dem nächsten, gegenüberliegenden Tor konnte man sofort erkennen, dass es etwas Besonderes war. Die riesigen, reichlich verzierten Flügel des Portals waren fest verschlossen. Außerdem standen zwei Legionäre der Palastwache davor, die dafür Sorge zu tragen hatten, dass niemand Unbefugtes hineingelangen konnte. Es war der Zugang zur Therme für Kaiser Justinian, seiner Frau Theodora und gelegentlich auch für besondere Gäste und engvertraute Senatoren. Dardanus hatte den Kaiser in all der Zeit, in der er hier seinen Dienst tat, noch nie gesehen. Er musste wohl immer in den Abendstunden hier herkommen. Von den Sklaven wusste er, dass dann eine Kohorte Palastwachen alle anwesenden Gäste hinauswarfen und die Therme abriegelten.
Es gab aber noch einen Gang. Der befand sich an der Nordseite und führte durch einen langen, überdachten Säulenweg direkt ins Hippodrom, der riesigen Arena, in der die großen Wagenrennen stattfanden. Dort endete er in der Tribüne der Senatoren und Hofbeamten.
Seitdem damals Kaiser Konstantin die Kämpfe auf Leben und Tod verboten hatte, gab es im Hippodrom nur noch Faustkämpfe, Schaukämpfe mit Holzschwertern und eben diese Wagenrennen. Dabei teilten sich die Zuschauer in zwei Parteien, den Blauen und den Grünen. So starteten denn auch die Wettkämpfer für ihre jeweilige Partei. Zwischen diesen Parteien herrschte nicht nur Rivalität, sondern bittere Feindschaft. Dardanus wusste, dass der Kaiser mit den Blauen sympathisierte und sie auch mit beträchtlichen Zuwendungen unterstützte. Ein Sieg der blauen Partei war also von höchster Wichtigkeit. Darum wurden die Wagenrennen und Faustkämpfe auch mit der aller größten Härte geführt.
Ein Blick auf die Sonnenuhr in der Mitte der Palästra zeigte Dardanus, dass es an der Zeit war, die Bäder zu kontrollieren, denn gleich würden die ersten Gäste

erwartet. Dieser Gang gehörte zu seinen täglichen Pflichten. Damit stellte er sicher, dass er sich keinen Ärger einhandelte. Heute war es besonders wichtig, dass alle Bäder sauber waren und die richtige Temperatur besaßen, denn es hatte sich die Frau des Belisar mit ihrem Gefolge angekündigt. Das bedeutete, mehrere Hofdamen, Sklaven und Dienerinnen nahmen die Bäder in Beschlag.
Sein Kontrollgang dauerte nicht lange. Er fand alle Sklaven an ihrem Platz. In den unteren Räumen brannten die Öfen und zischte der Wasserdampf, der fauchend durch die Rohre in die Bodenheizung fuhr. Er wechselte mit den Heizern ein paar Worte und schärfte ihnen nochmals ein, sich genau an die Regeln zu halten. Dann erreichte er den Thermen Bereich. Hier herrschte bereits reger Betrieb. Zufrieden wollte er sich abwenden, als er aus dem Caldarium das ärgerliche Schimpfen einer weiblichen Person hörte. Mit schnellen Schritten eilte er an den Heißwasserbecken vorbei in den Raum, aus dem das Geschrei kam. Als er diesen Raum betrat, bot sich ihm ein groteskes Bild. Auf einer der Massagebänke saß eine völlig unbekleidete junge Frau, die wütend auf einen großen dunkelhäutigen Sklaven einschlug. Dabei beschimpfte sie ihn so, dass selbst ein Plebs aus den Vororten von Byzanz rot geworden wäre. Der Sklave schützte zwar sein Gesicht, wagte aber nicht, sich aus der Reichweite der Frau zu begeben. Ihre Begleiterinnen hielten respektvoll Abstand und griffen auch nicht ein. Dardanus versuchte, seine Blicke von den wippenden Brüsten abzuwenden, doch so ganz gelang ihm dies nicht. Er hatte schon viele nackte Frauen gesehen, doch diese übertraf an Schönheit alles. Selbst die Attacken gegen den Sklaven konnten ihrer Anmut nichts anhaben. Erst der flehende Blick von Saul, dem Sklaven, brachte ihn wieder aus seiner bewundernden Starre. Er wusste, dass er die Situation nur auf eine Art lösen konnte.
Er trat hinzu und zog Saul von der Massage Bank fort.

„Raus!“, befahl er laut und schneidend. Dankbar flüchtete Saul aus dem Schlaghagel dieser wütenden Frau und verließ schnell den Raum. Da nun Dardanus vor der Massage Bank stand, bekam er auch die letzten Schläge von ihr ab. Lachend hielt er nun ihre Hände fest.
„Würdet Ihr euch bitte beruhigen? Was hat dieser Unglücksrabe Euch denn angetan, dass Ihr so aufgebracht seid?“
Immer noch wütend versuchte sie, ihre Hände freizubekommen, doch Dardanus hielt sie eisern fest.
„Lass mich los, oder du wirst es bereuen. Wer bist du, dass du es wagst, die Frau des Belisar ungefragt zu berühren. Ich kann dafür sorgen, dass du im Kerker nie wieder das Sonnenlicht siehst!“
Dardanus ließ ihre Hände frei, trat einen Schritt zurück und betrachtete nun ihr Gesicht.
„Verdammt!“, dachte er. „Das ist wirklich Antonia, die Gattin des Belisar!“
Ihr eilte ein zweifelhafter Ruf voraus, der besagte, dass sie unberechenbar war. Außerdem verband sie eine enge Freundschaft mit der Kaiserin Theodora. Mit dieser Frau war also nicht zu spaßen.
„Es tut mir leid, wenn ich Euch zu nahegetreten bin. Mein Name ist Dardanus!“
Erst jetzt, nachdem sie Dardanus genauer angesehen hatte, beruhigte sich Antonia wieder ein wenig.
„Dardanus, der verlängerte Arm vom Präfekten Theudis? Einige meiner Hofdamen sind ganz vernarrt in dich! Lass mich dich betrachten. Du bist in der Tat eine Wohltat für meine Augen!“
Diese Worte erzeugten leises Gekicher bei ihren Begleiterinnen. Dabei warfen sie verschämte Blicke auf ihn.
„Was hat Euch so erzürnt, Herrin? Der Sklave Saul ist doch einer unserer besten Männer!“
„Er ist ein gefühlloser Knochenbrecher! Ich bin hierhergekommen, um meine Rückenschmerzen

loszuwerden. Anstatt dessen hat mir dieser Grobian Weitere hinzugefügt. Ich werde dafür sorgen, dass man ihm die Hände abgehackt!"
Dardanus sah an ihren dunklen, zornigen Augen, dass sie dies auch genauso meinte.
Beschwichtigend hob er die Arme.
„Würdet Ihr davon ablassen, wenn ich Euch von Euren Schmerzen befreie?"
Verärgert schaute sie ihn nun an.
„Jetzt höre mir gut zu! Niemand kann mich von meinen Schmerzen im Rücken befreien! Sie begleiten mich seit der Geburt meines Sohnes Photios und das ist jetzt schon einige Jahre her. Unzählige Heilkundige sind daran gescheitert. Also sieh dich vor und überlege gut, was du versprichst!"
„Ich will Euch auch nichts versprechen, denn ich kann es auch nur versuchen!"
Mit einem Ruck schwang sie ihre Beine wieder auf die Massage Bank und drehte sich dabei auf den Bauch.
„Dann versuche dein Glück! Aber ich warne dich! Deine Hände sind auch in Gefahr!"
Dardanus sagte nichts darauf, sondern winkte einer Dienerin zu.
„Ich brauche heiße Tücher!", rief er ihr zu. Bald darauf hielt er mehrere Heiße, feuchte.
Leinentücher in seinen Händen. Die legte er abwechselnd auf Antonias Rücken. Sobald sie sich etwas abgekühlt hatten, wechselte er sie gegen neue Tücher aus. Dies wiederholte er so lange, bis sich der Rücken von ihr rot färbte. Dann griff er zu dem Olivenöl, welches so erhitzt war, dass man es gerade noch ertragen konnte. Er ließ es aus einiger Höhe auf ihren Rücken tropfen. Sie quittierte dies mit wohligem Stöhnen. Erst als das Öl hinunter bis zu ihrem Gesäß Ansatz geflossen war, fing er es mit seinen Händen auf und verstrich es über ihren ganzen Rücken. Seine warmen Hände streichelten nun ihre Wirbelsäule hinauf und wieder hinunter. Dabei tastete er vorsichtig

jeden ihrer Wirbel ab. Dicht über dem Gesäß hielt er inne und drückte ein wenig fester. Ihr Schmerzschrei bestätigte ihm das, was er dort ertastet hatte. Ein Wirbel schien nicht mehr dort zu sein, wo er hingehörte.

„Ich denke, ich weiß nun, was Euch plagt, Herrin! Wenn ich den Schaden aber beheben soll, dann kann es sein, dass es für einen Moment sehr schmerzhaft werden kann. Danach solltet Ihr aber langfristig keine Schmerzen mehr haben!"

Antonia wandte ihren Kopf zur Seite, sodass sie Dardanus in ihrer Bauchlage sehen konnte.

„Nun mach schon! Ich hoffe, du weißt, was du tust!"

Dardanus machte nun für alle Anwesenden etwas Überraschendes. Er zog seine Tunika aus und legte sie zur Seite. Nun stand er da, nur mit einem Lendentuch bekleidet, das nur notdürftig sein Geschlecht verdeckte. Durch die anwesenden Begleiterinnen ging ein Raunen, als sie seinen durchtrainierten Körper sahen. Dardanus achtete nicht darauf, sondern tippte Antonia auf die Schultern.

„Richtet Euch auf und setzt Euch neben mich, Herrin!"

Mit einiger Mühe kam sie stöhnend seiner Aufforderung nach. Nun, neben ihm sitzend, sah sie ihn fragend an, denn seine Nacktheit irritierte sie.

„Was nun?"

„Ihr müsst Euch jetzt auf meinen Schoß setzen!"

Zuerst wollte sie das entrüstet von sich weisen, doch ein Blick auf seinen schlanken, sehnigen Oberkörper stimmte sie um.

„Wenn du mir schon meine Schmerzen nicht nehmen kannst, so bereite mir wenigstens Vergnügen!"

Sie rutschte zu ihm herüber und setzte sich wie verlangt auf seinen Schoß. Ihr nacktes Gesäß auf seinen Oberschenkeln verursachte in ihm ein unbeschreibliches Gefühl. Es verlangte seine ganze Konzentration, um seine aufkommende Erregung zu bändigen. Er breitete seine Beine auseinander, sodass sie nun auf der Bank und nicht

mehr auf seinen Oberschenkeln saß. Nun umfasste er mit beiden Armen ihren Oberkörper und presste ihn fest an sich. Gleichzeitig pressten sich seine Beine um ihr Gesäß. Dies geschah alles so schnell, dass Antonia keine Zeit zum Protest blieb. Mit einem Ruck zog er nun ihren Oberkörper hoch und drehte ihn heftig nach links. Der Schmerz fuhr ihr bis in die Haarspitzen und ihr gellender Schrei ließ alle in dem Raum zusammenfahren. Vorsichtig rutschte Dardanus zur Seite und ließ sie langsam wieder auf die Massage Bank zurücksinken. Wieder rief er nach heißen Tüchern. Die legte er auf die Stelle, die er eingerenkt hatte. Entweder hatte der Schmerz sie so überwältigt, dass sie nicht mehr die Kraft aufbrachte, ihn zu beschimpfen, oder sie fühlte eine bisher ungekannte Erleichterung. Dardanus begann nun wieder mit Olivenöl ihren Rücken zu massieren. Dieses Mal aber nicht feste und suchend, sondern sanft streichelnd, in kreisenden Bewegungen. Antonia lag nun wie erschlagen auf der Massage Bank und überließ sich wohlig seinen zärtlichen Händen. Nach einiger Zeit gab er ihr einen leichten Klaps auf das Gesäß.
„So, das sollte es gewesen sein! Bitte geht jetzt erst einmal in das Caldarium und nehmt dort ein heißes Wannenbad. Dann ruht Euch ein wenig aus! Danach werdet Ihr noch leichte Schmerzen an der eingerenkten Stelle verspüren. Das sollte sich aber mit der Zeit geben. Wenn es wider Erwarten nicht besser werden sollte, so ruft nach mir. Ich werde dann für Euch da sein!“
Etwas erschöpft von der Behandlung blickte sie ihn an.
„Wo hast du das gelernt? Das war ja unglaublich!“
„Diesen Griff habe ich den Ringkämpfern im Gym abgeschaut. Sie haben mich oft genug so gehalten, nur, dass sie mir dabei den Hals umdrehen wollten. Als ich ihnen aber auf diese Weise ihren Rücken nach einem harten Kampf wieder eingerenkt hatte, da wurde ich von ihnen geachtet und wir wurden Freunde. Sie brachten mir noch viele andere Haltegriffe bei!“

Antonia bewegte nochmals prüfend ihren Rücken und strahlte zufrieden. Die Schmerzen sind fort. Ich werde aber in jedem Fall nach dir rufen!", flüsterte sie und als wollte sie ihre Worte bekräftigen, klopfte sie ihm dabei anerkennend auf die Schultern. Nun eilten aber die Dienerinnen herbei, hüllten sie in weiße Leinentücher und führten sie ins Caldarium, so wie es Dardanus geraten hatte.
Nachdem Dardanus sich angekleidet hatte und seine Aufregung wieder abgeklungen war, trat er hinaus in die Palästra und atmete tief die frische Luft ein. Sein Tagewerk war vollbracht und er hätte nun den Bereich der Therme und des Kaiserpalastes verlassen können. Unschlüssig schaute er sich um. Noch zog ihn nichts in seine ärmliche Kammer, die sich nur einige Schritte vom Palast entfernt, in einem alten Lagerhaus drunten am Sophienhafen befand. Sein Blick fiel auf den Gang, der zum Hippodrom führte. Er war schon seit längerer Zeit nicht mehr dort gewesen, da immer, wenn die Wagenrennen stattfanden, die Räume der Therme gereinigt werden mussten. In dieser Zeit verirrte sich niemand dorthin und dies musste dann genutzt werden.
Kurz entschlossen entschied er sich, zum Hippodrom zu gehen. Er wollte mal wieder die Luft des Wettkampfes schnuppern. Vielleicht drehten einige Gespanne noch einige Übungsrunden und man würde etwas über deren Leistungsfähigkeit herausfinden, was bei den Wetten auf den Sieger sehr nützlich sein konnte. Mit schnellen Schritten ging er durch den Säulengang, bis er an das Tor gelangte, dass seinen Weg auf die Tribüne des Hippodroms versperrte. Das schwere Eichentor wurde zu den Zeiten, in denen die Wagenrennen stattfanden, streng von der Palastwache bewacht. Jetzt konnte er unbehelligt einen der beiden Flügel des Tores aufschieben. Vor ihm öffnete sich der Blick auf die gewaltige Arena. Es war für ihn immer wieder ein erhebender Anblick. Die lang gestreckte Rennbahn mit ihren beiden weitgeschwungenen Kurven, die steil aussteigenden

Ränge für die Zuschauer, mit Stufen aus rosa Marmor und den drei Säulen in der Mitte, waren für ihn immer wieder ein besonderer Anblick. Er wusste von der Schlangensäule, dass Kaiser Konstantin sie aus dem Ort Delphi im fernen Land der Griechen, hierhergebracht hatte. Zudem stand zu Ehren von Konstantin in der Nähe des Westtores eine übergroße Statue von ihm. Die hatte er noch zu seinen Lebzeiten dort errichten lassen.
Die beiden anderen Säulen waren Obelisken und stammten, wie man leicht erkennen konnte, aus Ägypten.
Dardanus ging hinüber zu den Logen, in denen während der Rennen die Senatoren saßen. Auch sie benutzen diesen Eingang zum Hippodrom, während der Kaiser mit seinem Gefolge einen eigenen Zugang besaß, der Tag und Nacht von der Palastwache streng bewacht wurde. Seine Loge lag in der Mitte der Rennbahn und ragte über die anderen Sitzplätze hinaus, sodass jedermann im Hippodrom den Kaiser sehen konnte, wenn er anwesend war. An diesem Ort wurden auch die Kaiser des Reiches gewählt und gekrönt. Dardanus schaute ehrfurchtsvoll zur Kaiserloge herüber, da bemerkte er dort eine Bewegung, so als würde sich jemand verstecken. Dardanus schaute nun genauer hin und traute seinen Augen nicht. Eine weibliche Gestalt versuchte, hinter dem Sitz des Kaisers in Deckung zu gehen. Kurze Zeit darauf erschienen drei Männer, die sich suchend umsahen. Sie trugen braune Kutten, deren Kapuzen sie sich über den Kopf bis tief in das Gesicht gezogen hatten. Einer der Gestalten wies auf die Kaiserloge. Daraufhin stürmten sie einige Stufen hinauf und postierten sich seitlich vor der Mauer der Loge, die sie umrandete und von den anderen Zuschauerrängen schützend abgrenzte. Dardanus sah, wie einer der Männer mit einem Satz darüber sprang. Nun verflog bei Dardanus auch der letzte Zweifel, dass sich die weibliche Person auf der Flucht befand und jetzt Hilfe brauchte. Zur Bestätigung erschien der Mann, der in die Loge gesprungen war, mit dieser weiblichen Person, die er trotz heftiger Gegenwehr

einfach über die kleine Mauer in die Arme seiner Begleiter warf. Nun verlor Dardanus keine Zeit mehr und handelte. Ohne weiter zu überlegen verließ er seine Deckung, stürmte er zu der Loge hin und baute sich vor den Kuttenträgern auf.
„Lasst sie los! So geht man nicht mit einer Dame um!"
Einer der Männer lachte verächtlich.
„Sonst, was?", fragte er drohend. Dabei zog er in der Höhe seiner Hüfte die Kutte zur Seite und ließ dort dabei ein Kurzschwert sehen.
„Verzieh dich! Diese Sache geht dich nichts an!"
Dardanus betrachtete erst jetzt die Frau genauer, die einer der Männer fest umklammert hielt. Durch die Rangelei mit den Männern hatte sich ihr Haarband gelöst, sodass ihre langen schwarzen Haare wirr in ihrem Gesicht hingen und so nur wenig von ihrem hübschen Gesicht freigaben. Ihre Kleidung zeigte, dass sie nicht aus gewöhnlichen Verhältnissen kam. Das schulterfreie Kleid zeigte weiße, makellose Haut. Die Ansätze Ihres Busens wurden durch ein enggebundenes Brusttuch nach oben gedrückt, was ihr reizvolles Äußeres noch besonders betonte. Sie musste noch sehr jung sein, so vermutete Dardanus. Nur kurz trafen sich ihre Blicke. Dabei blickte er in zwei flehende, tiefblaue Augen. Dieser Blick ließ jegliche Vorsicht und Vernunft in ihm schwinden.
„Lass sie los und verschwindet! Was immer ihr hier vorhabt, das ist jetzt zu Ende!"
Mit einer heftigen Bewegung stieß der Angesprochene die junge Frau zur Seite, sodass sie zu Boden stürzte. Alle drei Kuttenträger zogen nun ihre Schwerter und kamen drohend auf ihn zu. Dardanus drückte sich mit dem Rücken an die Mauer der Kaiserloge. In den Augen seiner Gegner erkannte er die wilde Mordlust und wusste, dass es jetzt um sein eigenes Leben ging. Noch einmal schaute er kurz zu der am Boden liegenden jungen Frau hin.
„Verschwinde von hier! Lauf zum Eingang der Therme!"

Dann sah er den ersten Hieb kommen. Mit einer kurzen Drehung wich er aus und der Schlag fuhr ungebremst in die Marmorsteine der Mauer der Loge. Der harte Aufprall fuhr dem Angreifer derart ins Handgelenk, sodass er aufbrüllte und sein Schwert vor Schmerz fallen lassen musste. Dabei griff er sich mit der anderen Hand an sein schmerzendes Handgelenk. So war er völlig schutzlos, als Dardanus ihm zwischen die Beine trat. Keuchend sackte er zusammen und bot so seinen Nacken dar. Dardanus nutzte dies zu einem Hieb, der ihn niederstreckte. Um diesen Angreifer brauchte er sich nun nicht mehr zu kümmern. Die junge Frau hatte sich in der Zeit wieder aufgerappelt und starrte gebannt auf das Geschehen. Noch während der nächste Angreifer auf ihn einstürmte, schrie er sie an:
„Lauf! Verschwinde endlich und kümmre dich nicht um mich!“
Erst diese Worte lösten ihre Erstarrung. Sie raffte ihr Kleid zusammen und lief zu dem Eingang der Therme. Das konnte Dardanus aber nicht mehr verfolgen, denn seine ganze Aufmerksamkeit musste sich nun auf die beiden verbliebenen Gegner konzentrieren. Durch den misslungenen Angriff ihres Freundes gewarnt, griffen sie nun vorsichtiger und gleichzeitig von beiden Seiten her an. Sie hielten ihre Schwerter weit vor sich gestreckt und rückten langsam auf ihn zu. Dardanus ließ sie so nahe an sich herankommen, sodass sie ihn beinahe mit den Spitzen ihrer Schwerter berühren konnten. In dem Moment, als sie zustoßen wollten, ließ er sich auf den Rücken fallen und begann mit seinen Beinen zu kreisen. Mit hartem Tritt und wildem Schwung holte er so seine Gegner von den Beinen. Dabei verloren sie ihre Schwerter aus den Händen, die dann scheppernd die Stufen der Zuschauerränge hinunter polterten. Gedankenschnell war Dardanus wieder auf den Beinen. Den Ersten, der sich wieder aufzurichten versuchte, trat er mit voller Wucht gegen den Kopf. Dadurch wurde der rückwärts die Stufen

hinunter geschleudert und blieb dort irgendwo auf den unteren Rängen regungslos liegen. Der Letzte der Kuttenträger hatte die Zeit genutzt und war wieder aufgesprungen. Dabei hatte er ein Messer gezogen, mit dem er nun auf Dardanus einstürmte. Erst im letzten Augenblick wich Dardanus dem, seinem Herzen zugedachten Stoß des Dolches aus, ließ ihn unter der linken Achsel ins Leere gehen und ergriff dann den Arm mit beiden Händen. Mit einem Ruck riss er ihn nach oben, bis es geräuschvoll knirschte. Ein greller Schmerzensschrei zeigte ihm, dass es ihm gelungen war, seinem Gegner die Schulter auszurenken. Mit schmerzgeweiteten Augen starrte der nun Dardanus verständnislos an. Das Messer hatte er schon vorher fallen lassen.
„Zum Teufel mit dir!“, heulte er auf. „Du weißt ja nicht, mit wem du dich jetzt angelegt hast! Man wird dir die Eier abschneiden und den Schweinen zum Fraß geben. Das wird dann ein Festtag für mich sein!“
„Was wolltet ihr von dem Mädchen und wer ist sie?“
„Geh zum Teufel, du Mistkerl!“
Mit den Worten zog er mit dem gesunden Arm ein weiteres Messer und wollte auf Dardanus losgehen. Der stieß gedankenschnell gegen dessen ausgerenkte Schulter. Ein irrer Schmerzensschrei hallte durch das Hippodrom. Dabei verlor auch er seinen Halt und stürzte die Stufen hinunter. Dardanus wartete nicht ab, wie der Sturz ausgegangen war, sondern lief jetzt ebenfalls zum Eingang der Therme. Von dem Mädchen war nichts mehr zu sehen. Er hätte nur zu gerne gewusst, wem er geholfen hatte, doch so sehr er sich auch noch in den Gängen der Palästra umsah, sie blieb wie vom Erdboden verschluckt.

Als er am nächsten Morgen seinen Dienst im Gym antrat, traf er auf einen aufgeregten Rufusius.
„Der Präfekt hat nach dir gefragt! Du sollst dich sofort bei ihm melden! Schade eigentlich! Ich wollte dir heute zeigen, was ich gestern gelernt habe!“

Dardanus lachte spöttisch.
„Ich musste gestern einigen dunklen Gestalten zeigen, was ich bei euch hier gelernt habe! Hat der Präfekt verraten, warum er mich so dringend sehen will?"
Rufusius schaute ihn fragend an.
„Was ist gestern geschehen? Muss ich mir Sorgen um meinen Freund machen?"
Dardanus erzählte nun, was er am Vortag im Hippodrom erlebt hatte. Dabei verfinsterte sich die Miene von Rufusius merklich. Dardanus konnte seinen Bericht nicht zu Ende erzählen, denn Rufusius fiel ihm aufgebracht ins Wort.
„Mein Gott Dardanus! In welcher Welt lebst du denn? Es herrschen Chaos und Gewalt in Byzanz. Die Parteien der Grünen und Blauen bekämpfen sich bis aufs Blut. Es geht um Macht und Einfluss! Dafür ist ihnen jedes Mittel recht, dazu gehört auch Entführung oder Mord. Es wird eine wichtige Person gewesen sein, deren Entführung du vereitelt hast. Wenn sie herausfinden, dass du einigen Mächtigen die Pläne durchkreuzt hast, dann ist dein Leben nicht einmal den Dreck unter deinen Fingernägeln wert. Und sie werden es herausfinden, denn ihre Augen und Ohren sind überall! Ich kann dir nur raten, so schnell wie möglich von hier zu verschwinden!"
Dardanus schüttelte verwundert den Kopf. Natürlich hatte er von den mächtigen Führern der Hippodrom Parteien gehört. Er wusste auch, dass deren Einfluss weit über das Maß von harmlosen begeisterten Anhängern hinausging. Selbst der Kaiser war bekennender Gönner der blauen Partei. Dardanus konnte sich aber nicht vorstellen, dass sie so weit gehen würden und Töchter wichtiger Personen in ihre Gewalt brachten. Mit einem Schlag wurde ihm klar, dass er in eine gefährliche Lage geraten war.
„Ich hoffe nicht, dass der Präfekt mich wegen dieser Sache sehen will", flüsterte er nun kleinlaut. Rufusius klopfte ihm aufmunternd auf die Schultern.
„Kopf hoch, Dardanus! Wir alle hier, Schwertkämpfer, Ringer und Faustkämpfer, stehen dir bei!"

Dardanus lächelte dankbar.
„Ach Rufusius, ich danke dir für deine Worte, aber dies muss ich nun alleine regeln. Es ist aber gut, zu wissen, dass man Freunde hat.“
Zur Residenz des Präfekten führte sein Weg in einen Seitenflügel des Palastes. Vor dessen Arbeitsraum verwehrten ihm zwei Wachen den Weg. Erst, als er seinen Namen sagte, ließen sie ihn passieren.
Der Präfekt saß an seinem Schreibtisch und blickte nur kurz auf, als Dardanus eintrat. Dann vertiefte er sich wieder in ein Schriftstück, das vor ihm lag. Dardanus blieb reglos vor dem Schreibtisch stehen und verhielt sich ruhig abwartend. An der Miene des Präfekten konnte er dessen Stimmung nicht erkennen. Also wartete er geduldig ab. Nach einer quälenden Zeit des Schweigens räusperte sich Theudis und blickte ihn mit gerunzelter Stirn an.
„Du hast gestern etwas angestellt, was deine Zukunft wohl verändern wird!“
Dardanus hob entschuldigend seine Hände.
„Ich weiß, aber sie brauchte Hilfe! Ich konnte ja nicht wissen…!“
Theudis schnitt ihm das Wort ab.
„Schon gut! Ich bin ja nur enttäuscht, dass ich dich jetzt hier verlieren muss! Ich gratuliere dir zu deiner Tat!“
Dardanus schaute Theudis verdutzt an.
„Wie soll ich das verstehen?“
„Das ist ganz einfach! Du stehst ab heute in den Diensten des Belisar. Der große Heermeister und engste Vertraute des Kaisers hat verfügt, dass du ab jetzt zu seinem Tross gehörst!“
Dardanus glaubte nicht, was er da gerade gehört hatte.
„Aber wieso das?“, konnte er nur völlig überrascht fragen.
„Das musst du doch besser wissen als ich! Du hast seine Gattin Antonia von ihren dauernden Schmerzen befreit. Was hast du denn gedacht? Sie hat ihren Gemahl dazu überredet und möchte dich von nun an immer in ihrer Nähe haben!“

„Aber das wäre ich doch auch hier in der Therme! Dazu muss ich doch nicht in ihre Dienste treten!"
„Das scheint nicht nahe genug zu sein! Ich konnte nichts dagegen tun. Deine Dienste hier sind damit beendet."
Theudis blickte nun wieder auf sein Schriftstück vor ihm und machte mit einer Hand eine hinausweisende Geste. Damit zeigte er unmissverständlich, dass die Unterredung beendet war. Dardanus wandte sich wie betäubt dem Ausgang zu. Er wusste in diesem Moment noch nicht, wie sehr diese Entscheidung sein Leben verändern würde.

Der Aufbruch

Kaiser Justinian saß an seinem Schreibtisch, den Kopf auf eine Hand gestützt und schaute seine Gattin Theodora fragend an, die gerade den Raum betreten hatte.
„Ich brauche deinen Rat. Du weißt mehr über diese Stadt, mit ihren Intriganten, den Aufrührern und falschen, heuchlerischen Anhängern, die dir die Treue schwören und dabei liebend gerne einen Dolch in den Rücken stoßen würden. Ich bin nun schon seit 5 Jahren der Herrscher über dieses Land. In dieser Zeit ist es mir nicht gelungen, die Ordnung in diesem Land herzustellen, geschweige denn die Achtung meiner Untertanen zu gewinnen. Ich weiß nicht, wem ich vertrauen kann. Manchmal fühle ich, dass Gott seine Hand von mir genommen hat und etwas Böses passieren wird. Sag mir, was soll ich tun?"
Theodora trat zu ihm heran und legte eine Hand auf seine Schulter.
„Du hast dunkle Gedanken, mein Kaiser! Es ist gefährlich, darin zu versinken, denn dann verliert man den Überblick für das große Ganze. Außerdem lähmt es die Tatkraft.

Wenn du deine Macht erhalten willst, muss alle Welt dich fürchten. Ich bin nur ein Weib, dass sich nur auf ihre Gefühle verlassen kann. Darum kann ich dir nur einen Rat geben. Du musst deine Untertanen gerecht behandeln, auch, oder gerade dann, wenn du sie an ihren Geldsäckeln packst. Erfinde neue Steuern, oder erhöhe die Bestehenden, aber lass niemanden einen Vorteil daraus erwachsen. Vielleicht wäre es auch klug, einmal mit deinem Finanzeintreiber, Johannes der Kappadokier, zu reden. Ich mag ihn nicht! Er übertreibt in vielen Dingen und sein aufwendiger Lebensstil kann seinem Amt und dir nur schaden. Dann wird das Volk dich lieben und du wirst sehen, wer deine kaiserliche Macht achtet. Die im Geheimen gegen dich sind, werden sowieso nicht eher aus ihren Löchern kommen, bis sie einen gefunden haben, den sie für stark genug halten, dir gefährlich werden zu können. Dann wird dir das deine Klarheit bringen! Ich werde daher mit den Augen eines Wächters darauf achten, dass niemand unter den Senatoren oder Feldherren im Volk so beliebt wird, dass er nach dem Thron greifen könnte."
Während ihrer Worte hatte Justinian seine Haltung verändert. Die Hand stützte nun nicht mehr seinen Kopf, sondern schlug entschlossen auf die Tischplatte. Es schien, als hätten Theodoras Worte etwas in ihm entfacht.
„Du bist eine kluge Frau! Darum lege ich auch auf deinen Rat großen Wert. Ich werde mir dazu etwas einfallen lassen. Doch zuerst muss ich gegen meine Feinde an unseren Grenzen vorgehen. Leider haben meine Generäle an den Grenzen zu Persien versagt. Die Festung Mindonos, die ich dort bauen lassen wollte, haben die Perser zerstört. Dabei haben sie unsere Legion, die sie schützen sollte, vernichtend geschlagen, vertrieben oder gefangen genommen. Das kann ich nicht hinnehmen. Nun haben mich auch noch Nachrichten erreicht, dass die Perser die Grenzstadt Daras angreifen wollen. Wenn ihnen dies gelingt, wird die ganze persische Front einbrechen

und ganz Armenien fällt in ihre Hände. Was rätst du mir in dieser Sache?“
Theodora seufzte ungeduldig.
„Ich kenne im Moment nur einen, der fähig wäre und dazu dir unbedingt treu ergeben ist!“
„Belisar?“, unterbrach er sie schnell.
„Nun ja, ich sehe, du brauchst meinen Rat nicht!“
Mit den Worten raffte sie ihr langes Gewand zusammen und rauschte hinaus.
Justinian zog hastig an dem Klingelzug, der die Diener herbeirufen sollte. Statt der Diener erschien der höchste Hofbeamte Theodorus.
„Ich habe darauf gewartet, dass Ihr nach mir ruft, Herr! Womit kann ich dienen?“
Justinian blickte ihn überrascht an.
„Dir scheint in diesem Palast nichts verborgen zu bleiben. Das könnte dich eines Tages den Kopf kosten!“
„Ich glaube nicht, dass Ihr ohne mich auskommen könnt, Herr, denn ich halte doch immer alles Unangenehme von Euch fern!“
Justinian räusperte sich laut.
„Nun ja, das will ich zugeben, doch treib es nicht zu weit. Doch nun habe ich eine Aufgabe für dich. Ich möchte morgen ein Fest geben. Dazu sollst du alle mir nahestehenden Personen einladen. Ich denke da an meinen, in Byzanz weilenden Heermeister mit deren Weibern und außerdem die Schwestersöhne des Anastasius, Hypatius und Pompejus. Natürlich auch den Magister für Finanzen, Johannes der Kappadokier und alle wichtigen Senatoren.“
Theodorus verneigte sich tief.
„So wird es geschehen!“
Dann ließ auch er den Kaiser wieder alleine, der nun nichts mehr von einer düsteren Stimmung erkennen ließ.

*

Dardanus betrat die Villa des Belisar mit gemischten Gefühlen. Er kannte den großen Heermeister nur von den gelegentlichen Besuchen in der Therme. Er ließ, außer seinen Leibgardisten, niemand nahe an sich heran, sodass Dardanus bisher noch kein Wort mit ihm gewechselt hatte. Natürlich kannte er die Erfolge von Belisar auf den Schlachtfeldern gegen die Perser. Selbst sein Vater hatte schon in seiner Legion gedient. Nun sollte er ihm gegenübertreten und die Aufregung darüber ließ sein Herz wie wild schlagen.
Eingerahmt von zwei stattlichen Gardisten wurde er in einen Raum geführt, in dem drei Ruhebänke mit flachen Tischen davor, standen. Sofort fiel sein Blick auf die Weinamphoren und den Krügen darauf. Dazu kamen Brot, Olivenöl und gebratene Fleischstücke, deren Herkunft Dardanus auf die Schnelle nicht zuordnen konnte. Auf der großen Ruhebank in der Mitte lagen, gestützt auf dicken Kissen, Belisar mit seiner Gattin Antonia. Während Antonia in ihrer bequemen Haltung liegen blieb und ihn anlächelte, richtete sich Belisar auf und musterte ihn interessiert. Dardanus glaubte, in seinen Augen sogar eine gewisse Feindseligkeit zu erkennen.
„Nun, da ist ja der Wunderknabe! Ich wollte deine Dienste nicht, aber der Wunsch meines geliebten Weibes ist mir Befehl! Was kannst du noch, außer Frauen den Rücken kraulen?“
Er betonte dies mit einer abfälligen Geste und der Tonfall seiner Stimme ließ keinen Zweifel an seiner Abneigung aufkommen.
Dardanus zuckte kurz zusammen, doch seine Antwort kam schnell.
„Ich habe mich nicht in Euren Dienst gedrängt, Herr! Ich war mit meinem Dienst in den Thermen sehr zufrieden!“

Dardanus sah, wie sich Antonia ärgerlich aufrichtete und ihren Gatten wütend anschaute. Der bemerkte das mit einem kurzen Seitenblick zu ihr hin und lenkte sofort ein.
„Schon gut!", knurrte er. „Ich habe ihn doch nur gefragt, was er sonst noch alles kann, damit ich ihn auch seinen Fähigkeiten entsprechend einsetzen kann."
Antonia gab sich damit nicht zufrieden und zischte:
„Wir haben abgemacht, dass er ausschließlich mir zur Verfügung steht! So wie ich dich kenne, willst du ihn wohl deiner Legion einverleiben. Daraus wird nichts! Er gehört mir!"
Belisar hob ergebend seine Hände und wandte sich wieder Dardanus zu.
„Du hast es gehört! Was sagst du dazu?"
Dardanus überlegte einen Moment. Dann antwortete er zögernd:
„Zu Eurer ersten Frage, Herr. Ich kann jede Aufgabe, welche auch immer mir gestellt wird, zu Eurer Zufriedenheit erfüllen. Jedoch habe ich auch eine Frage. Kann ich es ablehnen, in Euren Dienst zu treten?"
Diese Worte ließen Antonia hochfahren. Mit ein paar schnellen Schritten war sie bei ihm und schaute ihn mit glühenden Augen an.
„Ich bekomme immer, was ich will!", fauchte sie und strich mit ihren langen Fingernägeln über seine glatte Wange. Dabei hinterließ sie weiße Spuren darauf.
„Ich bin mir also sicher, dass du in meine Dienste möchtest!"
Dardanus zuckte mit keiner Wimper und starrte sie an. Dabei erkannte er die Drohung, die sie ausgesprochen hatte. Er verneigte sich leicht und lächelte sie entwaffnend an.
„Es war ja auch nur so eine Frage! Natürlich wünsche ich mir nichts sehnlicher, als in Eure Dienste zu treten!"
Zufrieden klopfte sie ihm auf die Schultern und setzte ihr verführerischstes Lächeln auf.

„Das wollte ich von dir hören. Wir werden eine schöne Zeit verbringen!"
Belisar räusperte sich.
„Ja, dann wäre ja alles gesagt! Der Kaiser gibt heute Abend ein Fest. Ich bin mit meinem Gefolge dazu geladen. Du wirst neue, edle Kleidung bekommen, damit du meinem Hause keine Schande machst. Die Diener werden dir deine Wohnräume zeigen und dich dann abholen, wenn wir dem Kaiser unsere Aufwartung machen."
Dardanus verneigte sich wieder und folgte dem Diener, der nun vorausging. Mit ein paar schnellen Schritten holte er ihn ein und tippte ihm auf die Schultern.
„Hey nicht so schnell! Wie ist dein Name?"
Der Diener wandte sich zu ihm um und blieb stehen. Erst jetzt bemerkte Dardanus dessen dunkle Hautfarbe. Sein ebenmäßiges Gesicht und die dunklen Augen, die ihn nun erstaunt musterten, gefielen Dardanus auf den ersten Blick. Er trug auch nur, genau wie er selbst, eine schlichte Tunika, die einen wohlgeformten, starken Körper verbarg.
„Mein Name ist Teyos, Herr!"
Dardanus nickte freundlich.
„Das ist ein schöner Name, Teyos! Woher kommst du?"
„Ich stamme aus dem Süden Arabiens! Mein Herr, Belisar, hat mich auf einem seiner Feldzüge dort aus einer brennenden Hütte gerettet. Seitdem bin ich in seinen Diensten!"
„Du musst mir noch viel über den Heermeister berichten. Ich denke, wir werden dazu noch Zeit genug bekommen und nenn mich nicht Herr! Ich bin Dardanus! Meine Wiege stand hier in Byzanz in einer einfachen Unterkunft!"
Teyos hob abwehrend die Hände!
„Nein, Herr! Die Gattin des Belisar hat uns davon in Kenntnis gesetzt, dass Ihr von nun an der Herr über den Hofstaat des Heermeisters seid und wir Euch unbedingt gehorchen sollen!"
Dardanus hielt für einen Moment die Luft an. So deutlich hatte Antonia ihm das nicht gesagt.

Er fasste Teyos bei den Schultern und zog ihn zu sich heran und fragte:
„Hast du dieses Amt bisher innegehabt?"
Teyos wich seinem Blick aus und nickte nur stumm.
„Nun ja, das ändert aber nichts daran, dass ich hier einen Freund brauche. Ich kann nichts dafür, dass es so gekommen ist. Ich bin neu und fremd hier und darum brauche ich jemanden, dem ich vertrauen kann. Willst du dieser Freund sein?"
Teyos verneigte sich leicht und sprach:
„Es würde für mich eine große Ehre sein! Ich fühle, dass Ihr ein guter Herr sein werdet. Darum ja, ich werde Euch ein treuer Freund sein!"
Dardanus reichte ihm erfreut die Hand.
„Hier meine Hand darauf! Also, ich bin Dardanus! Du wirst sehen, unsere neue Freundschaft wird uns beiden helfen!"
Zum ersten Mal lächelte Teyos jetzt.
„Dann komm erst einmal mit, Dardanus! Ich zeige dir jetzt dein neues Zuhause."
Sie stiegen ein paar Marmorstufen hinauf zu einem Gang, der in einen Seitentrakt der Villa führte.
„Hier sind auch die Schlafgemächer von der Herrin", erklärte Teyos und zeigte dabei den Gang hinunter.
„Nur von der Herrin?", fragte Dardanus erstaunt.
Teyos nickte.
„Ja, der Heermeister liebt seine Gattin abgöttisch, aber sie wünscht ihre Freiheit. Er wagt es nicht, sie zu etwas zu drängen. Im Vertrauen, der große Heermeister ist ein sehr guter Feldherr, aber in der Liebe zu seiner Frau ist er hilflos. Da weiß er nicht, was zu tun ist!"
Mittlerweile waren sie vor der Tür zu seiner Unterkunft angekommen.
„Da sind wir! Für die Zeit unseres Aufenthaltes in Byzanz wird das nun dein Zuhause sein!"
Dardanus blieb stehen.
„Heißt dies, dass wir hier nicht ständig bleiben?"

„Was denkst du denn? Der Heermeister wird sicher noch sehr bald wieder vom Kaiser auf die Schlachtfelder geschickt. Da begleitet ihn immer sein gesamter Hofstaat. Also werden wir dann mit ihm ziehen."
Dardanus verzog sein Gesicht.
„Das klingt nicht sehr gut! Hoffen wir, dass dies nicht so bald geschieht!"
Teyos öffnete die Tür und Dardanus verschlug es den Atem. Dies hatte absolut nichts mit seiner bisherigen Unterkunft zu tun. Ihm fiel sofort das große Bett mit dem Himmel aus blauen Seidentüchern ins Auge. An den Seiten hingen ebenso blaue Vorhänge, mit denen man wohl nach Bedarf das Bett verschließen konnte.
Teyos bemerkte seine Sprachlosigkeit und grinste.
„Man kann auch in diesem Bett schlafen", meinte er vieldeutig und fügte noch spöttisch hinzu: „Allzu oft wird das aber nicht möglich sein!"
„Wie meinst du das?", fragte Dardanus argwöhnisch.
„Ich werde dir jetzt deine Kleidung bringen lassen!", lenkte Teyos von der Frage ab, wandte sich zum Gehen und ließ Dardanus alleine.
Teyos ließ sich erst gegen Abend wieder sehen. Dardanus hatte inzwischen die neue Kleidung angelegt. Die Toga mit den goldverzierten Säumen an Ärmel und Kragen ließen ihn edel aussehen. Dazu hatte er mit einigen Klammern sein krauses Haar gebändigt, sodass seine Stirn frei von Haaren war und sein ebenmäßiges Gesicht so richtig zur Geltung brachte. An den Füßen trug er, anstatt seiner ausgetretenen Sandalen, Schuhe wie sie bei der feinen Gesellschaft üblich waren. Die Riemen daran wurden überkreuz, die Waden hoch bis zu den Kniekehlen gebunden.
Teyos hielt die Luft an, als er ihn so sah.
„Jetzt kann ich die Herrin verstehen", murmelte er.
„Was meinst du damit?"
Teyos wich seinem Blick aus und beeilte sich, zu sagen:

„Wir haben keine Zeit, Dardanus! Wir müssen jetzt los. Der Herr verzeiht keine Unpünktlichkeit. Es ist Sitte bei diesen Anlässen, dass die geladenen Gäste mit ihrem Gefolge zusammen auftreten. Darum wird er nicht auf uns nicht warten. Wir versammeln uns unten in der Halle vor dem Ausgang und besteigen dann die Kutschen, wenn die Herrschaften erscheinen."

Der Kaiser veranstaltete an diesem Abend das Fest im Palast der Helena. Er lag etwas abseits der anderen Prunkbauten, direkt am Meer. In diesen Palast lud Justinian sonst nur wichtige Staatsgäste und Gesandte ein, weil dieser Ort an Prunk und Pracht nicht zu überbieten war. Der Anblick sollte jedem der Besucher den Atem rauben. So sollten sie die nötige Ehrfurcht vor dem Reichtum und der Macht des Römischen Reiches bekommen.
Dardanus folgte nun Teyos ohne weitere Fragen, der mit schnellen Schritten die Treppe herunter eilte. Sie kamen noch rechtzeitig, denn unten vor dem Tor standen noch die Damen, die Antonia begleiten sollten. Als sie Dardanus sahen, begannen sie aufgeregt zu tuscheln. Noch ehe das Dardanus hinterfragen konnte, erschienen auf den Stufen der Marmortreppe Belisar und seine Gattin Antonia. Das Tuscheln verstummte sofort und alles verneigte sich. Teyos musste bei Dardanus nachhelfen, denn der war wie angewurzelt stehen geblieben. Seine Aufmerksamkeit war vom Anblick Antonias gefangen, sodass er seine Umgebung nicht mehr wahrnahm. Antonias Kleid betonte eng anliegend Busen und Taille so aufreizend, dass es ihm den Atem nahm. Hinzu kam der Schlitz an der Seite des Kleides von Saumende bis hoch zur Hüfte, sodass er aufregende Einblicke freigab. Ihre langen schwarzen Haare hatte sie an den Seiten hochgesteckt, damit der Blick auf ihre goldenen Ohrreifen frei blieb. Dahinter fielen lange Locken bis auf die Schultern. Dardanus löste seinen

Blick nur, weil die kräftige Hand von Teyos ihn zwang, zu Boden zu sehen.
Antonia klatschte in die Hände, was das Signal für den Aufbruch war. Die Kutschen standen schon zur Abfahrt bereit. Darin wartete die Leibgarde von Belisar darauf, dass die Herrschaft einstieg. Die Kutschen für das Gefolge kam in gebührendem Abstand heran.
Die Fahrt zum Palast der Helena dauerte nicht lange, da das Anwesen von Belisar nicht so weit von dort entfernt lag.
Auf den Stufen formierte sich das Gefolge von Belisar und Antonia. Den Belisar begleiteten die beiden Leibgardisten, dahinter Teyos und Dardanus. Antonia wurde von vier Dienerinnen begleitet. So zogen sie durch das große Eingangstor, dessen breite Flügel von Dienern bereitwillig geöffnet wurden. Bei dem Einzug in den Festraum wurden sie ausgerufen.
„Hier kommt der große Heermeister Belisar mit seiner Gattin Antonia!", verkündete der Ausrufer laut. Für einen Augenblick verstummte das Gemurmel in dem Raum und alle Augen starrten zu ihnen herüber. Dardanus versuchte, sich einen Überblick zu verschaffen. Als Erstes fiel ihm die Ruhebank des Kaisers in Auge. Der hatte es sich auf dicken Kissen bequem gemacht. Neben ihm saß aufrecht die Kaiserin Theodora, die nun die Ankömmlinge mit blitzenden Augen fixierte. Dardanus hatte sie noch nie so nah gesehen. Ihre Erscheinung hatte für ihn etwas Überirdisches. Sie strahlte Schönheit gepaart mit majestätischer Aura aus und zog so jeden, der sie betrachtete, in ihren Bann.
Theodora musterte zunächst Antonia und ihre klare Stimme unterbrach die eingetretene Stille.
„Für wen hast du dich denn so aufgeputzt?"
Antonia verneigte sich tief und antwortete mit triefender Freundlichkeit, während sie in dieser Haltung blieb:

„Ave, seid gegrüßt mein Kaiser und meine Kaiserin. Möge Gott Euch schützen! Ich freue mich, wenn mein Anblick Euch wohl gefällt!"
Theodora überlegte einen Moment, ob sie etwas darauf erwidern sollte, doch dann entschied sie sich huldvoll zu schweigen. Dagegen richtete Justinian sich jetzt auf und wandte sich an Belisar:
„Ah, Belisar! Du bist heute mein Ehrengast! Lass dich mit deinem Gefolge auf der Ruhebank zur Rechten von mir nieder und genießt Speisen und den Wein. Wir werden nachher die Gelegenheit zu ein paar Worten unter vier Augen nutzen!"
Belisar verneigte sich nur kurz. Er konnte sich diese Nachlässigkeit erlauben, denn als Justinian noch nicht die Kaiserkrone trug, waren sie enge Freunde und stammten aus dem gleichen Heimatort. Er klopfte sich nun mit der geballten rechten Faust auf die Brust und sprach:
„Ave Justinian! Ich bin dein treuer Diener und werde immer an deiner Seite stehen."
Justinian lächelte wohlwollend.
„Ich weiß, mein Guter! Du wirst noch einige Male die Gelegenheit bekommen, dies zu beweisen!"
Nachdem sie sich alle auf der zugewiesenen Ruhebank niedergelassen hatten, ertönte wieder die Stimme des Ausrufers.
„Hier kommt der Führer der blauen Partei mit seiner Begleitung!"
Dardanus schaute neugierig zu den Ankömmlingen. Er wusste zwar, dass der Kaiser die Blauen im Hippodrom unterstützte, aber dass sie so hoch im Ansehen bei ihm standen, wunderte ihn nun doch. Sein Erstaunen wurde nur noch größer, als der Ausrufer die Ankunft des Führers der grünen Partei ausrief. Dardanus sah deutlich, wie der Führer der Blauen zusammenzuckte. Missbilligend schaute er sich nach seinem Erzrivalen um. Noch ehe er sich darüber äußern konnte, erhob der Kaiser das Wort.

„Habt keine Sorge! Ihr werdet nicht an der gleichen Ruhebank sitzen. Ich habe Euch aber beide eingeladen, damit ihr Gelegenheit habt, miteinander zu reden. Ich will Frieden in dieser Stadt."
Der Führer der grünen Partei trat ein paar Schritte vor. Für einen Byzantiner war er recht hochgewachsen. Er trug die Kleidung der grünen Partei, wie sie auch von deren Anhängern bei den Wagenrennen getragen wurde. Sie bestand aus einer grauen, eng anliegenden Hose und einem grünen Umhang, der bis weit über das Gesäß reichte. Seine wirren schwarzen Haare hingen ihm ins Gesicht und eng stehende, dunkle Augen blickten fordernd in die Runde. Er verneigte sich nur knapp und fragte harsch:
„Darf ich reden, Herr?"
Justinian nickte und warnte:
„So sei es denn! Aber hüte dich vor allzu scharfer Zunge, Thyros!"
„Herr, meine Tochter ist gestern nur knapp einer Entführung entkommen. Es waren die Schergen der Blauen. Das kann ich so nicht hinnehmen!"
Ohne um Erlaubnis zu bitten, mischte sich jetzt der Führer der Blauen ein.
„Woher willst du wissen, dass es meine Leute waren? Es wird der Pöbel gewesen sein, den die Grünen tatkräftig unterstützen. Sie morden, rauben und achten weder Recht noch Ordnung! Ich würde an deiner Stelle dort die Schuldigen suchen!"
Justinian hob ungeduldig die Hand.
„Ihr solltet beide, auch du, Tarsus, euren Einfluss auf die Wagenrennen im Hippodrom beschränken und nicht Krieg gegeneinander führen. Zwingt mich nicht dazu, dies mit Gewalt zu regeln. Ich möchte heute keine Streitgespräche mehr hören! "
Die harten Worte ließen beide Führer zusammenzucken. Mit gesenkten Köpfen nahmen sie mit ihrem Gefolge an den zugewiesenen Ruhebänken Platz.

Dardanus hatte schon längst nicht mehr das Geschehen verfolgt, denn seinen Augen starrten wie gebannt auf die Tochter von Thyros, dem Führer der Grünen. Es gab für ihn keinen Zweifel, dass sie es war, die er gerettet hatte. Die Fügung wollte es, dass sie sich ganz in seiner Nähe, auf der nächsten Ruhebank, niederließ. Nun, als sie Platz genommen hatte, trafen sich ihre Blicke. Dardanus konnte das Aufblitzen in ihren Augen sehen, als sie ihn erkannte. Sie sah einfach bezaubernd aus, wie sie verlegen ihren Kopf zur Seite wandte. Dardanus spürte, wie sein Herz klopfte. Das war ein Gefühl, was er bisher noch nie gekannt hatte. Er stieß Teyos in die Seite.
„Sag mir, kennst du die Tochter von Thyros? Wie heißt sie und wo ist ihr Zuhause?"
Teyos sah ihn verständnislos an.
„Wieso interessiert dich das so brennend? Das ist Sarah! Sie ist tugendhaft und wird von den Grünen wie eine Heilige verehrt. Viele Männer wollten schon um ihre Hand anhalten, doch sie hat bisher alle abgewiesen!"
Während des Gesprächs hatte Dardanus seine Augen nicht von ihr gelassen. Darum sah er auch, dass sie ihrem Vater etwas zuflüsterte und dabei zu ihm herüber zeigte. Die Miene von Thyros verdunkelte sich. Wütend redete er auf seine Tochter ein. Daraufhin sprang sie zornig auf und verließ mit schnellen Schritten die Ruhebank in Richtung Ausgang. Nun gab es für Dardanus kein Halten mehr.
„Sollte man mich hier vermissen, so informiere sie, dass ich kurz hinausgegangen bin."
Noch ehe Teyos etwas dagegen einwenden konnte, war er bereits auf dem Wege. Die Palastwache am Eingang ließ ihn anstandslos passieren. So trat er zügig in die große Säulenvorhalle hinaus und schaute sich suchend um. Auf den ersten Blick konnte er sie nicht entdecken, doch dann nahm er eine Bewegung hinter einer der dicken Säulen wahr. Vorsichtig, mit leisen Schritten, näherte er sich von der Seite an. Sie bemerkte ihn erst spät, so sehr war sie mit ihren Gedanken beschäftigt. Erschrocken schaute sie

ihn an und wollte schon fortlaufen. Als sie ihn jedoch erkannte, blieb sie stehen.
„Ach, du bist es? Du hast mich ganz schön erschreckt! Ich dachte schon, man wäre wieder hinter mir her! Wer bist du und wie kommt es, dass wir ständig aufeinandertreffen. Stellst du mir nach?“
Dardanus hob entschuldigend seine Hände.
„Ich wollte das nicht! Ich bin Dardanus und im Dienste des Belisar, aber nicht als Legionär. Ich kümmere mich um das Wohlergehen von ihm und seiner Gattin. Darum bin ich in ihrer Begleitung hier. Es ist also Zufall, dass wir uns hier sehen. Ich bin dir jetzt aber gefolgt, weil ich mit dir reden möchte. Wieso ist man hinter dir her und vor allen Dingen, wer will dir etwas antun? Ich hatte gestern das Gefühl, dass es nicht nur gemeine Straßenräuber waren, sondern ausgebildete Kämpfer!“
Sarah schaute ihn prüfend an. Dann stampfte sie wütend mit einem Fuß auf.
„Mein Vater sagt, dass es die Blauen waren. Sie werden vom Kaiser unterstützt und er wird auch hinter der Tat stehen. Er will die Grünen einschüchtern. Hätten sie mich erwischt, so hätte er meinem Vater gegenüber ein Pfand in der Hand gehabt.“
Dardanus schüttelte ungläubig den Kopf.
„Aber der Kaiser hat doch die Macht! Er könnte deinen Vater so lange festsetzen, bis er sich seinem Willen beugen würde. Warum also den Umweg über dich?“
Sarah lachte bitter auf.
„Ja, das könnte er! Das würde aber einen Aufstand zur Folge haben, denn die Grünen sind nicht ohne Rückhalt hier in Byzanz!“
„Ich verstehe das nicht! Ich verstehe nichts von den großen Machtspielen, aber so, wie ich es sehe, ist Justinian ein sehr guter Regent. Er ist dabei, das Römische Reich wieder groß zu machen, und das Wohl des Staates liegt ihm mehr am Herzen, als all den Kaisern zuvor. Warum seid ihr also gegen ihn?“

„Ich habe mir gedacht, dass du so denkst und nicht siehst, wie es wirklich um das Reich steht! Mein Vater hat mich vor dir gewarnt! Du bist einer von ihnen und denkst so wie sie! Ich glaube, dass du mich gerettet hast, war wohl ein Unfall!"
Dardanus schnappte nach Luft. Auf diese Attacke war er nicht vorbereitet gewesen.
Als sie nach diesen zornigen Worten gehen wollte, hielt er sie mit beiden Händen an ihren Armen fest.
„Nun höre mir einmal gut zu! Ich wusste nicht, wer du bist! Ich habe aber trotzdem mein Leben für dich riskiert und würde es immer wieder tun! Du hast vom ersten Moment an mein Herz berührt. Jetzt, wo ich dich kenne, hat sich daran nichts geändert. Trotzdem mache ich mir Sorgen, dass dein Weg und der Weg der Grünen, ins Unheil führt. Ich bin dir vorhin gefolgt, weil ich dir sagen wollte, dass du immer auf mich zählen kannst. Solltest du wieder Hilfe brauchen, dann bin ich da. Vergiss das nie!"
Für einen Moment blieb sie regungslos stehen und schaute ihn stumm an. In ihren Augen flackerte es und Dardanus konnte deutlich sehen, dass sie mit ihren Gefühlen rang.
„Vielleicht habe ich mich ja auch geirrt!", gab sie zögernd zu. „Ich muss gestehen, dass mich dein Anblick verwirrt. Du hast auf jeden Fall meine Achtung und Dankbarkeit verdient. Wir werden sehen, was die Zeit bringt!"
Sie machte sich aus seinen Händen frei und lief zum Eingang der Festhalle zurück. Dardanus blieb noch einen Augenblick in Gedanken versunken stehen. Er war ihr gefolgt, um Klarheit über seine Gefühle zu ihr zu bekommen. Nun stand er da und war sich sicher, dass er die Frau seiner Träume gefunden hatte.
Seine Abwesenheit hatten weder Belisar noch Antonia bemerkt, da der höchste Hofbeamte, Theodorus, zu ihnen getreten war. Nachdem er schmeichelnd Antonias Schönheit bewundert hatte und einige höfliche Worte mit Belisar ausgetauscht hatte, kam er zur Sache.

„Der Kaiser wünscht, Euch beide in seinem Gemach zu sprechen. Bitte folgt mir unauffällig, damit es kein unnötiges Aufsehen gibt."
Sie ließen Theodorus ein paar Schritte vorgehen und folgten ihm dann langsam. Antonia blickte ihren Gatten fragend an.
„Weißt du, was er von uns will? Ich habe bei diesen Dingen immer ein ungutes Gefühl!" Belisar zuckte nur mit den Schultern.
„Es wird wohl irgendwo an den Grenzen des Reiches wieder mal brennen."
Antonia konnte nicht noch weitere Fragen stellen, denn Theodorus hatte bereits die Tür zum Privatgemach des Kaisers geöffnet. Er ging zuerst hinein und kündigte die Eintretenden an.
„Hier sind der Heermeister Belisar und seine Gattin Antonia!"
Justinian ging unruhig vor seinem Schreibtisch auf und ab und blickte Theodorus unwillig an.
„Lass das Geplärre, Theodorus! Ich habe Augen im Kopf. Ich sehe, wer hier vor mir steht!" Dann wandte er sich an Antonia.
„Ich weiß, dass du deinen Gatten niemals alleine ins Feld ziehen lässt. Darum habe ich dich auch hergebeten. Belisar, du bist einer von den wenigen Vertrauten, die ich hier am Hof habe. Wir kennen uns schon aus unserer Jugend und darum fällt es mir schwer, dich fortzuschicken. Es sind aber die Umstände, die mich dazu zwingen. Also vernimm meine Worte. Die Perser haben vor, die Stadt Dara anzugreifen und wenn sie die eingenommen haben, dann wird man sie nicht mehr aufhalten können. Sie werden dann auch das ganze Armenien erobern. Das kann ich nicht zulassen. Darum brauche ich dort den besten Legionsführer, den ich zur Verfügung habe. Gehe mit deinen Elitetruppen dort hin und halte sie auf!"
Belisar machte ein bedenkliches Gesicht.

„Ich gehe dahin, wo du mich brauchst, mein Kaiser! Doch warum schickst du nicht Bouzes oder Sittas? Ihre Legionen stehen bereits an den persischen Grenzen. Sie wären schneller vor Ort."
„Nein, Belisar! Bouzes hat bisher immer versagt, wenn es gegen die Perser ging. Ich werde ihn aber unter deinen Befehl stellen und damit deine Truppen verstärken. Außerdem weiß ich von den Gesandten, dass der Perserkönig Kabades dich mehr fürchtet, als jeden anderen meiner Legionsführer. Darum ernenne ich dich zum Magister Militum Orientalis. Zur Seite stelle ich dir den Magister Hermogenes. Er bringt ebenfalls seine Legion mit. Den Sittas brauche ich in Armenien, denn sollte es euch nicht gelingen, die Perser zurückzuschlagen, ist er dann die letzte Verteidigungslinie."
Belisar verneigte sich wieder und sprach:
„Ich sehe, du hast wie immer alles gut bedacht. Ich versichere dir, dass Sittas nicht eingreifen braucht. Ich werde Daras verteidigen und zu einer großen Festung ausbauen. Die Perser werden dann jegliche Lust auf Eroberungszüge gegen das Römische Reich verlieren. Ich habe doch noch eines zu bedenken. Bisher wurden deine Macht und der Thron hier in Byzanz mit meiner Legion geschützt. Wenn ich gehe, bist du ungeschützt!"
Justinian lächelte jetzt nachsichtig.
„Du glaubst doch nicht, dass ich mir darüber keine Gedanken gemacht habe! Das wird Mundus mit seinen Herulern übernehmen! Er ist schon auf dem Weg hierher. Ich habe ihn kürzlich zum Marschall über Illyrien gemacht. Dafür ist er mir unendlich dankbar. Ich kann mich auf seine unbedingte Treue verlassen. Du siehst also, dass ich auch daran gedacht habe. Und noch eines, fast hätte ich es vergessen. Als Magister Militum Orientalis steht dir ein rechtsgelehrter Consiliarius zu. Ich habe einen jungen Mann mit Namen Prokopios für dich. Er hat die Rechtsschule in Beryrut besucht und wird dich in den

Verhandlungen mit den Persern unterstützen. Er wird vor deiner Abreise zu dir stoßen!"
Antonia hatte die ganze Zeit geschwiegen. Nun konnte sie sich nicht mehr zurückhalten.
„Meine Verehrung, mein Kaiser, aber Ihr habt es zu Anfang erwähnt! Ich werde meinen Gatten begleiten! Das bedeutet, dass auch unser Gefolge uns begleiten wird. Ich hoffe, Ihr habt dies in Betracht gezogen."
Justinian lachte wieder.
„Es gilt nur das, was ich gesagt habe! Alles andere ist euch freigestellt! Nun geht wieder zurück zu unserer Feier! Man wird euch schon vermisst haben!"
Damit war das Gespräch beendet.

*

Die Nachricht brachte Dardanus aus der Fassung. Wütend schlug er mit der Faust auf den Tisch. Um ihn herum befand sich alles im Aufbruch. Die Diener verpackten Kisten mit den persönlichen Sachen von Belisar und Antonia. Wobei die Kleidung von ihr einen beträchtlichen Teil ausmachte. Dardanus betrachtete dies mit sichtlichem Ärger.
„Warum gerade jetzt? Ich will nicht fort von hier! Zum ersten Mal in meinem Leben habe ich eine Frau getroffen, die mein Herz entflammt hat. Und nun muss ich sie verlassen! Lieber Gott, das ist nicht gerecht. Ach Teyos, was soll ich nur machen?"
Der Angesprochene legte ihm beruhigend eine Hand auf die Schulter.
„Du solltest sie aufsuchen und sie davon in Kenntnis setzen. Wenn auch sie deine Gefühle teilt, könntest du sie

mitnehmen, oder sie wird auf dich warten, denn diese Trennung wird ja nicht ewig dauern."
Die Miene von Dardanus erhellte sich wieder.
„Du hast ja recht! Aber wie kann ich sie finden? Ich muss unbedingt noch einmal mit ihr reden, bevor wir in den Krieg ziehen!"
„Keine Sorge, ich werde dich zu ihr führen!", beruhigte Teyos nun den aufgebrachten Dardanus „Wir müssen uns aber eilen, denn schon morgen geht das Schiff nach Antiochia. Bis dahin musst du deine Sache geregelt haben!"
„Wenn es dir gelingt, dass ich sie noch einmal sehen kann, werde ich dir das nie vergessen!", beeilte sich Dardanus zu antworten. Teyos sah ihn einen Moment unschlüssig an. Dann gab er sich einen Ruck.
„Ich bin gleich wieder da! Bis dahin musst du ein Auge auf die Sklaven halten, damit sie auch sorgfältig die Sachen packen. Sollte eines der Kleider von Antonia falsch gefaltet oder beschädigt sein, wird sie den Verantwortlichen an seinen Eiern aufhängen."
Dardanus lachte nun.
„Na, dann werde ich wohl genauer hinschauen müssen. Ich hoffe, kommst mit einer guten Nachricht zurück!"
Teyos kam überraschend schnell wieder. Strahlend verkündete er:
„Sie will dich unten am Hafen treffen! Du darfst aber nur alleine kommen. Der Hafenpräfekt ist von ganzen Herzen den Grünen zugetan, darum fühlt sie sich dort sicher. Nur für dich könnte es dort nicht sicher sein! Willst du trotzdem dorthin gehen?"
„Sie hat dem Treffen zugestimmt! Nichts und niemand wird mich daran hindern können, sie zu sehen!"
Teyos schüttelte verständnislos den Kopf.
„Dir diese Torheit auszureden wäre wohl zwecklos. Darum werde ich in deiner Nähe bleiben und darauf achten, dass dir nichts geschieht!"

„Das ist gut gemeint, Teyos, aber ich kann sehr gut auf mich aufpassen. Ich bin in der Gegend aufgewachsen und kenne dort jeden Winkel. Ich glaube nicht, dass ich in Gefahr geraten werde."
Dardanus warf sich einen Umhang über, denn jetzt, zu dieser Jahreszeit, wo die Tage noch kurz waren, brauchte man warme Kleidung. Dann verließ er mit schnellen Schritten die Villa des Belisar.
Drunten am Sophienhafen schaute er sich suchend um. Dabei fiel sein Blick auf den Bau mit den Lagerhallen, in dem er bisher gelebt und seine Jugend verbracht hatte. Hier war er mit dem gemeinen Volk aufgewachsen und darum kannte er sich hier auch gut aus. Die Hafenkommandantur lag nur wenige Schritte von den Lagerhäusern entfernt. So, wie er es verstanden hatte, wollte Sarah ihn dort treffen. Also führte sein Weg nun dort hin. Die Wachen erkannten an seiner Kleidung, dass er ein Mitglied des Kaiserhofes sein musste. Sie traten wortlos zur Seite und ließen ihn passieren. In der großen Vorhalle, von der aus es zu den Räumen der Hafenverwaltung ging, hielten sich zurzeit nur wenige Menschen auf. Darum konnte sich Dardanus auch ungestört umsehen. Es fiel ihm dabei auf, dass sehr viele Bauhandwerker mit irgendwelchen Arbeiten an Säulen und Treppe beschäftigt waren. Etwas in ihm warnte ihn, doch noch ehe sich das Gefühl verstärken konnte, sah er Sarah auf der obersten Stufe der großen Marmortreppe. Heftig winkend forderte sie ihn auf, hochzukommen. Alle Vorsicht außer acht lassend rannte er die Stufen hinauf. Oben angekommen, fasste sie ihn an der Hand und nahm ihn mit sich fort. Sie öffnete eine Tür und zog ihn hinein. Erst als die Tür hinter ihnen zuschlug, erklärte sie außer Atem:
„Dein Bote hat sich nicht geschickt verhalten! Mein Vater hat von diesem Treffen erfahren. Nun sind wir nicht alleine, aber hier kann uns im Moment keiner stören! Ich freue mich, dass du gekommen bist. Es hat mir eine schlaflose

Nacht gekostet, um zu erkennen, dass auch du mein Herz entflammt hast, Dardanus!"
Glücklich über ihre Worte zog er sie zärtlich an sich. Fordernd streckte sie ihm ihre Lippen entgegen. Die Berührung mit ihren vollen, feuchten Lippen ließen ihn Sterne sehen. So standen sie noch eine ganze Weile fest umklammert, als wollten sie sich nie wieder loslassen, bis sie sich sanft von ihm löste.
„Ich weiß nicht wie das geschehen konnte, aber ich glaube, du hast etwas mit mir gemacht, was ich bisher noch nicht gefühlt habe.!"
„Das Schicksal hat uns zusammengeführt!", flüsterte er und küsste sie zart auf die Stirn. „Darum möchte ich dich nie wieder loslassen! Warum verfolgt mich dein Vater? Was kann er gegen mich vorbringen?"
„Du bist in seinen Augen ein Gehilfe des Kaisers und der Kaiser ist sein größter Feind! Darum will er unter allen Umständen verhindern, dass wir uns sehen!"
„Aber das ist doch kein Grund! Ich habe mit seinem Streit mit dem Kaiser nichts zu tun! Ich gebe dich freiwillig nicht mehr her! Willst du mit mir kommen?"
„Mitkommen? Wohin soll ich mitkommen? Wohin könnte ich mit dir schon unbehelligt gehen?"
Dardanus holte tief Luft. Nun musste er mit der Wahrheit heraus.
„Ich gehe morgen mit meinem Dienstherrn nach Persien. Belisar soll dort die Grenzen verteidigen!"
Noch ehe Sarah darauf reagieren konnte, flog krachend die Tür auf und mehrere Männer, mit Thyros voran, strömten herein. Mit einem schnellen Griff zog er seine Tochter zur Seite und donnerte:
„Daraus wird nichts! Halte dich fern von ihm, Sarah! Er ist unser Feind!"
Sarah versuchte, sich von ihm lösen, doch er hielt sie eisern fest. Dardanus wollte sich auf ihn stürzen, doch er wurde von vielen Händen festgehalten. Verzweifelt

versuchte Sarah, sich seinem festen Griff zu entwinden. Dabei rief sie:
„Du machst einen Fehler, Vater! Er ist nicht unser Feind! Er hat mich doch gerettet!"
Harsch nahm er sie mit sich fort. Als sie einige Schritte von Dardanus entfernt waren, flüsterte er eindringlich.
„Er ist vielleicht jetzt noch nicht unser Feind, aber, wenn wir unseren Plan durchführen wollen, wird er auf des Kaisers Seite stehen. Darum halte dich von ihm fern!"
„Aber, wenn ich ihn dazu bringen könnte, sich uns anzuschließen?", fragte sie nun zaghaft und sichtlich eingeschüchtert.
Thyros schaute seine Tochter zweifelnd an. Dann gab er sich einen Ruck.
„Na gut, ich glaube zwar nicht daran, dass seine Liebe zu dir so groß ist, dass er sich uns anschließt, aber versuchen können wir das ja mal!"
Er ließ Sarah los und ging zurück zu Dardanus, der immer noch von vielen Händen festgehalten wurde.
„Last ihn los!", befahl er kurz. Dann trat er so nahe zu Dardanus heran, dass sich fast ihre Nasenspitzen berührten.
„Meine Tochter wird dich jetzt etwas fragen. Die Antwort solltest du dir gut überlegen, denn davon hängt ab, ob du hier heile herauskommst!"
Er trat einen Schritt zur Seite und gab den Weg für Sarah frei. Die kam zögernd herbei und blickte Dardanus traurig an.
„Ich hätte mir gewünscht, dass unser erstes Treffen anders verlaufen wäre. Du hast mich gefragt, ob ich mit dir nach Persien gehen würde. Das ist leider nicht möglich. Es gibt nur eine Möglichkeit, wie wir zusammenbleiben können. Du musst dich uns anschließen! Das klingt zwar einfach, aber du solltest wissen, dass du dich dann ab sofort gegen den Kaiser stellen musst, denn es wird der Zeitpunkt kommen, wo wir uns gegen ihn auflehnen werden. Dann

musst du bereit sein, auf unserer Seite zu kämpfen! Also gib uns jetzt dein Wort."
Dardanus schaute sie fassungslos an.
„Das wird nie geschehen! Schon mein Vater hat für den Kaiser und die Krone sein Leben gelassen. Das werde ich nicht verraten! Ihr liegt mit eurer Haltung zum Kaiser falsch und wenn du mich liebst, dann komme mit mir. Euer Weg führt ins Verderben!"
Thyros schob seine Tochter zurück und rief ihr dabei zu:
„Du siehst, es hat keinen Sinn! Seine Liebe ist nicht groß genug!"
Dann wandte er sich wieder Dardanus zu.
„Das war die falsche Antwort, mein Freund! Ich kann dich jetzt, nachdem du von unseren Plänen weißt, nicht mehr gehen lassen!"
Er trat zur Seite und befahl:
„Er gehört euch!"
Dardanus wartete nicht ab, bis sie ihn ergreifen konnten. Nun half nur noch blitzschnelles Handeln. Mit harten Tritten zwischen die Beine der Männer, die ihm am nächsten standen, verschaffte er sich erst einmal ein wenig Luft. Mit einem Satz hechtete er zur nahe gelegenen Tür. Thyros hatte es versäumt, zur Sicherung dort jemand zu postieren. Das verschaffte Dardanus freie Bahn. Er riss einen Flügel mit einem Ruck auf, stürmte hindurch und schlug ihn hart hinter sich zu. Das Poltern sagte ihm, dass seine Verfolger das Türblatt mit voller Wucht abbekommen hatten. Das verschaffte ihm die nötige Zeit, die Stufen hinunterzujagen und das Gebäude zu verlassen. Draußen schaute er sich kurz um, aber niemand verstellte ihm den Weg. Thyros war sich wohl zu sicher gewesen, dass es Dardanus nicht hinausschaffen würde. Nun lief er die Straße hinunter bis zu dem Haus, indem er noch vor nicht allzu langer Zeit gelebt hatte. Seine Kammer hatte er bisher noch nicht aufgegeben und geräumt, sodass er sich hier erst einmal aufhalten konnte, ohne entdeckt zu werden. Ein Blick hinaus auf die Straße zeigte ihm, dass sie auch immer

noch nach ihm suchten. Seufzend ließ er sich auf sein Bett fallen und seine Gedanken rasten.
Er hatte sein Glück in den Händen gehalten und doch sofort wieder verloren. Noch immer spürte er ihren Kuss auf seinen Lippen und den Druck ihrer Brüste an seinem Körper. Ein Schauer lief über seine Haut. Doch dann brachten ihn ihre letzten Worte wieder in die Wirklichkeit zurück. Er sollte zum Verräter werden, sein Wort brechen und seinem Vater Schande bereiten. Trotzig schüttelte er den Kopf. Nein, keine Liebe dieser Welt könnte ihn dazu bringen. Er nahm sich aber vor, sein Wissen um den Aufruhr nicht weiterzugeben. Vielleicht ließen sie ja von ihren Plänen ab und die Zeit, in der er in Persien weilte, sich die Lage ändern würde. Noch gab er seine Liebe zu Sarah nicht auf.
Es war schon spät am Abend, als er wieder die Villa von Belisar erreichte. Er hatte die hereinbrechende Dunkelheit genutzt, um unbehelligt die Hafengegend verlassen zu können. Teyos zeigte sichtliche Erleichterung.
„Ich wollte schon den Herrn bitten, einige Legionäre zum Hafen zu schicken! Wo bist du so lange gewesen?“, fragte er besorgt.
Mit knappen Worten berichtete Dardanus, was ihm widerfahren war. Dabei verschwieg er aber, wie er es sich vorgenommen hatte, die wirren Pläne der Grünen.
Mitfühlend schaute Teyos ihn an.
„Richte deinen Sinn nach vorne und ergehe nicht in Traurigkeit. Das Leben hält für dich noch so viel bereit! Du wirst sehen, wenn eine Tür zugeht, öffnen sich viel andere dafür.“
Dardanus legte eine Hand auf die Schulter von Teyos und antwortete:
„Du bist ein guter Freund, Teyos! Ich danke dir für deine Worte, doch im Moment erreicht mich dein Trost nicht. Ich werde jetzt schlafen gehen. Es ist wohl für eine lange Zeit das letzte Mal, dass ich ein Nachtlager mit solchem Luxus

genießen darf. Die Nächte in Persien werden ungleich härter werden!“

Teyos nickte verstehend.

„Wir sehen uns morgen zum Aufbruch, vielleicht denkst du doch noch einmal über meine Worte nach!“

Auf dem Weg zu seiner Kammer begegnete er einem Mann, den er zuvor im Gefolge von Belisar noch nicht gesehen hatte. Auf dem ersten Blick machte er auf Dardanus nicht den Eindruck, als würde er zu den Dienern gehören. Dafür war seine Kleidung zu edel und die Statur eher schmächtig. Sie blickten sich nur flüchtig an. Dann drängte er sich, ohne Gruß, an Dardanus vorbei und verschwand in einem der hinteren Räume. Dardanus beschäftigte sich nicht weiter mit dieser flüchtigen Begegnung und hatte sie schon fast vergessen, als er die Tür zu seiner Kammer öffnete. Der Anblick verschlug ihm für einen Augenblick den Atem. Auf seinem Nachtlager saß Antonia und schaute ihn strahlend an. Neben ihr saßen zwei junge Dienerinnen, nur mit einem kurzen Tuch um die Hüften bekleidet. Ihre Brüste waren fast noch nicht entwickelt, daher mussten sie noch sehr jung sein. Antonia hatte einen seidenen Umhang um, der vorne geöffnet, einen tiefen Einblick auf ihren wohlgeformten Körper gewährte.

Dardanus fand erst spät seine Sprache wieder.

„Was, um Himmelswillen soll das hier?“, fragte er unwillig.

Das strahlende Lächeln von Antonia verschwand auf ihrem Gesicht.

„Es ist dir nicht recht, dass wir hier sind? Es gefällt dem Herrn nicht? Für wen hältst du dich? Was glaubst du, warum ich dich in meine Dienste geholt habe? Du wirst mir zu Diensten sein, wann immer ich das will! Ich habe wieder Schmerzen und verlange von dir, dass du sie mir nimmst, bevor wir nach Persien ziehen!“

Dardanus warf einen Blick auf die Schüsseln mit dampfendem Wasser und bereute schon seine unzüchtigen Gedanken.

„Wir hätten heute noch einmal die Therme besuchen sollen. Da hätte ich Euch besser helfen können. Natürlich werde ich auch hier mein Bestes versuchen", lenkte er lahm ein. Wenn es auch den Anschein hatte, dass sie seine Hilfe brauchte, so ganz wohl war ihm bei der Sache nicht.
Antonia setzte wieder ihr verführerisches Lächeln auf. Seine Worte hatten sie besänftigt. Sie gab ihren Dienerinnen einen Wink. Daraufhin nahmen sie ihr den Umhang ab. Mit einem wohligen Seufzen ließ sie sich rücklings auf das Bett fallen. Dardanus wusste nicht, wie er sich nun verhalten sollte. Er konnte auch seine Blicke nicht von ihrem perfekten Körper wenden. Ihre Brüste, mit den dunklen Warzen, reckten sich auch im Liegen noch gerade hoch. Seine Augen wanderten langsam an ihrem Körper hinunter. Dabei stellte er fest, dass ihre Scham, bei den leicht geöffneten Beinen, völlig haarlos einen ungehinderten Blick auf ihre Scheide freigab. Nur mühsam konnte er seine aufkommende Lust unterdrücken. Hilflos schaute er die Dienerinnen an, doch die schienen ihre Aufgabe zu kennen. Eine von ihnen reichte ihm ein heißes, feuchtes Tuch.
„Nun fang endlich an! Ich habe nicht ewig Zeit! Dieses Mal habe ich die Schmerzen überall. Ich denke, dass da nur eine sanfte Massage hilft. Also gib dir Mühe!"
Ergeben fügte sich Dardanus nun. Er nahm die heißen Tücher und bedeckte damit die Brüste, den Bauch und den Bereich der Oberschenkel von Antonia. Die Tücher strahlten Hitze aus und dufteten nach Jasmin und Oleander. Nur kurz verzog Antonia ihr Gesicht vor Schmerz, bevor sie wohlig aufstöhnte. Die Tücher blieben einige Zeit auf ihrem Körper und als er sie wieder entfernte, hinterließen sie gerötete Haut. Die Dienerinnen reichten ihm wortlos einen Flacon mit Öl. Schon lange hatte er seinen inneren Widerstand aufgegeben und pure Lust übermannte ihn. Es war schon zu lange her, dass er mit einer Frau verkehrt hatte. Überhaupt waren seine

Erfahrungen auf dem Gebiet sehr dürftig. Sie gingen nicht über wenig erbauliche Begegnungen mit einigen Dirnen aus dem Hafenviertel hinaus. Dies hier war schon eine ganz andere Versuchung, der er nicht widerstehen konnte. Die wurde nur noch verstärkt, als die Dienerinnen begannen, ihn mit kundigen Griffen zu entkleiden. Dabei schmiegten sie sich an ihn, sodass er ihre kleinen Brüste in seinem Rücken spürte. Sein Glied reckte sich zu beachtlicher Größe in die Höhe. Langsam schüttete er nun das duftende Öl auf Antonias Körper, ließ es einen Augenblick zwischen ihren Brüsten herunterlaufen, um es dann kurz über ihrem Bauchnabel aufzufangen und zärtlich über ihren Oberkörper zu verreiben. Antonina stöhnte wild auf. Gierig ergriffen ihre Hände seine Hüften und zogen ihn zu sich heran. Dabei öffnete sie ihre Schenkel und gab so den Weg für sein Glied frei. Als er in sie eindrang, übermannte ihn die Hitze ihres Körpers schon nach kurzer Zeit. Enttäuscht über seinen schnellen Erguss wollte sie sich schon abwenden, doch er hielt sie fest. Ihre Miene hellte sich auf, als sie spürte, dass seine Männlichkeit nicht nachließ. Nun begann das Liebesspiel zu ihrer grenzenlosen Verwunderung von vorne.
Es wurde noch eine lange Nacht, bis er ermüdet die Augen schloss und Antonia mit ihren Dienerinnen seine Kammer still und leise verließ.
Als am Morgen Dardanus seine Augen öffnete, deutete nichts mehr auf die wilde Nacht hin. Für einen Moment fragte er sich, ob es nicht alles nur ein wüster Traum gewesen wäre. Doch der Duft von Jasmin und Lavendel hing immer noch in der Luft und belehrte ihn eines Besseren. Mit großem Schrecken wurde er sich bewusst, dass er seinem Dienstherrn, dem großen Belisar, Hörner aufgesetzt hatte.
„Er wird mir die Eier abschneiden, oder mich in den Latrinenbecken von Byzanz ersäufen lassen, wenn er es je erfährt!"

Heilige Furcht ergriff ihn. Wie sollte er jemals unbefangen dem Heermeister gegenübertreten können? Seine Gedanken rasten. Nach einiger Zeit beruhigte er sich wieder, nachdem er zu dem Schluss gekommen war, dass Antonia dies nicht zum ersten Mal gemacht zu haben schien. Zu gut und organisiert war alles abgelaufen.
„Sie ist schlimmer als eine Dirne!", versuchte er seine Schuldgefühle zu beruhigen, doch dann fiel ihm Sarah ein. Seine Schuldgefühle wuchsen ins Unermessliche.
„Das darf nie wieder passieren und auch Sarah darf das nie erfahren", versprach er sich hoch und heilig.
Nachdem er sich gereinigt und angezogen hatte, klopfte es auch an der Kammertür. Es war Teyos.
„Es geht los, Dardanus! Das Schiff ist bereits beladen und die letzte Kutsche wartet schon auf uns!"
Dardanus öffnete die Tür.
„Dann kann es ja losgehen! Ich bin bereit!"
Mit einem kurzen Blick zurück in seine Kammer verabschiedete er sich von dem Ort der Sünde und hoffte, damit alles hinter sich lassen zu können.

Die Schlacht um Daras

Daras, die befestigte Stadt an der Grenzlinie zu Armenia, auf die sich Römer und Perser in den Friedensgesprächen, nach den letzten großen Kriegen zwischen ihnen, geeinigt hatten, lag in der weiten Ebene vor dem großen Ararat – Gebirge. Die maroden Stadtmauern boten keinen ausreichenden Schutz mehr gegen mögliche Angriffe. Ursprünglich sollte die stark befestigte Stadt einen Gegenpol zur nicht weit entfernten persischen Festung

Nibisis bilden, doch mehrere Erdbeben hatten ganze Teile der Befestigungen einstürzen lassen und konnten bisher noch nicht wiederhergestellt werden. Also hatte man die Stadt mit mehr Präsenz römischer Truppen geschützt. Schon immer war dies ein Dorn im Auge der Perser gewesen und nun wollten sie diesen Dorn entfernen. Kundschafter kamen mit beunruhigenden Berichten von Aufmärschen der Perser zurück, was darauf hindeutete, dass ein Angriff unmittelbar bevorstand.
Belisar hatte sein Feldlager nicht weit von Daras, in der weiten Ebene davor, aufschlagen lassen. Sein Zelt überragte an Höhe und Ausdehnung die anderen Zelte der Legionäre beträchtlich und war weithin sichtbar. Die Größe wurde benötigt, weil seine Gattin Antonia es abgelehnt hatte, eine Unterkunft in Daras zu beziehen. Sie belegte mit ihrem Gefolge einen beträchtlichen Teil des Feldlagers. „Ich werde immer an deiner Seite bleiben, was immer auch geschieht!", hatte sie ihre Weigerung begründet. Belisar gab, wie bei allen Wünschen seiner geliebten Gattin, nach. So hatte Dardanus dafür zu sorgen, dass es ihr an nichts fehlte. Diese Aufgabe legte er nun aber weitgehend in Teyos Hände, um Abstand zu halten. Hinzu kam, dass schon merkwürdigerweise während der Reise hierher Antonia ihn keines Blickes gewürdigt hatte. Auch hier in dem Feldlager bedachte sie ihn mit Nichtachtung. Dies war Dardanus nur recht. Sein schlechtes Gewissen plagte ihn doch sehr, wenn er Belisar in die Augen schaute und ließ ihn nicht los. Zumal der seine Dienste nun zunehmend mehr in Anspruch nahm. Dies bedeutete aber auch, dass er immer öfter in der Nähe des Heermeisters weilte. Er war bei Besprechungen mit den Truppenführern zugegen und sorgte dann für Speisen und Trank. So bekam er die Vorbereitungen der bevorstehenden Schlacht hautnah mit. Auch der neue Sekretär, Prokopius, war bei solchen Besprechungen immer zugegen. Dardanus mochte ihn nicht sonderlich, weil der sich nicht mit Dienern und Untergebenen abgab. Zudem war er eitel und arrogant.

An diesem Morgen hatte Belisar wieder eine Besprechung angesetzt. Außerdem erwartete er die Ankunft des Magisters Hermogenes, der mit ihm zusammen die Schlacht lenken sollte. Der General Bouzes und der Führer der Heruler, Pharas, waren mit ihren Truppen bereits eingetroffen.
Belisar lief unruhig hin und her. Die Kundschafter hatten von einer riesigen Anzahl persischer Reiterei und Fußsoldaten berichtet, die mittlerweile etwa nur 20 Stadien entfernt lagerten. Seine Gedanken kreisten um die Durchführung der Schlacht. Welche Aufstellung sollte er nehmen und wie konnte er die Übermacht der Perser ausgleichen?
In seine Überlegungen hinein erschien Hermogenes in Begleitung seiner Leibwache am Eingang des Zeltes. Erfreut trat ihm Belisar entgegen.
„Ich habe schon sehnsüchtig auf dich gewartet, Hermogenes. Sag mir, wie viel Truppen konntest du mit hierherbringen?"
Hermogenes lachte dröhnend.
„Das ist ja eine schöne Begrüßung! Ohne einen guten Schluck Wein löst sich meine Zunge nicht!"
Belisar verzog säuerlich sein Gesicht.
„Ich hoffe, du bist nicht zum Trinken hierhergekommen! Aber wenn der Wein deinen Verstand schärft, dann soll es mir recht sein. Wir haben einiges zu besprechen."
Er gab Dardanus einen Wink, worauf der einen Krug mit rotem Wein holte und ihn Hermogenes mit einem Becher darbot. Der riss ihn hastig an sich und nahm sich nicht die Zeit, den Wein in den Becher zu schütten. In einem satten Strahl landete der Wein aus dem handbreit von seinem Gesicht entfernten Krug in seinen weit geöffneten Mund. Dabei rann ein kleiner, roter Bach über seinen goldenen Brustpanzer. Hermogenes hatte eine kräftige Statur. Er überragte die meisten seiner Männer um Haupteslänge. Die buschigen Augenbrauen und sein leicht angegrauter

Bart, ließen ihn wild aussehen. Daher legte sich auch niemand gerne mit ihm an.
„Ah, das tat gut! Der Staub von dieser gottverlassenen Gegend ist mir durch alle Poren gedrungen! Meine Truppe reinigt sich gerade dort unten am Fluss!“
„Wie viel Männer hast du denn nun mitgebracht?“, fuhr Belisar ihn ungehalten an.
Aufreizend nahm Hermogenes noch einen Schluck und noch, ehe er antworten konnte, betraten die Heerführer Bouzes und Pharas das Zelt. Sie streckten ihren Arm in die Höhe und grüßten schneidig:
„Ave Belisar und Hermogenes! Seid gegrüßt!“ Bouzes erhob weiter das Wort. „Meine Legion mit jeweils 2500 Fußsoldaten und die gleiche Anzahl als Reiterei, steht auf der anderen Seite des Flusses bereit!“
Pharas berichtete ebenfalls kurz und knapp:
„Meine 5000 Heruler kämpfen überwiegend auf Pferden. Nur ein geringerer Teil begleitet sie zu Fuß. Es sind Schildträger und Speerwerfer, die sie im Kampf unterstützen!“
Belisar erwiderte flüchtig den Gruß und dankte für den Bericht. Dann wandte er sich wieder Hermogenes zu.
„Also, wie stark ist deine Truppe?“
„Ich habe 5000 ausgebildete Kämpfer unter meinem Befehl. Davon sind 2000 Mann besonders gut im Kampf mit dem Schwert. Ich verfüge über 2000 Bogenschützen und 1000 Reiter. Ich denke, sie werden dir zeigen, wie man kämpft!“
Belisar erwiderte darauf nichts, sondern nahm sein Schwert und begann mit der Spitze auf dem Boden Linien zu ziehen. Dardanus hatte sich bisher im Hintergrund gehalten. Nun kam auch er neugierig nach vorne.
„Schaut genau her“, begann Belisar. „Das hier ist die Stadt, die wir verteidigen und schützen sollen!“ Er zeichnete einen kleinen Kreis auf den Boden. „Hier, wo die Mauern von Daras keinen Schutz mehr bieten, werden die Perser sicherlich angreifen. Das bedeutet für uns, dass wir uns in

der Ebene davor zur Schlacht stellen müssen. So, wie ich es nun vernommen habe, verfügen wir mit Bouzes über 5000 ausgebildete Legionäre und Pharas bringt ebenfalls die gleiche Menge mit. Ich verfüge auch über circa 5000 Mann, die ausschließlich aus Fußsoldaten und Bogenschützen bestehen. So können wir gemeinsam mit 20000 Mann in den Kampf ziehen. Nun müssen wir uns aber so aufteilen, dass wir den Angriff der Perser aufhalten können. Die Kundschafter sprechen von einer persischen Armee, die 40000 Köpfe zählt! Sie sind uns also in der Anzahl weit überlegen."
Belisar zog mit der Spitze seines Schwertes weitere Linien in den Boden.
„Mein Vorschlag wäre, dass wir uns folgendermaßen aufstellen." Er zeichnete eine gerade Linie vor dem Kreis, der Daras darstellen sollte. „Hier werden Hermogenes und meine Legion die erste Wucht des Angriffes brechen. Zuerst kommen die Bogenschützen zum Einsatz. Danach sind die Speerwerfer dran. Wenn sie ihre Speere geworfen haben, ziehen sie sich zurück und die Schildträger und Schwertkämpfer rücken vor. Dadurch wird der Angriff der Perser zum Stehen kommen. Genau in diese Verwirrung greift Pharas mit seinen Reitern von der rechten Seite ein. Er postiert sich seitlich auf dieser Linie hinter den Hügeln."
Dabei zeigte Belisar auf die rechte Linie, die er senkrecht auf die Gerade vor dem Kreis gezeichnet hatte.
„Auf der gegenüberliegenden Seite steht Bouzes und wird sie in Empfang nehmen, sollten sie nach dorthin ausweichen wollen! Auch dort gibt es kleine Hügel, die ihnen Sichtschutz bieten können."
Er zeichnete die Position von Bouzes in den Sand des Bodens, sodass jeder seinen Gedanken folgen konnte. Belisar räusperte sich und fuhr fort.
„Und noch etwas! Wir werden genau, wie ich es hier aufgezeichnet habe, Gräben ziehen. Sie werden uns helfen, unsere Positionen zu halten, wenn es zum Kampfgetümmel kommt. Also lasst es uns angehen! Ich

denke, so haben wir eine gute Chance gegen die Übermacht zu bestehen!"
Hermogenes hatte seinen Wein Krug zur Seite gestellt und blickte ernst auf die gezeichneten Linien.
„Ich sehe, du hast dir gute Gedanken gemacht, Belisar. Ich fürchte nur, wenn die Männer erfahren, dass die Perser mit doppelt so vielen Kämpfern gegen uns ins Feld ziehen, wird sie der Mut verlassen. Sie werden fliehen, wenn sie uns angreifen!"
Belisar schüttelte unwillig den Kopf.

„Es wird deine Aufgabe sein, ihnen den Mut einzuflößen! Dafür habe ich diese Schlachtordnung ersonnen, damit die Legionäre Vertrauen in unsere Kriegskunst haben!"
Hermogenes zuckte nur mit den Schultern.
„Wir werden sehen! Ich denke, es wird alles davon abhängen, ob uns das gelingt!"
Belisar blickte noch einmal zu Bouzes und Pharas.
„Seid ihr mit dem Plan einverstanden, so geht und lasst die Gräben ausheben!"
Die beiden Heerführer führten keinen Einwand an, grüßten mit gestrecktem Arm und verließen das Zelt. Hermogenes wandte sich ebenfalls dem Ausgang zu. Dann blieb er aber noch einmal stehen und sprach:
„Du weißt genauso wie ich, dass die Lage für uns nicht gut aussieht. Darum sollten wir jede Gelegenheit ergreifen, diese Schlacht zu vermeiden. Ich gehe ja sonst keinem Kampf aus dem Wege, aber hier stehen wir auf verlorenem Posten!"
„Natürlich hast du recht, Hermogenes! Ich werde meinen Sekretär Prokopius anweisen, einen Brief an die Perser aufzusetzen. Darin werde ich sie auf die Unsinnigkeit dieser Schlacht hinweisen und dass wir nur den Frieden wollen. Vielleicht hilft das ja. Es ist aber nur ein Versuch!"
Hermogenes nickte zustimmend und verließ nun auch das Zelt. Nun befanden sich nur noch der Sekretär Prokopius und Dardanus mit Belisar in dem Zelt.

Belisar wandte sich an Prokopius.
„Du hast es gehört! Setze einen Brief an den Wirrhanes der Perser, Perotzes, auf. Schreibe ihnen, dass wir Frieden wollen und dass die Unterhändler des Kaisers bereits unterwegs seien. Ich denke, du wirst dafür die richtigen Worte finden!"
Belisar wollte sich zurückziehen, als Dardanus ihn aufhielt.
„Auf ein Wort, Herr! So, wie ich es sehe, könnte ihr jeden Mann gebrauchen, der ein Schwert führen kann! Bitte lasst mich auch dazu beitragen, diese Stadt zu verteidigen!"
Belisar winkte ab.
„Dein Angebot ehrt dich, aber du bist kein Soldat! Du wirst uns keine große Hilfe sein! Darum habe weiter ein Auge auf das Gefolge und stehe meinem Weib zur Verfügung!"
„Aber.....!"
Dardanus kam nicht dazu etwas einzuwenden, denn Belisar hatte das Zelt bereits verlassen. Ärgerlich blickte er in das grinsende Gesicht von Prokopius.
„Es ist weitaus angenehmer, einer Frau zur Verfügung zu stehen, als im Kampf zu sterben!", spottete der und es schien so, als ob er genau wusste, was Antonia unter „zur Verfügung stehen" verstand.
Ärgerlich fauchte Dardanus zurück:
„Hör zu, du Schreiberseele! Befasse dich lieber damit, wie du diesen verdammten Brief schreibst, anstatt hier schlaue Reden zu schwingen. Davon könnten Tausende Leben abhängen!"
Prokopius zuckte zusammen. Diese Reaktion hatte er nicht erwartet.
„Schon gut, mein Lieber! Ich werde mein Bestes geben, aber ich würde mich wundern, wenn sich die Perser darauf einlassen, egal wie gut mein Brief wird. Stell dich also darauf ein, dass du Tote sehen wirst. Ich hoffe, du kannst das ertragen!"
„Wir werden sehen, wer was ertragen kann", knurrte Dardanus und verließ das Zelt.

*

Im Feldlager der Perser hatte der oberste Feldherr, Perotzes, ebenfalls seine Befehlshaber zusammengerufen. Perotzes bekleidete den Rang eines Wirrhanes, welcher ihn als engen Vertrauten des Königs auswies. Zum Zeichen seiner Würde trug er auf dem Kopf einen Turban, geschmückt mit Perlen und einem goldenen Ring. Diesen Schmuck hatte ihm König Kabades als Zeichen seiner Gunst geschenkt. Eine noch größere Gunst bedeutete aber, dass Kabades seinen 2. Sohn, mit Namen Baresmanas, seiner Befehlsgewalt unterstellt hatte. Perotzes war von kleinem Wuchs, stechende Augen sezierten mit unstetem Blick jeden, der es mit ihm zu tun bekam. Er verbreitete durch seine Grausamkeit bei seinen Untergebenen Angst und Schrecken. Jegliche Nachlässigkeiten ahndete er mit harter Hand. Wenn es in eine Schlacht ging, so bereitete er diese bis ins Kleinste genauestens vor. Wenn sich jemand nicht an seine Befehle hielt, so bestrafte er dies aufs Grausamste. Die schlimmste Strafe erhielten aber diejenigen, die feige und mutlos vor dem Feind zurückwichen, um ihr eigenes Leben zu retten. Es hieß, dass er einen seiner Unterführer in kochendes Wasser hat tauchen lassen, um ihm anschließend die Haut in Streifen abzuziehen. Dies geschah nur aus dem Grund, weil er wegen einer Übermacht des Feindes, den Rückzug und die Flucht befohlen hatte.
Nun knieten seine Befehlshaber im Halbkreis vor ihm auf dem Boden. Einzig der 2. Sohn des Königs, Baresmanas, stand aufrecht in der Mitte. Er war für einen Perser recht groß. Seine hünenhafte Gestalt überragte alle um Haupteslänge. Von Geburt an besaß er nur ein Auge, was ihn absonderlich aussehen ließ. Wenn jemand sich erdreistete, ihn aufgrund dieser Besonderheit allzu lange

anzustarren, dem stach er ebenfalls ein Auge aus. In der Schlacht zeichnete er sich aber immer als großer Kämpfer aus. Er kämpfte stets an der Spitze und galt bei seinen Untergebenen als großes Vorbild. Wenn er vorausging, dann folgten ihm alle blind. Perotzes achtete ihn sehr und nicht nur, weil er der Sohn des Königs war. Er war sein verlängerter Arm auf dem Schlachtfeld, denn er selbst nahm aktiv an den Kämpfen nicht teil. Darum nahm Baresmanas auch im Kreis der Befehlshaber eine Sonderstellung ein.
Perotzes schaute mit seinen stechenden Augen in die Runde. Alle Befehlshaber hielten Ihre Köpfe gesenkt und schauten zu Boden. Nur Baresmanas blickte ihn mit seinem Auge fragend an.
„So hört mir zu!", begann Perotzes leise. Dieses leise Sprechen war eine Eigenart von ihm. Damit wollte er erreichen, dass seine Zuhörer sich voll konzentrieren mussten, um ihn zu verstehen. Damit sicherte er sich ihre volle Aufmerksamkeit.
„Der Magister Militum Belisar hat mir einen Brief geschrieben. Darin bettelt er um Frieden. Er meint, diese Schlacht wäre unnötig, denn Unterhändler und Gesandte von Kaiser Justinian wären bereits unterwegs zu unserem allmächtigen König Kabades. Ich sage aber, dass die Römer uns nur hinhalten wollen, um ihre Truppen hier zu verstärken. Sie lügen und betrügen und halten ihr Wort nicht. Darum ist dieser Brief nicht mehr wert, als Schall und Rauch!"
Perotzes wandte sich zu einem der Hofbeamten hin, die am Rande des Zeltes knieten und alles niederschrieben, was gesprochen wurde.
„Ich wünsche, dass Belisar eine Antwort mit folgendem Wortlaut erhält:
Wir sind der Wortbrüchigkeit und der kriegerischen Handlungen gegen das persische Volk überdrüssig. Darum werden wir Euch hier dem Erdboden gleichmachen. Ach, und ehe ich es vergesse. Zündet in Daras schon mal

die Öfen an und wärmt die Bäder. Ich habe die Absicht, morgen in den Thermen von Daras ein Bad zu nehmen!"
Baresmanas verzog sein Gesicht zu einem Grinsen. Diese Sprache liebte er. Er wurde jedoch sofort wieder Ernst, als Perotzes das Wort an ihn richtete.
„Ich warte auf deinen Plan, wie du gedenkst die Römer zu schlagen!"
„Ehrwürdiger Wirrhanes, ich habe mir Folgendes ausgedacht und hoffe, dass es dein Wohlgefallen findet. Wir verfügen an Reiterei und Fußvolk über ungefähr 40000 Kämpfer. Zunächst einmal wird unsere Reiterei an den Flügeln angreifen, sodass die Römer in Bewegung geraten und fliehen. Danach werden wir im Zentrum in Reihe und mit schmaler Front angreifen und damit eine Bresche in die Phalanx der Römer schlagen. Zudem werden wir nur mit einer Hälfte unserer Truppen angreifen. Der Rest hält sich im Hintergrund zur Verfügung. Wenn unsere Kämpfer wider Erwarten in harte langandauernde Kämpfe verwickelt werden sollten, so werden sie durch ausgeruhte, frische Kräfte ausgetauscht. So können wir unseren Gegnern immer kampfbereite Kämpfer entgegenwerfen. Ich denke, so werdet Ihr am späten Nachmittag Euer Bad in Daras genießen können!"
Perotzes starrte gedankenversunken ins Leere. Nichts in seinem Gesicht ließ erkennen, wie er diesen Plan bewertete. Nach einiger Zeit der Regungslosigkeit bewegte er zustimmend leicht den Kopf. Dann wandte er sich an die anderen Befehlshaber.
„Ihr habt die Ausführungen des Baresmanas gehört! Ich stimme diesem Plan zu! Ich möchte euch aber eines noch zur Kenntnis geben. Der große König hat, wie es Sitte ist, verfügt, dass jeder Kämpfer hier vor der Schlacht einen Pfeil abgibt. Er muss so gekennzeichnet sein, dass er als sein Eigentum erkannt werden kann. Nach der Schlacht holt sich jeder, der noch in der Lage ist, seinen Pfeil wieder ab. So sehen wir auf einen Blick, welche Opfer die Schlacht gekostet hat. Darum sorgt dafür, dass nicht allzu viele

Pfeile übrig bleiben, denn der König wird nach der Schlacht mit uns den Sieg feiern und dabei auch die Menge der nicht abgeholten Pfeile sehen und bewerten."
Mit diesen Worten beendete er die Unterredung.

*

Belisar hörte andächtig zu, als Prokopius am frühen Morgen die Antwort von Perotzes laut vorlas. Mit jedem Wort verfinsterte sich sein Gesicht.
„Wir sollen die Öfen in den Thermen von Daras anzünden? Er will morgen dort ein Bad nehmen? Wir werden dieser Ratte Feuer unterm Hintern machen!", schimpfte er laut. „Er lässt sich also auf unser Friedensangebot nicht ein! Dann soll es so sein! Wie weit sind wir mit den Gräben?"
Prokopius hatte diese Frage erwartet und ging zum Ausgang des Zeltes. Draußen wartete schon Bouzes und trat ein.
„Ave, Belisar! Die Gräben sind gezogen! Sie sind zwar nicht so tief, wie ich das gewünscht hätte, weil der Grund hart und felsig ist, aber ich denke sie werden ihren Zweck erfüllen."
Belisar erwiderte den Gruß nicht, sondern knurrte nur:
„Gut so! Dann lasst die Legion antreten! Der Wirrhanes der Perser will heute noch in Daras ein Bad nehmen. Bereiten wir ihm einen heißen Empfang!"
Bouzes hob bestätigend die Hand und verschwand umgehend hinaus. Bald darauf vernahmen sie die Geräusche vieler Hufe und das Klirren der Waffen.
Nach einiger Zeit, in der sich Belisar noch mal in seinen Schlachtplan vertieft hatte, verkündete er:
„Ihr beiden begleitet mich! Du Prokopius, weil ich weiß, dass der Kaiser von Dir einen Bericht über diese Schlacht erwartet. Dafür musst du nahe genug am Geschehen sein. Für dich Dardanus gilt, dass, du zur Stelle sein musst,

wenn ich etwas benötige. Also lasst es uns angehen! Gott sei uns gnädig!"
Als Belisar und seine Begleiter den Platz im Befehlsstand der Verteidigungslinie einnehmen wollten, musste er an den bereitstehenden Truppen vorbei. Dabei blickte er in mutlose und verzagte Gesichter. Sofort fiel ihm die Aussage von Hermogenes wieder ein. „Sie sind mutlos und werden fliehen!"
Belisar hielt mit seinem Pferd an und blickte sich um. Dann nahm er einen kleinen Hügel wahr. Entschlossen begab er sich dort hin. Von hier aus konnte er von allen gesehen werden.
„Hört mir zu, Männer!", begann er mit lauter Stimme. „Wir werden uns heute einen Angriff der Perser erwehren müssen. Dabei können wir nur bestehen, wenn wir ihnen mit Mut und Vertrauen auf Gott entgegentreten. Ein Sieg ist für Kaiser und Reich von großer Wichtigkeit! Darum müssen wir unser Herz in die Hände nehmen und kämpfen. Ihr seid jetzt noch mutlos, weil ihr euch einer erdrückenden Übermacht gegenüberseht. Doch bedenket, die Anzahl der Gegner ist nicht entscheidend für den Ausgang einer Schlacht. Es zählt Mut und Können. Ihr seid im Kampf ausgebildete Legionäre und vielfach bewährt, während die persische Armee nur aus, in den Dienst an der Waffe gepresste Bauern besteht. Jeder von euch zählt mehr als dreimal so viel wie jeder Einzelne von ihnen. Es besteht also kein Grund dazu, mutlos zu sein. Ich habe mit unserer Schlachtanordnung alles für einen Sieg vorbereitet. Nun seid ihr an der Reihe, es umzusetzen. Also ergreift eure Waffen und kämpft, so wie es euch eure Anführer befehlen. Gott schütze uns!"
Für einen Augenblick herrschte totenstille. Dann brach frenetischer Jubel aus. Die Männer reckten ihre Waffen in die Höhe und schrien: „Tod den Persern!"
Belisar nickte zufrieden und ritt zu seinem Befehlsstand zurück. Zu Prokopius gewandt sprach er:

„Schreib das in deinen Bericht von dieser Schlacht. Der Kaiser soll wissen, dass ich den Männern Mut zum Kämpfen eingehaucht habe!“
Dardanus unterbrach mit einem Ruf die Unterhaltung. „Die Perser greifen auf der rechten Seite an! Bouzes weicht mit seiner Reiterei zurück! Von Mut zum Kämpfen kann ich da nichts sehen!“
Belisar kam an seine Seite und blickte hinüber zu den flachen Hügeln auf der rechten Seite. Die Staubwolken zeigten ihm die Bewegungen der Perser.
„Nur ruhig Blut! Das ist nicht ihre Hauptmacht! Sie wollen nur, dass wir dort aushelfen und unsere Mitte entblößen. Das ist nur ein Ablenkungsmanöver, damit sie anschließend hier auf weniger Widerstand treffen. Bouzes verhält sich völlig richtig!“
Mit dieser Einschätzung der Lage schickte er auch seine Melder los. Er schärfte ihnen ein, dass die Unterführer vor Ort nichts unternehmen sollten, was er nicht ausdrücklich befohlen habe. Kurz darauf gab ihm der Rückzug der Perser auf der rechten Seite recht. Belisar nickte zufrieden und knurrte:
„Perotzes ist zu schlau! Er glaubt, bei so wenig Widerstand, würden wir ihn in eine Falle locken. Darum zieht er sich dort wieder zurück.“ Wieder rief er einen Melder zu sich.
„Bouzes soll seine ursprünglichen Positionen wieder einnehmen. Es bleibt so, wie wir es besprochen haben.“
Bei den Kampfhandlungen auf der rechten Seite hatte es zwar kaum Verluste gegeben, doch wie die Perser so einfach und ohne Schwierigkeiten die Verteidiger zum Rückzug gezwungen hatten, ließen den Mut der Römer bis ins Unendliche sinken. Nun geschah auch etwas, welches selbst Belisar nicht voraussehen konnte. Nachdem die Perser sich zurückgezogen hatten und Bouzes wieder seinen ursprünglichen Platz eingenommen hatte, kam eine kleine Reitergruppe der Perser heran und blieb kurz vor der Verteidigungslinie von Hermogenes und Belisar in einer

Reihe stehen. Einer von ihnen rückte noch weiter vor, bis er auf Rufweite heran war.
„Ihr Römer seid feige und könnt nicht kämpfen“, rief er so laut, dass alle Verteidiger ihn verstehen konnten. Belisar konnte von seinem Standort den Rufer genau sehen und erkannte, dass es sich um einen noch jungen Mann handelte. Dennoch musste es sich um einen bewährten Kämpfer handeln, denn seine Rüstung zierten mehrere Zeichen eines kampferprobten Würdenträgers. Die stellte er auch derart zur Schau, dass es niemand verborgen bleiben konnte. Hinzu kam seine kräftige Gestalt, die er stolz und aufrecht auf seinem Pferd zur Schau stellte.
„Wer wagt es von euch, gegen mich im Kampf anzutreten? Ich werde euch zeigen, wie unterlegen ihr Römer in dieser Schlacht sein werdet. Also, wer möchte gegen mich kämpfen?“
Ringsherum herrschte lähmende Stille. Die Legionäre blickten verzagt zu Boden. Niemand regte sich. Keiner von ihnen traute sich zu, gegen diesen Herausforderer zu bestehen. Sicher war der bewandert in allen Kampftechniken und wahrscheinlich nicht ohne Grund von den Persern ausgewählt worden.
Wartend, mit einem arroganten Grinsen im Gesicht blickte der Mann in die Runde. Als niemand Anstalten machte, auf seine Aufforderung einzugehen, winkte er verächtlich ab.
„Ich wusste, dass ihr Römer Feiglinge seid! Wir werden euch jetzt alle in dieser Schlacht ins Jenseits befördern, noch ehe ihr einen Arm zur Gegenwehr erhoben habt!“
Belisar fluchte laut.
„Schickt diesem Mistkerl einen Pfeil zwischen die Rippen! Bringt ihn zum Schweigen!“
Er wollte diesen Befehl gerade seinen Unterführern zurufen, als Dardanus ihm zuvorkam.
„Ein Pfeil wird das Problem nicht lösen, Herr. Wie ich sehe, ist er mit seiner schweren Rüstung sehr gut geschützt. Ein Pfeil aus großer Entfernung wird sie nicht durchdringen können. Selbst, wenn es gelingen würde, könnte es nicht

seine Demütigung von uns nehmen. Die Männer würden dadurch nicht zuversichtlicher sein! Es hilft nur, wenn dieser Angeber im Kampf besiegt wird. Wenn keiner Eurer „tapferen Legionäre“ dazu bereit ist, so will ich es versuchen. Gebt mir ein Pferd und ich werde dem Perser zeigen, wie man kämpft!“
Belisar schaute ihn ungläubig an.
„Du? Du bist kein Soldat und hättest keine Chance gegen ihn! Das wäre Selbstmord!“
„Das lasst meine Sorge sein, Herr! Was habt ihr denn zu verlieren? Wenn ich unterliege, habt Ihr nur einen Diener verloren und das würde nicht den Ruf der Legion belasten. Sollte ich aber gewinnen, so zeigen wir unseren Männern, dass sogar unbedeutende Hausdiener die Perser besiegen können. Das würde unsere Lage beträchtlich zu unseren Gunsten ändern!“
Nach einer Zeit des Schweigens nickte Belisar.
„Du hast mich überzeugt! Ich werde Ärger von meinem Weib, Antonia, bekommen. Da sich aber niemand anderes zur Verfügung stellt, bleibt mir keine andere Wahl. Hast du schon einmal eine Rüstung getragen?“
„Ich brauche keine Rüstung, denn ich habe nicht die Absicht, getroffen zu werden. Ich brauche nur ein Schwert und ein Pferd, das schnell und wendig ist.“
Belisar seufzte ergeben. Er glaubte wohl auch nicht, dass Dardanus eine Rüstung etwas bringen würde. Dazu schätzte er dessen Chancen als zu gering ein. Kurz darauf ritt Dardanus dem Perser entgegen, der gerade schon im Begriff war, zu seinen Leuten zurückzukehren. Mit scharfer Stimme rief er den Perser an:
„Bleib hier, du Sohn einer Kanalratte! Du willst dich mit einem Römer messen? Hier bin ich! Jetzt kannst du zeigen, ob du mehr kannst, als nur große Worte zu schwingen!“
Der junge Perser blickte sich ungläubig um.

„Du Schwächling willst es mit mir aufnehmen? Du trägst ja noch nicht einmal eine Rüstung! Es wird ein Spaß für mich, euch zu zeigen, wie schwach ihr Römer seid!"
Mit diesen Worten trieb er sein Pferd an und kam mit vorgehaltenem Speer auf Dardanus zugestürmt. Der zog sein Schwert und schlug mit einem kräftigen Hieb von oben herab gegen die Speerspitze und zog sein Pferd zur Seite. Dadurch veränderte sich die Richtung der Spitze des Speeres so weit nach unten, sodass sie zwischen die Vorderbeine des heranrasenden Pferdes geriet. Dies brachte das Pferd so ins Straucheln, dass es vornüber einknickte und den Reiter kopfüber aus dem Sattel warf. Der Aufprall auf den Boden war durch die schwere Rüstung hart, sodass der Perser für einen Moment benommen liegen blieb. Diesen Augenblick nutzte Dardanus kaltblütig aus. Mit einem schnellen Satz schwang er sich aus dem Sattel und warf sich auf den Perser, der wehrlos auf dem Rücken lag. Dardanus ließ ihm keine Chance zur Gegenwehr. Er zog ein Messer aus seinem Gürtel und mit einem schnellen Schnitt durchtrennte er dessen Kehle. Danach reckte er die Hand mit dem Messer siegreich in die Höhe und stieß einen Schrei aus, der in den beiden feindlichen Lagern zu hören war.
Belisar traute seinen Augen nicht und begriff noch nicht so recht, was da geschehen war. Erst nachdem der Siegesschrei von Dardanus von der gesamten Legion in ihren Stellungen wiederholt wurde, wusste er, dass Dardanus die Demütigung seiner Legion gesühnt hatte.
Er wusste nur noch nicht, ob es an der Kampfkunst seines Dieners gelegen hatte, oder nur Zufall und Glück ihm zur Seite gestanden hatten. Als Dardanus zurückkam und blutbesudelt vor ihm stand, schaute er ihn anerkennend an.
„Du warst sehr mutig, Dardanus! Du hast uns einen unschätzbaren Dienst erwiesen. Ich muss noch über einen entsprechenden Lohn für dich nachdenken. Ich denke, du hast uns gezeigt, dass die Perser auch besiegbar sind. Die werden so etwas sicher nicht wiederholen wollen!"

Er hatte das gerade ausgesprochen, als erneut einer der Perser vorstellig wurde. Mit lauter ärgerlicher Stimme rief er:
„Euer Kämpfer hatte nur unglaubliches Glück! Wir werden das so nicht stehenlassen können. Unser Mann war ein Heißsporn und unerfahren. Es war wohl ein Fehler, ihn gegen euch ins Feld zu schicken! Nun versucht es doch einmal mit mir! Ich fordere Genugtuung! Wer stellt sich erneut zum Kampf, aber dieses Mal gegen mich? Man nennt mich Haras, den Unbesiegbaren!“
Der Rufer war von Statur ein wahrer Gigant. Auch aus der Ferne konnte man sehen, dass er nicht mehr ganz so jung war. Das deutete darauf hin, dass er wohl in unzähligen Kämpfen Erfahrungen gesammelt hatte und daher nicht so leicht zu überwinden war. Dies war einer der Gründe, warum sich auch dieses Mal aus dem Bereich der Legion niemand für so stark hielt, gegen diesen Hünen anzutreten.
Dardanus hob seufzend die Schultern.
„Dann muss ich wohl wieder!“, verkündete er wie selbstverständlich. Prokopius schaute ihn mit Entsetzen an.
„Um Gotteswillen, Dardanus! Das wirst du dieses Mal nicht überstehen! Lass es sein!“
Auch Belisar mischte sich ein.
„Es muss niemand mehr gegen dieses Ungetüm kämpfen! Du hast genug Mut bewiesen!“
Dardanus hörte schon nicht mehr zu. Mit einer schnellen Wendung rannte er mit gezogenem Schwert zu seinem Pferd und jagte auf den Perser zu. Fast zu spät erkannte er, dass der von seinem Pferd gestiegen war und in seinen Händen eine lange Lanze hielt, die an beiden Enden eine breite Schneide besaß. Damit hätte er das Pferd von Dardanus ohne Mühe aufschlitzen können und ihn dadurch zu Fall gebracht. Im letzten Augenblick ließ er sein Pferd vorne hochsteigen und eine halbe Drehung mit den Hinterbeinen ausführen, sodass er außerhalb der Reichweite der zweischneidigen Lanze kam. Mit einem

Satz war er aus dem Sattel. Diesen Kampf konnte er nur zu Fuß bestehen. Der Perser hatte nun die Lanze mit beiden Händen in der Mitte gegriffen und wirbelte sie in einer schnellen senkrechten Rotation quer vor seinem Körper. So kam er auf mit überlegenen Grinsen auf Dardanus zu, der leicht geduckt mit dem Schwert in der Hand vor ihm zurückwich. In dieser Situation konnte er mit seinem kurzen Schwert nichts ausrichten. Erst als der Gegner, seiner Sache völlig sicher, von der senkrechten Rotation dazu überging, die Lanze waagerecht über seinem Kopf zu schwingen, blieb Dardanus stehen. Der Perser kam nun bedrohlich näher. Als er fast auf Reichweite zu Dardanus mit seiner Lanze heran war, änderte er die Geschwindigkeit der Drehung. Lauernd fixierte er ihn und beendete die schnelle Rotation. Nun hielt er sie ruhig quer zu seinem Körper. Mit einem Satz sprang er auf Dardanus zu und schwang die Lanze rechts mit einer wuchtigen Drehung auf ihn zu. Die Schneide verfehlte den Kopf von Dardanus nur knapp. Blitzschnell konnte der noch gerade abtauchen. Der Perser wiederholte den Schlag, die Richtung wechselnd, gedankenschnell mit der anderen Seite der Lanze. Doch auch dieser Hieb verfehlte sein Ziel. Maßlos erstaunt und wütend darüber, wiederholte er die Schläge in schnellem ständigen Wechsel. Dardanus wich jedoch jedes Mal, den selbst mit rasender Geschwindigkeit geschlagenen Kreiseln der Lanze, gekonnt aus und brachte damit den Perser zur Weißglut. Dies verleitete ihn jetzt dazu, dass er seinen Kampfstil änderte. Nun wollte er die Lanze als Stoßwaffe benutzen. Genau das hatte Dardanus bezweckt. Er nutzte den Moment, in dem der Perser das Kreisen der Lanze stoppte und sie herunternehmen wollte. Dardanus hechtete nach vorne und stieß wuchtig mit dem Schwert in den, jetzt entblößten Oberkörper. Das Schwert fuhr durch dessen Brustpanzer ins Eingeweide. Mit weit aufgerissenen Augen starrte ihn der Perser an. Kraftlos ließ er die Lanze fallen. Gnadenlos zog Dardanus sein Schwert noch dazu nach oben und riss

so eine große tödliche Wunde. Mit einem lauten Stöhnen sank der Perser vornüber in den Sand. Wie nach seinem Kampf zuvor reckte Dardanus sein Schwert mit einem Siegesschrei in die Höhe. Auch jetzt antworteten ihm Tausende römische Kehlen.
Belisar schüttelte fassungslos den Kopf.
„Wenn ich es nicht mit eigenen Augen gesehen hätte, würde ich das nicht glauben. Hat jemand schon einmal solche Kampftechnik gesehen? Dieser Perser hätte jeden anderen in kleine Stücke gehackt. Was für ein Kämpfer dieser Dardanus. Wo hatte ich bisher nur meine Augen?"
Prokopius fügte anerkennend hinzu:
„Wer hätte das gedacht? Das ist in der Tat ein großer Kämpfer! Ihr solltet über andere Aufgaben für ihn nachdenken, Herr. Der Dienst in Haus und Hof entspricht nicht seinen Fähigkeiten."
Belisar blickte versonnen in die Ferne. Nach einiger Zeit antwortete er bestimmt:
„Das wird sicherlich geschehen! Warten wir aber den Ausgang der Schlacht ab. Wie ich sehe, rücken die Perser mit ihrer Hauptmacht heran. Perotzes will wohl keine Zeit mehr verlieren, denn er weiß, dass wir in der Mittagszeit die Speise für den Tag zu uns nehmen. Er glaubt wohl, mit vollem Bauch kann man nicht kämpfen!"
Dardanus lachte spöttisch auf.
„Da irrt der sich wohl, denn so üppig ist die Tagesration nicht. Das karge Essen macht die Legionäre eher wütend und kampfeslustig. Wir werden es ihm schon zeigen!"
Belisar schaute ihn fragend an.
„Ich entnehme aus deinen Worten, dass du wieder die Waffe in die Hand nehmen willst. Ich wäre dumm, wenn ich das verbieten würde. Ich versetze dich in den Rang eines Optio. Du bist damit der ranghöchste Offizier nach dem Zenturio. Sollte der in der Schlacht fallen, so trittst du an seine Stelle. Ich halte dich dafür fähig, nach allem, was ich nun von dir gesehen habe. Melde dich bei Hermogenes auf

der linken Seite der geraden Frontlinie. Er wird dir deine Aufgabe zuweisen."
Dardanus grüßte nur kurz und verschwand. Kurz darauf erzitterte der Boden unter den Hufen der Pferde und den Füßen der Angreifer. Zunächst kamen die Bogenschützen zum Einsatz. Die Angreifer schossen ihre Pfeile in solch großer Anzahl ab, sodass sich der Himmel verdunkelte. Belisar befahl, den Beschuss erst zu erwidern, wenn der Feind näherkam. Er hatte erkannt, dass den Persern der Wind kräftig ins Gesicht blies und dadurch die Pfeile nur wenig Schaden anrichteten. Mit dem Wind im Rücken besaßen die Verteidiger wesentlich mehr Durchschlagskraft. In der Ferne sah Belisar von seiner Position aus, wie die Perser immer wieder die Bogenschützen austauschten. Wenn sie ihren Köcher leergeschossen hatten, zogen sie sich zurück und neue, frische Kräfte traten an ihre Stelle. Als endlich der große Pfeilhagel der Perser nachließ, traten ihre Speerwerfer an. Das war der Moment, in dem Belisar seinen Bogenschützen den Befehl gab. Die Pfeile rissen in die Reihen der feindlichen Speerwerfer große Lücken, sodass dieser Angriff völlig wirkungslos wurde. Perotzes erkannte dies zwar spät, aber nicht zu spät. Er beorderte die Speerwerfer zurück und ließ die Fußkämpfer in großer Anzahl die rechte Seite der Römer angreifen. Nach heftiger Gegenwehr wandte sich Bouzes mit den Verteidigern zur Flucht. Die Übermacht war dort zu groß. Wild und wie im Blutrausch setzten die Perser ihnen nach und metzelten alles nieder, was ihnen vor die Schwerter kam.
Belisar hatte dies wohl frühzeitig erkannt und befahl einem großen Teil seiner Männer, die Perser von der Seite her anzugreifen, um sie so zu trennen. Zusätzlich griff nun Pharas mit seinen Reitern von den Hügeln herunter an. Der Angriff der Perser kam ins Stocken. Zu spät erkannten sie ihre Lage und wollten sich zur Flucht wenden. Da kehrten Bouzes mit seinen Männern wieder um und sie hieben wütend auf alles ein, was sich ihnen in den Weg stellte.

Solchermaßen in die Zange genommen, hatten sie keine Chance mehr. Tausende Perser ließen in dem Gemetzel ihr Leben. Bouzes ließ sich aufgrund des Erfolges nicht dazu verleiten, die fliehenden Perser zu verfolgen. Er hielt wieder inne, als sie ihre Ausgangsposition an dem Graben erreicht hatten.
Dies alles hatte Perotzes mit ungläubigem Staunen verfolgt. Sein Stolz und seine maßlose Arroganz ließen es einfach nicht zu, eine Niederlage zu erkennen. Noch einmal warf er alle frischen, verfügbaren Kräfte gegen den Feind. Nun sollte es der Sohn des Königs, Baresmanas, richten. Vor dessen Urgewalt und unbändigem Siegeswillen würden die Feinde ihre Schwerter fortwerfen und das Weite suchen. Dessen war er sich gewiss.

Hermogenes war hocherfreut, als Dardanus sich bei ihm meldete.
„Dich kann ich hier gut gebrauchen, mein Junge. Deine Heldentaten hat hier jeder gesehen! Wenn du vorangehst, werden die Männer dir blind folgen! Dein Platz ist in der vordersten Reihe. Dir untersteht die Centurie der Fußkämpfer. Hier ist dein Feldzeichen! Damit hast du dort die Befehlsgewalt!“
Dardanus nahm den Schild und das Feldzeichen der 8. Centurie und bahnte sich den Weg zu deren Verteidigungslinie. Bei den Männern angekommen, die dicht gedrängt an der linken Seite des Grabens standen, rammte er das Feldzeichen in die Erde und schaute die Legionäre auffordernd an.
„Ich bin Dardanus und führe ab jetzt diese Zenturie. Achtet auf mein Wort und handelt nur so, wie ich es euch sage. Auf dieser Seite werden die Perser es nicht schaffen, durchzubrechen! Das habe ich dem Belisar versprochen. Also nehmt euer Herz in die Hand und kehrt nie dem Feind den Rücken zu!“
Er hatte es kaum ausgesprochen, da begann der Angriff. Mit einem Blick erkannte er die bedrohliche Lage. Perotzes

hatte seine ganze verbliebene Armee hier auf dieser Seite konzentriert. Hier wollte er wohl durchbrechen, um in den Rücken der Verteidigungslinien von Hermogenes und Belisar zu kommen. Würde ihm das gelingen, so war die Schlacht verloren. Also mussten sie hier die Stellung halten. Blitzschnell und präzise kamen nun seine Befehle. Er schickte die Schildträger und Speerwerfer nach vorne.
„Bildet eine Dreierreihe mit aufgestellten Schilden, sodass eine Wand aus Schilden entsteht. So rückt ihr vor! Die Speerwerfer stellen sich dahinter auf. Wenn die Wucht des Angriffs diese Wand durchbricht, werdet ihr sie mit euren Speeren empfangen. Habt ihr sie abgeworfen, dann kehrt hinter unsere Verteidigungslinie zurück und die Schwertkämpfer rücken vor. Sollte es den Persern trotzdem gelingen, durchzubrechen, dann nehmt euer Herz in die Hand und kämpft um euer Leben. Gott schütze euch!“
Die in vielen Kämpfen erfahrenen Legionäre setzten seine Befehle sofort um. So funktionierte ihr Kriegshandwerk schon seit ewigen Zeiten. Jeder wusste also genau, was er zu tun hatte.
Dardanus fluchte leise vor sich hin, als er die Anzahl der Angreifer sah. Hatte Belisar die Lage falsch eingeschätzt und die Verteidigungslinie nicht richtig aufgestellt? Sie waren hier auf der linken Seite hoffnungslos in der Unterzahl.
Der Aufprall der Perser auf die Verteidigungslinie von Dardanus war verheerend. Schilde splitterten, Pferde wieherten schmerzvoll auf, als Speere ihre Leiber aufrissen, und Kampfgeschrei begleitete das Klirren der aufeinanderschlagenden Schwerter. Es dauerte auch nicht lange, da wandten sich die ersten Römer zur Flucht, denn vor ihnen wütete einer der Perser besonders. Mit wildem Gebrüll stürzte er sich immer wieder in die Kämpfe, Mann gegen Mann und machte jeden nieder, der in seine Nähe kam. Dardanus kämpfte sich zu ihm durch. Dafür musste er über Verwundete und Tote steigen und unzählige

Angreifer niedermachen. Dann war er heran. Er sah einen einäugigen Riesen auf einem gepanzerten Pferd, der furchterregend mit lautem Gebrüll sein Schwert schwang. Damit trieb er die flüchtenden Römer vor sich her. Völlig mit dem Blut seiner Gegner besudelt, flößte er ihnen panische Angst ein. Das Feldzeichen, das in seiner Nähe hochgehalten wurde, wies ihn als maßgeblichen Führer aus. Dardanus wusste in diesem Augenblick, dass er ihn aufhalten musste. Doch noch hatte er keine Ahnung, wie er das erreichen konnte. Um näher an ihn heranzukommen, musste er seine Künste als Schwertkämpfer zeigen, denn mehrere Perser drangen auf ihn ein. Seine Kampfkunst zog sofort die Aufmerksamkeit des Hünen auf sich. Aus den Augenwinkeln sah Dardanus ihn auf sich zukommen. Es blieb ihm keine Zeit mehr, auszuweichen. Daher wurde er von dem gepanzerten Pferd des Persers gerammt und ließ ihn zu Boden taumeln. Dabei fand er sich neben einem toten Speerwerfer auf dem Boden wieder. Den Speer hatte der Mann im Todeskampf aus der Hand gleiten lassen und lag nun neben ihm. Der Hüne vollführte mit seinem Pferd eine halbe Drehung, sodass er Dardanus nun voll im Visier hatte. Ein böses Grinsen huschte über sein grobschlächtiges Gesicht. Gemächlich stieg er ab, trat auf Dardanus zu und hob sein Schwert zum tödlichen Hieb. Da erscholl von den Hügeln, seitlich von ihm, das Trappeln vieler Hufe und wildes Kampfgeschrei. Verwirrt ließ er sich ablenken und ließ so sein Opfer für einen Moment aus den Augen. Dies nutzte Dardanus gedankenschnell aus. Er ergriff den neben ihm liegenden Speer und rammte ihn dem Hünen mit voller Kraft in die Brust. Ächzend sank der nieder und sein Auge brach, noch ehe er den Boden berührte. Sein Träger des Feldzeichens ließ dieses erschrocken fallen und wandte sich zur Flucht. In diesem Moment erreichten Pharas und seine Heruler das Schlachtfeld. Sie wüteten mit großer Kampfkraft in dem Rücken der persischen Armee. Aufgrund dessen kehrte die Centurie von Dardanus mit

neuem Mut wieder zurück und trieb nun die Perser vor sich her. Damit hatten die nicht gerechnet. Außerdem sahen sie das Feldzeichen des Baresmanas nicht mehr. Die Fluchtbewegung ließ sich von den Führern der Perser nicht mehr aufhalten. Gemäß dem Befehl von Belisar verfolgten die römischen Truppen sie nicht, sondern kehrten in ihre Ausgangsstellungen zurück.
Dardanus wischte sich das Blut aus dem Gesicht und richtete sich vom Boden auf.
„Ich denke. Die haben genug! Berichtet Belisar, dass wir gewonnen haben! Es ist vollbracht!“
Er hatte das noch nicht ganz ausgesprochen, als ein Melder zu ihm kam.
„Du bist Dardanus? Der Heermeister will dich sofort sehen. Ich soll dich in das Kommandozelt bringen!“
Dardanus blickte den Melder an und sprach:
„Geh schon voraus! Ich kenne den Weg. Ich muss hier nur noch etwas erledigen!“
Der Melder nickte und kehrte um. Dardanus rückte seine Kleidung zurecht und schritt auf den toten Baresmanas zu. Suchend blickte er umher. Der Boden war übersäht von Leichen. Der Tod hatte unter den Persern hier reichliche Ernte gehalten. Mit einem leichten Fußtritt überzeugte sich Dardanus, ob der Sohn des Kaisers auch wirklich sein Leben ausgehaucht hatte. Dann fiel sein Blick auf dessen Feldzeichen. Es lag verdeckt unter dem toten Körper seines Trägers. Noch im Sterben hielt er es fest umklammert. Vorsichtig löste Dardanus es aus dessen Händen und richtete es auf. Dann nahm er das Feldzeichen und rammte es neben der Leiche des Baresmanas in den Boden.
„Hier mein Junge! Du hast es verdient, dass deine Leute dich finden und dir ein ehrenvolles Begräbnis bereiten“, flüsterte er und wandte sich zum Gehen.
Auf seinem Rückweg zum Kommandozelt begegneten ihm schon die Männer, die das Schlachtfeld nach Verwundeten absuchten.

Im Kommandozelt waren außer Belisar bereits die Heerführer Hermogenes, Bouzes und Pharas versammelt. Als Dardanus eintrat, hoben alle den rechten Arm und grüßten mit einem respektvollen „Ave Dardanus“.
Belisar trat auf ihn zu und reichte ihm die Hand.
„Den Sieg heute haben wir ganz alleine dir zu verdanken! Dein Mut und deine Art zu kämpfen waren Vorbild und Antrieb für die Legionen, es dir gleichzutun. Ich habe noch nie eine solche Kunstfertigkeit im Kämpfen gesehen. Daher werde ich dich zum Befehlshaber meiner Leibgardisten machen. Ich glaube, dass ich keinen geeigneteren Mann dafür finden könnte. Zusammen können wir noch Großes erreichen. Bist du gewillt, diese Aufgabe zu übernehmen?“
Dardanus musste erst einmal schlucken. Fassungslos schaute er Belisar an.
„Herr, ich habe nur meine Pflicht getan! Ich bin aber stolz darauf, dass ich zum Sieg beitragen konnte. Wenn Ihr mir dafür danken wollt, so nehme ich dies mit Freuden an. So lange ich dieses Amt ausführen kann, werdet Ihr und Eure Familie geschützt sein!“
Belisar klopfte Dardanus auf die Schultern.
„Ich habe keine andere Antwort von dir erwartet. Hier und vor den Augen der Heerführer dieser Schlacht kannst du dein neues Amt antreten. Ab sofort weichst du nicht mehr von meiner Seite. Du bist von nun an mein Schild und mein Schwert. Deine Weisungen erhältst du ab sofort nur noch von mir oder dem Kaiser. Heute Abend werden wir nach Daras gehen und unseren Sieg feiern!“ Lachend fügte er noch hinzu: „Ich nehme an, die Stadt wird sich erkenntlich zeigen!“
Prokopius nahm ihn mit zur Seite und flüsterte:
„Ich werde alles aufschreiben, was hier geschehen ist. Du hast Großes vollbracht! Der Kaiser wird es dir sicher danken.“
Dardanus schüttelte energisch den Kopf.

„Ich möchte nicht, dass du meinen Namen erwähnst. Der Kaiser könnte dann etwas mit mir vorhaben, was ich nicht will. Ich möchte hier bei Belisar bleiben. Er ist ein großer Feldherr, der vielleicht einmal die Welt verändern kann. Es gibt keine größere Aufgabe, als sein Leben zu schützen!"
Prokopius schaute ihn verwundert an.
„Ich habe noch nie jemanden getroffen, der selbstloser und bescheidener ist als du. Den Verlauf der Schlacht werde ich berichten müssen. Das hat mir der Kaiser befohlen. Das bedeutet aber auch, dass ich besonders deine Taten hervorheben muss. Nur so kann ich den Sieg erklären. Ich könnte aber deinen Namen verändern. Darum werde dich in dem Bericht Andreas nennen. So ist gewahrt, dass du unbeachtet bleibst."
Dardanus lachte nun und antwortete:
„Stellt nicht meine Taten ins Licht, sondern hebe Belisar und seine Kriegskunst hervor. Der Sieg soll ihm zugeschrieben werden, denn er hat es verdient."
„Dann solltest du aber nicht mehr seiner Gattin, Antonia, zu Diensten sein! Das würde dir vielleicht schaden!", riet Prokopius mit leiser Stimme. „Ich könnte ja versuchen, an deine Stelle zu treten! Du dürftest nur darüber bei Belisar kein Wort verlieren!"
„Was Antonia treibt, geht mich nichts an, soweit es nicht die Sicherheit ihres Gatten betrifft. Sie hat mich einmal überrumpelt und das wird nie mehr geschehen. Versuche nur dein Glück! Ich werde aber nicht für dich eintreten, solltest du erwischt werden."
Prokopius atmete erleichtert auf.
„Mehr habe ich auch nicht erwartet. Wir werden sehen, was geschieht!"

Im Lager der Perser herrschte tiefe Niedergeschlagenheit. Perotzes hatte seine Heerführer zusammengerufen. Zusammengesunken saß er auf seinem erhöhten Sitz. Die großspurige Arroganz war aus seinen Augen

verschwunden. Die Heerführer knieten auf dem Boden und wagten nicht, ihren Blick zu erheben.
„Ich habe nur eine Frage! Haben inzwischen alle Krieger ihre Pfeile wieder abgeholt? Ist das richtig, dass die nun verbliebenen Pfeile nie mehr von ihren Besitzern abgeholt werden können?"
Er wollte wütend fortfahren, als das Tor am Eingang des Raumes aufgestoßen wurde. Zuerst marschierte eine große Anzahl der persönlichen Leibgarde des Königs ein. Dahinter kamen einige höfische Würdenträger und dann endlich auf einer Sänfte der König. Perotzes schaute erstarrt zu ihm herüber. Er konnte sich vor Furcht kaum noch bewegen. Die Träger der Sänfte machten genau vor seinem Sitz halt.
Die schneidende Stimme des alten Königs drang bis in den letzten Winkel des Versammlungsraumes.
„Ich habe dir meinen Sohn gegeben, Perotzes! Ich habe dir eine ungeheure Menge an Kriegern gegeben. Was hast du damit gemacht? Ich habe meinen Sohn aufgebahrt bei den unzähligen Leichen gesehen. Ich habe die Pfeile zählen lassen! Unfassbare 15000 Pfeile sind nicht mehr abgeholt worden. Du bist mir all diese Leben schuldig. In früheren Zeiten habe ich Männern mit weit weniger Verfehlungen die Haut in Streifen abziehen lassen. In meinem Alter habe ich aber genug von diesen Grausamkeiten. Darum wirst du eine weniger blutige Strafe erhalten. Du gibst mir den Turban mit dem Schmuck zurück. Ab sofort wirst du all deiner Würden und Privilegien enthoben und bist nur noch ein ganz einfacher Waffenträger. Diese Strafe wird dich mehr leiden lassen, als körperliche Pein. Und nun schafft ihn mir aus den Augen! Diese Armee zieht sich von hier zurück. Es wird vorerst keine Kampfhandlungen mehr mit den Römern geben!"
Er gab den Trägern der Sänfte ein Zeichen zur Umkehr, während sich seine Leibgarde auf Perotzes stürzte und ihm den Turban vom Kopf und die edle Kleidung von Leib riss. Sie zogen ihn von seinem Sitz und warfen ihn vor die Füße

der Heerführer. Seine flehenden Blicke trafen nur auf wenig mitfühlende Herzen. Zu sehr hatte er in der Vergangenheit jeden Einzelnen von ihnen ungerecht und menschenverachtend behandelt. Nun konnten sie es ihm heimzahlen.

Hypatius und Pompejus

Hypatius rekelte sich auf seiner Ruhebank und ließ genüsslich kandierte Früchte in seinen Mund fallen. Dazu trank er roten Wein, der seine Lippen und Zähne bläulich färbte. Er hatte davon schon etliche Becher getrunken und seine Augen schimmerten glasig. Pompejus beobachtete ihn verständnislos.
„Du solltest jetzt nicht so viel dem Wein zusprechen. Du brauchst einen klaren Kopf. Was hat deine Unterredung mit Thyros heute ergeben?“
Hypatius grinste ihn mit seinem feisten Gesicht an.
„Komm Pompejus, trink auch ein Glas und trübe nicht meine gute Laune. Ich gewöhne mich schon einmal an das süße Leben als Kaiser. Schau dich doch um hier. Das Leben hier im Palast ist den Einsatz doch wert und dies hier ist nur einer der Nebenflügel. Ich habe diesen Wunsch, Kaiser zu werden, schon immer gehabt. Aufgrund meiner Herkunft steht mir der Thron zu. Justinian hat ihn mir gestohlen, darum werde ich ihn mir holen. Jetzt ist genau der richtige Zeitpunkt. Das Volk ist unzufrieden, weil es unter der Last der Steuern ächzt. Dazu kommt, dass Johannes der Kappadokier es mit vollen Händen für seine Zwecke rausschmeißt. Da bedarf es nur einem kleinen Anlass und das Volk steht auf. Außerdem habe ich mir die

Circus-Parteien auserwählt. Nachdem sich Thyros erst noch geziert hat, brauchte ich ihn heute nicht mehr groß zu überzeugen. Er wird sich fügen. Wenn auch die Entführung seiner Tochter gescheitert ist, so hat er es doch als Warnung verstanden. Morgen werde ich mit ihm die Einzelheiten durchgehen. Das Volk muss aufgeputscht werden. Du siehst also, es wird alles so laufen, wie wir es geplant haben. Das ist doch ein Grund zu feiern."
Hypatius wälzte seinen beleibten Körper herum und reichte Pompejus den Becher. Der nahm ihn nicht an, sondern warnte:
„Wir sollten uns nicht zu früh freuen. Noch ist nichts erreicht. Justinian wird nicht tatenlos zusehen. Wenn er von deinen Plänen erfährt ....!", er sprach den Satz nicht zu Ende. Hypatius lachte gehässig auf.
„Das weiß ich auch, du Dummkopf! Vertraue mir, ich habe an alles gedacht. Er wird es erst erfahren, wenn ich ihn in den Kerker werfen lasse. Wenn ich das Volk dazu gebracht habe, das Hippodrom zu stürmen und mich zum Kaiser auszurufen, wird er nichts mehr machen können."
„Er hat aber immer noch den Befehl über die Legion. Die wird er gegen dich führen!", ließ Pompejus nicht locker.
Hypatius stieß wieder sein gehässiges Lachen aus.
„Glaube mir, auch daran habe ich gedacht. Er wird dann eine Überraschung erleben! Nun trink und vermiese mir nicht weiter den Tag!"
Er hielt Pompejus noch einmal den Becher hin. Der nahm ihn mit einem ergebenen Seufzer und trank einen kleinen Schluck.
Er hatte den Becher gerade abgesetzt, als ein Bote die Nachricht brachte, dass marodierende Gruppen durch Byzanz zogen, plünderten und brandschatzten. Hypatius setzte den Becher ab und richtete sich auf.
„Es geht los! Nun ist es nicht mehr aufzuhalten!", flüsterte er und seine Augen glitzerte bösartig.

Der Aufstand

In Konstantinopel brodelte es. Bei den wöchentlichen Wagenrennen im Hippodrom wurden unverblümt Schmährufe gegen den Kaiser laut. Angestiftet von Thyros reckten die Grünen immer wieder drohend ihre Fäuste in den Himmel und schrien:
„Nieder mit Justinian!"
Für den heutigen Tag hatte Justinian wieder ein Wagenrennen angesetzt und den Stadtpräfekten, Eudaimon, angewiesen hart durchzugreifen, falls es wieder zu Ausschreitungen kommen sollte. Er zog an dem Klingelzug, um seinen Sekretarius Theodorus herbeizurufen. Der erschien unverzüglich, so, als hätte er diesen Ruf erwartet.
„Womit kann ich Euch zu Diensten sein, Herr?", fragte er beflissentlich, während er sich tief verneigte.
„Du hast doch deine Augen und Ohren überall! Wie ist die Stimmung im Volk? Haben wir etwas zu befürchten?"
Theodorus wand sich ein wenig. Er brauchte aber nur wenig Zeit, um sich die Antwort genau zu überlegen, denn bei Justinian musste man vorsichtig sein. Er wollte ihm aber die Wahrheit nicht vorenthalten.
„Herr, das Volk ist erzürnt! Johannes der Kappadokier übertreibt es mit dem Auftreiben neuer Geldquellen. Die Steuerlast bringt viele Menschen in Not. Schuldner werden in den Kerker geschickt und auch diejenigen, die ihren Unmut darüber äußern. Darüber hinaus wurden besonders die Grünen noch von Eurem Sprecher und Mandat auf das

Übelste beschimpft und beleidigt. Die Stimmung im Volk gibt allen Grund, Sorge zu haben!"
Justinian nahm diese Erklärung mit erstaunlicher Gelassenheit hin.
„Was denkst du, sollte ich jetzt tun?", fragte er lauernd.
„Nun, wer bin ich, dass ich Euch Ratschläge erteilen könnte. Wenn Ihr mich aber trotzdem dazu auffordert, würde ich sagen, entlasst Johannes den Kappadokier aus seinem Amt. Vielleicht beruhigt das den Volkszorn. Ihr solltet auch unverzüglich Belisar mit seiner Elite Legion zurückbeordern. Ihm könnt ihr vertrauen und seid nicht nur auf Mundus und seine Heruler angewiesen. Ich denke, Belisar wird Euch schützen können, falls es zu Unruhen kommen sollte".
Justinian lächelte jetzt ein wenig, was bei ihm sonst sehr selten vorkam.
„All dies, welches du mir geraten hast, habe ich bereits veranlasst. Belisar wird in den nächsten Tagen hier eintreffen. Ich habe den Heerführer Sittas an dessen Stelle in Persien gesetzt. Ich denke, dass auch er die Perser von Angriffen abhalten kann. Johannes, den Kappadokier habe ich in ein Kloster verbannt. Damit sollte der Wille des Volkes befriedigt sein. Daher werde ich heute bei dem Wagenrennen im Hippodrom zugegen sein!"
Theodorus rümpfte die Nase und zeigte damit deutlich, dass er mit diesem Vorhaben nicht glücklich war. Er wagte aber nicht, es dem Kaiser auszureden. Mit einer flüchtigen Verbeugung zog er sich eiligst zurück und nahm sich vor, den Stadtpräfekten Eudaimon zu informieren, damit er die Stadtgarde für dieses Rennen verstärkte. Trotzdem sah Theodorus dem Abend im Hippodrom mit gemischten Gefühlen entgegen.

Thyros, der Führer der Grünen, schlug mit solcher Wucht mit der Faust auf den Tisch vor ihm, dass die Anwesenden zusammenzuckten.

„Heute werden wir es dem Kaiser zeigen, denn ich habe gehört, dass er heute in der kaiserlichen Loge erscheinen wird. Wir werden seinen göttlichen Auftrag, dieses Reich zu regieren, infrage stellen. Wir werden ihm ins Gesicht schleudern, dass er verschwinden soll! Ich brauche dafür eure Stimmen. Sie müssen laut sein und die Anfeuerungsrufe der Blauen übertönen, damit sie in die Ohren des Kaisers dringen."
Origenes hob seine Hand zum Zeichen, dass er sprechen wollte. Er gehörte zur Führungsriege der Grünen und sein Wort hatte ebenfalls Gewicht in dieser Circus - Partei.
„Zuvor sollten wir erst einmal mit den Blauen aufräumen. Sie sind die Partei des Kaisers und werden sich gegen uns stellen. Darum sollten wir ihnen heute eine Lektion erteilen. Außerdem zeigen wir damit dem Kaiser, was wir von ihm halten."
Beifälliges Gemurmel zeigte, dass es auch die Meinung der Versammelten war. Thyros schaute in die Runde und sah die Entschlossenheit in den Gesichtern.
„Nun gut, vielleicht habt ihr recht! Vernichten wir die Blauen, so entziehen wir dem Kaiser seine treue Basis. Dann wird es nachher umso leichter für uns, ihn zu stürzen. Also bringt heute Abend eure Waffen mit."
Sarah hatte sich während des Gesprächs in einem Nebenraum aufgehalten und alles mitbekommen, denn laut genug hatten sie sich ja unterhalten. Als sich die Versammlung aufgelöst hatte, kam sie hervor und trat vor ihren Vater.
„Ich habe alles mit angehört! Du begibst dich in Gefahr. Der Präfekt wird nicht untätig zusehen, wenn ihr die Blauen angreift. Ist es die Sache wert, sein Leben dafür zu opfern?"
„Ach Sarah, ich habe es mir nun mal zum Ziel gesetzt, diesen unfähigen Kaiser zu stürzen. Er schenkt seine Huld den Blauen und verachtet unsere Partei. Das muss ein Ende haben. Außerdem hat Gott seine Hand von ihm genommen. Wir müssen einen neuen Kaiser ausrufen!"

Sarah blickte ihn fragend an.
„An welchen Nachfolger denkst du denn?“
Für einen Moment blieb Thyros stumm. Dabei überlegte er, ob er dieses Geheimnis vor seiner Tochter offenbaren sollte. Doch dann gab er sich einen Ruck.
„Ich denke, du solltest das wissen. Wir haben uns für den Brudersohn unseres alten Kaisers Anastasius entschieden. Er ist von seiner Herkunft her der geeignetste Kandidat!“
Sarah schaute ihren Vater überrascht an.
„Du meinst Hypatius? Aber er sitzt doch im Palast und macht mit dem Kaiser gemeinsame Sache!“
Thyros nickte bestätigend.
„Ja, aber er zieht im Geheimen die Fäden. Er versucht, die Senatoren auf seine Seite zu ziehen und gegen den Kaiser aufzuhetzen, damit der Umsturz nur eine Frage der Zeit ist. Unsere Zeit wird kommen, wenn Byzanz brennt.“
Er wandte nun Sarah den Rücken zu und machte damit deutlich, dass er nicht gewillt war, weiter darüber zu reden. Sarah versuchte, auch nicht weiter auf ihn einzureden. Sie nahm sich aber vor, noch einmal mit Origenes zu reden, damit er ihren Vater zur Vorsicht mahnen sollte. Ihre unheilvollen Gedanken wurden von dem Lärm, der von der Via Mese, der Hauptstraße von Byzanz zu ihr heraufdrang, jäh unterbrochen. Diese Straße im Herzen der Stadt führte in gerader Linie vom Sophien Hafen direkt zum kaiserlichen Palast. Der Hafen wurde sonst ausschließlich von Kriegsgaleeren und Frachtschiffen der Kriegsflotte genutzt. Von hier aus wurden die Waren direkt in die Lagerhäuser gebracht oder heimkehrende Truppen in ihre Unterkünfte geleitet. Der Lärm bedeutete wohl, dass eine große Flotte heimgekehrt war. Sie eilte zum Fenster und schaute hinunter. Ihr Herz machte einen Sprung, als sie das Feldzeichen der Legionäre sah. Wie konnte das sein? Belisar ist aus Persien zurück? Erst jetzt realisierte sie, dass ja auch Dardanus dabei sein musste. Sie lehnte sich ein wenig weiter aus dem Fenster, um die Kolonne der

Legionäre besser sehen zu können. Natürlich hoffte sie nicht darauf, dass sie Dardanus sehen würde, denn er war ja schließlich kein Legionär. Die Reihe der Legionäre schien nicht enden zu wollen. Schließlich bildete eine Kutsche in einigem Abstand, umgeben von einer Eskorte, den Schluss. Sarah traute ihren Augen nicht, als sie an der Spitze der Eskorte Dardanus erkannte. Er ritt voraus und sein silberner Helm mit dem roten Federbusch leuchtete in der Sonne. Der vergoldete lederne Brustpanzer mit dem Feldzeichen des Belisar darauf, ließ auf einen bedeutenden Rang schließen.
„Er hat mich angelogen!", dachte sie sofort. „Er ist nicht nur ein einfacher Diener seines Herrn!"
Plötzlich kamen ihr aber noch viel schlimmere Gedanken.
„Warum holt der Kaiser den Belisar mit seiner Legion so schnell zurück?"
Natürlich hatte sich in Byzanz dessen Erfolg gegen die Perser herumgesprochen. Es wäre doch nur normal gewesen, wenn er zur Abschreckung dortgeblieben wäre. Es sei denn, der Kaiser brauchte ihn hier nötiger. Sie nahm sich vor, ihren Vater darauf aufmerksam zu machen und ihn nochmals zur Vorsicht zu mahnen. So sehr sie auch insgeheim die Rückkehr von Dardanus herbeigesehnt hatte, so fürchtete sie sich jetzt davor, ihn zu sehen. Die Kluft zwischen ihnen hatte sich mit diesem Augenblick vergrößert.

*

Als Belisar nach den Siegesfeiern in Daras bekannt gab, dass der Kaiser ihn nach Byzanz zurückgerufen habe, hatte sich Dardanus darüber unbändig gefreut. Die Aussicht, Sarah wiederzusehen, versetzte ihn in eine euphorische Stimmung. Nichts hatte er sich sehnlicher gewünscht, als wieder ihre Nähe zu spüren, sie in seine

Arme zu nehmen und für immer festzuhalten. Seine Freude wurde aber beträchtlich getrübt, als er den Grund für die schnelle Rückkehr von Belisar erfuhr.
„Der Kaiser befürchtet einen Aufstand! Wir sollen das verhindern!“, hatte Belisar erklärt. Nun, als sie nach langer Seefahrt den Boden von Byzanz betraten und die Legion den Weg in ihre Quartiere antraten, überkam ihn ein ungutes Gefühl. Er wusste von früheren Zeiten, wenn eine siegreiche Legion zurückkehrte, standen an den Straßen jubelnde Menschen, die Blumen warfen und sie hochleben ließen. Doch jetzt schien es so, als würden argwöhnische Augen aus gesicherter Deckung sie beobachten. Dazu herrschte eine angespannte Stille.
Dardanus warf fragende Blicke zu Belisar, der neben ihm ritt. Der verstand diesen Blick.
„Ja, die Sache gefällt mir auch nicht. Die Lage scheint hier schlimmer zu stehen, als wir vermutet haben. Der Kaiser wird uns sicherlich Näheres sagen können. Er hat uns noch heute zu einer Audienz geladen.“
Dardanus nickte.
„Bitte bleibt jetzt ein wenig zurück! Meine Leute werden Euch Deckung geben, falls jemand auf dumme Gedanken kommen sollte und nicht will, dass Ihr heile zum Kaiser kommt!“
Auf sein Zeichen nahm eine Gruppe der Eskorte Belisar in die Mitte und boten ihm so Schutz vor Pfeilen aus dem Hinterhalt. Dicht dahinter folgte die Kutsche von Antonia, die ebenfalls von einer Eskorte eingerahmt wurde. Dardanus setzte sich an die Spitze und führte den Trupp zum geschützten Bereich des Palastes. Der Rest der Legion nahm den Weg zu den Unterkünften nahe dem Palast, dort wo auch die Palastwache ihre Schlafstätten hatte. Es würde dort zweifellos zu eng werden, aber der Zustand sollte ja auch nur für eine kurze Zeit so sein. Dardanus und die Leibgarde des Heermeisters sollten in einem Nebengebäude der Villa des Belisar unterkommen.

Als die Wachen am Tor der äußeren Schutzmauer des Palastes sie passieren ließen, warf Dardanus einen sehnsüchtigen Blick auf die Therme Zeurippus, wo er doch noch vor nicht allzu langer Zeit seinen Dienst versehen hatte. Er nahm sich vor, seine alten Freunde, besonders aber Rufusius, einmal zu besuchen.
Als sie an der Villa angekommen waren, notierte Dardanus mit Erstaunen, dass aus der Kutsche von Antonia, auch Prokopius entstieg. Für einen kurzen Moment trafen sich ihre Blicke. Dardanus glaubte, einen gewissen Triumph in dessen Augen zu erkennen.
„Dann hat sie jetzt auch den Schreiberling in ihre Sammlung aufgenommen!", dachte er mehr amüsiert als verärgert. Mochte sie ruhig ihren Spaß mit ihm haben. So lange es kein Sicherheitsrisiko für Belisar bedeutete, ging ihn das nichts an. Belisar sollte selbst auf seine Gemahlin achten.
Dardanus blieb keine Zeit, seine Sachen zu holen, um sich in seiner neuen Unterkunft einzurichten, denn Belisar wurde von einem Boten gebeten, sich unverzüglich beim Kaiser einzufinden. Nach alter Sitte machte Belisar keinen Schritt ohne seinen Leibschutz. Also musste Dardanus ihn begleiten. Er hatte den Kaiser ja schon bei dem letzten Fest gesehen und war ihm doch nicht so nahegekommen, wie es jetzt wohl sein würde. Darum stieg seine Erregung ins Unermessliche. Belisar sah ihm die Aufregung an und legte ihm beruhigend eine Hand auf die Schulter.
„Du bleibst immer einen Schritt hinter mir und redest nur, wenn der Kaiser dich anspricht. Du wirst bald Dinge erfahren, die sehr geheim sind und deine absolute Verschwiegenheit erfordern. Aber keine Sorge, ich weiß, dass ich mich auf dich verlassen kann!"
Nachdem sie einige Tore und die Wachen davor passiert hatten, standen sie vor dem Audienzraum des Kaisers. Hier nahm sie Theodorus in Empfang.
„Sei gegrüßt Belisar! Ich bin erfreut, dass du siegreich zurückgekehrt bist. Du hast dem Reich einen großen

Dienst erwiesen. Doch nun steht dir eine ungleich größere Aufgabe bevor!"
Theodorus fixierte nun auch Dardanus.
„Das ist also der große, mutige Streiter, der die Schlacht um Daras entscheidend beeinflusst hat. Willkommen in der Heimat! Hier wirst du bald beweisen können, wie viel du wirklich wert bist. Also folgt mir nun, der Kaiser erwartet euch!"
Er öffnete das Tor und sie traten ein. Justinian saß an seinem Arbeitstisch und musterte sie mit einem flüchtigen Blick, um dann wieder auf die Pergamentrolle vor ihm auf dem Tisch zu schauen.
„Dein Sekretarius Prokopius hat mir einen genauen Bericht gegeben. Ich bin also über den Verlauf der Schlacht um Daras gut unterrichtet. Das hat mir gefallen. Prokopius ist ein großer Berichterstatter. Er wird dich nun auch in Zukunft bei all deinen Feldzügen begleiten. Doch das ist nicht der Grund, weshalb ich dich gerufen habe, Belisar. Ich habe dich aus Persien abberufen, weil ich dich hier brauche, denn die Lage ist ernst. Der Pöbel auf den Straßen rottet sich zusammen. Sie sind verblendet und aufgehetzt von der grünen Partei. Sie wenden sich gegen mich und stellen meinen göttlichen Auftrag als Kaiser infrage. Du kennst mich, mein Freund. Wir sind vertraut seit unserer Jugend. Ich will nur das Beste für das Reich! Ich möchte es erneuern und zu alter Größe führen. Dabei haben wir gemeinsam schon einige Erfolge erzielt. Wir haben aber noch lange nicht das Römische Reich in seinen alten Grenzen wiederherstellen können. Dies alles ist in Gefahr, wenn die Aufrührer die Oberhand gewinnen. Darum werde ich jetzt etwas unternehmen, was die Sache zuspitzt. Ich will, dass all jene aus ihrer Deckung kommen, damit ich sie vernichten kann. Nur wer seine Feinde kennt, kann sie auch bekämpfen!"
Belisar verzog ungläubig sein Gesicht.
„Ich habe ja schon so einiges davon gehört und unsere Ankunft hat gezeigt, dass hier in Byzanz etwas nicht

stimmt. Aber, dass es so schlimm steht, hätte ich nicht gedacht! Wie wollt Ihr denn jetzt vorgehen?“
Justinian stand von seinem Sitz auf und kam um den Arbeitstisch herum auf Belisar zu. Dann legte er ihm eine Hand auf die Schulter und sprach leise und beschwörend:
„Du weißt, mein Freund, du bist vielleicht der Einzige in diesem Palast, dem ich uneingeschränkt vertraue. Jedoch dies kann ich dir nicht sagen. Du wirst es erkennen, wenn es geschieht! Deine Aufgabe wird es sein, diesen Palast zu schützen, wenn es zum Aufruhr kommt. Den Truppen der Palastwache traue ich nur bedingt. Sie werden wohl dem gehorchen, der in diesem Kampf die Oberhand behält. Darum bist du und vielleicht auch der Legionsführer Mundus, mit seiner Legion Gepiden, mein einziger Schutz. Mundus ist in meiner Schuld und wird bedingungslos auf meiner Seite sein!“
Belisar schaute sich nach Dardanus um.
„Du hast es gehört! Die Hauptlast wird auf deinen Schultern ruhen!“
Er wandte sich wieder Justinian zu.
„Das ist Dardanus, Herr! Er ist mein Schild und Schwert und wird also auch für euch mit seinem Leben einstehen.“
Justinian musterte Dardanus eingehend und zweifelte danach:
„Er sieht nicht wie ein Gladiator aus. Er muss jedoch besondere Fähigkeiten haben, dass du ihn zu deinem Schildträger gemacht hast!“
Belisar grinste.
„Ja, er sieht nicht so aus! Doch glaubt mir, es gibt in Byzanz niemanden, der ihn besiegen könnte! Das hat er mir bereits mehrmals bewiesen.“
Justinian wandte sich wieder Dardanus zu.
„Stimmt das?“, fragte er ungläubig.
Dardanus verneigte sich und erwiderte:
„Ich bin nicht so vermessen es so zu behaupten. Ich kann aber sagen, dass ich mit allen Kampftechniken vertraut bin und sie beherrsche. Ich habe es in der Kampfschule des

Palastes gelernt. Dort bin ich durch eine harte Schule gegangen. Es würde mir eine Ehre sein, diese erworbenen Fähigkeiten in Euren Dienst stellen zu können!"
Justinian nickte huldvoll.
„Eine gute Antwort! Dazu wirst du mehr Gelegenheit bekommen, als dir lieb sein wird! Heute Abend wird es im Hippodrom ein Wagenrennen geben. Ich habe meine Anwesenheit angekündigt und werde mich dem Volk zeigen. Ich möchte euch bitten, in meiner Loge Platz zu nehmen. Dort werdet ihr einen Einblick in die Volksseele bekommen. Nun geht und haltet euch bereit!"
Damit war die Audienz beendet. Später, als Dardanus in seiner Unterkunft zur Ruhe kam, wurde ihm bewusst, dass seine Heimkehr anders verlaufen war, als er sich das vorgestellt hatte. Er fragte sich mit einiger Sorge, wie weit Sarah mit ihrem Vater an der Verschwörung gegen den Kaiser beteiligt war. Sein nächster Gedanke drehte sich darum, wie er Sarah sehen konnte. Es musste auf jeden Fall unbemerkt geschehen. Weder Thyros, ihr Vater, noch Belisar durften davon erfahren. Da kam ihm Teyos in den Sinn. Der hatte doch schon einmal den Boten gespielt. In der Zeit in Persien hatten sie sich kaum gesehen. Darum war Teyos überrascht, als Dardanus nun vor ihm stand.
„Hat sich der hohe Herr verirrt? Ich dachte schon, du würdest mit dem einfachen Volk nicht mehr sprechen!"
Dardanus verzog gekränkt sein Gesicht.
„Das kannst du in Wirklichkeit nicht so denken! Ich werde meine Herkunft nie verleugnen, welches Amt ich auch bekleide. Wir haben jetzt nur verschiedene Aufgaben."
Teyos strahlte über das ganze Gesicht.
„Ich hatte gehofft, dass du es so siehst. Dann sind wir immer noch Freunde?"
„Es hat sich nichts geändert, Teyos! Wenn du jemals Hilfe brauchst, so lass es mich wissen. Ich werde dann für dich da sein!"
„Ach Dardanus, ich bin zufrieden mit meinem Leben. Es freut mich aber, dass ich auf dich zählen kann. Das gleiche

würde ich auch dir anbieten, auch wenn es nur bescheidene Hilfen sein können."
Dardanus grinste verlegen.
„Da wäre etwas, was du für mich tun könntest! Ich brauchte dich wieder einmal als Bote. Ich muss unbedingt Sarah wiedersehen. Es gibt aber nur einen sicheren Platz im Augenblick für ein Treffen mit ihr und das wäre innerhalb der Palastmauern. Darum würde ich dich bitten, sie hierher zu holen. Du weißt doch, wo sie zu erreichen ist!"
Teyos verlor mit einem Schlag sein Lächeln und seine Augen verdunkelten sich.
„Ich kann es versuchen! Es wird aber nicht einfach sein, denn die Lage ist sehr verworren in Byzanz. Ich glaube auch nicht, dass der Kontakt mit der Tochter des Rädelsführers der Unruhen, gut für dich sein wird."
„Es ist mir bewusst, wie gefährlich das ist! Ich muss sie aber sehen und mit ihr reden. Vielleicht kann ich Sarah ja überzeugen, dass ihr Vater unrecht hat. Vielleicht kann ich sie ja überreden, bei mir zu bleiben! Ich muss das versucht haben!"
Teyos nickte ernst.
„Ich verstehe, dass du sie sehen musst. Darum werde ich alles unternehmen, damit sie dich trifft. Doch allzu viel Hoffnungen solltest du nicht haben!"
Dardanus reichte ihm die Hand.
„Ich danke dir, mein Freund. Doch nun muss ich mich um andere Dinge kümmern. Der Kaiser lässt heute Abend, trotz der Unruhen, die Wagenrennen im Hippodrom stattfinden. Er will sich dort auch dem Volk zeigen. Ich werde mit meiner Garde dafür sorgen, dass er geschützt ist. Darum sehen wir uns erst morgen wieder."

Das Hippodrom

Die Menschen strömten wie immer, wenn die Wagenrennen stattfanden, in Scharen ins Hippodrom und doch war heute alles anders. Die Masse war gereizt. Sorgsam achteten die Soldaten der Stadtpräfektur darauf, dass die verfeindeten Circus-Parteien verschiedene Eingänge benutzten. Die Grünen mussten durch das Kupfertor im Osten gehen und von dort ihre Plätze gegenüber der Kaiserloge einnehmen. Dies geschah mit sehr viel Unruhe und Unmutsäußerungen gegen den Kaiser, der sich aber noch nicht in seiner Loge befand. Die Blauen durften durch das Westtor hinein. Dies geschah mit Schmährufen gegen die Grünen, was deren Gereiztheit nur noch erhöhte. Das Hippodrom glich nun einem brodelnden Kessel, der überzukochen drohte.
Dardanus hatte seine besten Leute um sich geschart und wartete zunächst auf Belisar. Als dieser ohne seine Gemahlin erschien, konnte er die Angespanntheit in seinem Gesicht sehen. Auch er wusste nicht, was geschehen würde, wenn der Kaiser im Hippodrom die Loge betrat. Justinian kam ebenfalls ohne seine Gemahlin Theodora. Es begleiteten ihn nur einige Senatoren, die er ebenfalls in seine Loge geladen hatte. Darunter befanden sich auch Hypatius und Pompejus, die Brudersöhne des früheren Kaisers, Anastasius. Dardanus ließ seine Männer so Aufstellung nehmen, dass sie Justinian und Belisar in die Mitte nehmen konnten. Die Senatoren mussten sich der Eskorte anschließen. Ihr Weg führte den langen Säulengang hinaus bis zu dem Schneckenhaus. Es wurde so genannt, weil dieses Haus nur über eine enge Wendeltreppe zu passieren war. Diese mussten sie nun hinunter und dann waren es nur noch wenige Schritte bis zu dem eisernen Tor, durch das sie die Loge des Kaisers

erreichten. Dardanus betrat sie als Erster. Das Hippodrom war bis auf den letzten Platz gefüllt. Die Wagenlenker, in den Farben der Circus-Parteien gekleidet, ließen bereits ihre Gespanne warmlaufen. Als die Menge in der Loge des Kaisers Bewegung erkannte, schwoll der Geräuschpegel bedrohlich an. Mit einem Blick erkannte Dardanus, dass der Stadtpräfekt Eudaimon seine Wachen in den Kurven des Hippodroms postiert hatte. Er hatte ihre Anzahl, in Erwartung von Unruhen, verdoppelt.
Als nun der Kaiser in der Loge erschien und vortrat, sodass ihn jeder sehen konnte, wurde es noch um einiges lauter auf den Rängen. Die Grünen begrüßten ihn mit wüsten Beschimpfungen und die Blauen schrien mit lauten „Viva Justinian" Rufen dagegen an. Nachdem schließlich auch Hypatius und Pompejus erschienen, erhoben sich die Grünen von ihren Sitzen und grüßten mit erhobenen Händen: „Viva Hypatius!"
Hypatius neigte dazu, sich auffällig zu kleiden. Seine Schultern zierte ein Seidenschal mit goldenen und roten Stickereien versehen, die ihn weithin sichtbar von den anderen Senatoren unterschied. Sein rundlicher Körper und sein volles Gesicht zeugten von genussvollem Lebenswandel. Außerdem bedeckte sein Kopf ein schmaler grüner Lorbeerkranz, was schon beim bloßen Anblick bei der blauen Partei für Unmut sorgte. Normalerweise trugen nur die Cäsaren zum Zeichen ihrer Würde diesen Kranz, doch Hypatius nahm sich dieses Recht als Enkel des einstigen Kaisers Anastasius heraus.
Sein Bruder Pompejus war ganz das Gegenteil von ihm. Er war schlicht mit einer weißen Toga gekleidet, die über der linken Schulter mit einer goldenen Fibel zusammengehalten wurde. Außerdem hielt er sich gerne immer im Hintergrund auf, damit er in der Gegenwart des Kaisers nichts falsch machen konnte.
Dardanus blickte zu Hypatius herüber und sah, dass dem die Rufe sichtlich unangenehm waren. Doch so ganz nahm er ihm diese Zurschaustellung nicht ab. Er hielt ihn für

einen selbstverliebten Schmarotzer, der sich auf seine Herkunft berief und davon scheinbar im Schatten des Kaisers gut leben konnte. Justinian tat so, als hätte er diese Rufe nicht gehört. Er trat an die Brüstung der Loge und gab das Zeichen für den Start des Wagenrennens. Der Start wurde von frenetischem Gebrüll begleitet. Die Wagenlenker der Grünen hatten den besseren Start. Gleich zwei ihrer Gespanne setzten sich an die Spitze. Geschickt versperrten sie den Weg für die blauen Verfolger, indem sie versetzt nebeneinander die Innenbahn nutzten. So sehr sich die Blauen auch bemühten, sie kamen nicht vorbei. Das löste gewaltigen Ärger auf den Rängen der Blauen aus. Wütend forderten sie, dass die grünen Gespanne den Weg freigeben sollten. Nach der dritten Runde wagte einer der blauen Verfolger ein Überholmanöver, indem er sich auf der Außenbahn neben die Führenden setzte. Mit harten Peitschenhieben trieb er sein Gespann an, doch vorbei kam er nicht. Da setzte er zu einer Verzweiflungstat an. Mit einer heftigen Zügelbewegung zog er sein Gespann nach innen. Dabei kollidierte er mit dem grünen Gespann, welches versetzt neben dem führenden Gespann lief. Die Räder verkeilten sich und für einen Moment liefen sie miteinander verhakt nebeneinander her. Doch dann gab es einen Knall. Die Speichen der Räder des Grünen zerbarsten und der Wagen wurde hochgeschleudert. Er drehte sich in der Luft und prallte seitlich in das führendende Gespann. Der blaue Wagenlenker wurde ebenfalls emporgerissen und sein Wagen löste sich von den Pferden und krachte in den Innenraum. Ungerührt der Geschehnisse vor ihm, nutzte der nachfolgende blaue Fahrer das Durcheinander. In einem geschickten Ausweichmanöver lenkte er sein Gespann an den Trümmern der Wagen vorbei und setzte nun seinen Weg unbehelligt fort. Kurze Zeit später erreichte er als Sieger das Ziel. Noch während er seine Hände vor Freude über seinen Sieg emporstreckte, begann der Tumult auf den Rängen. Die Grünen hielt

nichts mehr auf ihren Sitzen. Wütend stürmten sie von ihren Plätzen auf den Rängen hinunter in den Innenraum des Hippodroms. Thyros setzte sich an die Spitze derer, die dann quer über die Rennbahn liefen, auf die Ränge der Blauen stürmten und auf sie einschlugen.
Tarsus, der Anführer der Blauen, blies nun seinerseits zum Angriff. So kam es, dass sich die Parteien unten im Innenraum trafen und aufeinander einschlugen. Das war das Signal für die Truppen des Stadtpräfekten. Rigoros fuhren sie dazwischen. Zunächst erwischte es Thyros. Er wurde von einem Hieb mit der flachen Seite eines Schwertes getroffen. Dann wurde auch Tarsus getroffen. Das harte Vorgehen der Wachen hatte zur Folge, dass sich beide Parteien wieder zurückzogen. Ihre Anführer Tarsus, Thyros und noch einige andere, die sich durch besonders große Angriffslust hervorgetan hatten, wurden in Ketten gelegt und abgeführt.
Es dauerte einige Zeit, bis sich die Lage wieder weitgehend beruhigte. Die Rennen wurden aber nicht mehr fortgeführt. Justinian erhob sich. Seine Miene zeigte keinerlei Ärger oder Betroffenheit. Es schien so, als hätte er alles so erwartet.
Er wandte sich an Belisar, als auch der sich erhob.
„Ich denke, das war Anschauung genug für dich! Ich glaube nicht, dass der Pöbel noch friedlich gezügelt werden kann. Die Aufrührer werden zum Tode verurteilt."
Er gab den Wachen an dem eisernen Tor ein Zeichen. Es wurde daraufhin geöffnet und der Kaiser verließ das Hippodrom.
Dardanus durchfuhr ein eisiger Schreck. So wie er es mitbekommen hatte, war Sarahs Vater festgenommen worden. Er fluchte leise vor sich hin. Das konnte jetzt sehr schwierig werden. Sarah wird sicherlich im Augenblick andere Sorgen haben, als ihn treffen zu wollen. Er konnte nicht länger darüber nachdenken, denn nun musste er mit Belisar und der Eskorte den Kaiser zurückbegleiten. Hypatius und Pompejus waren bereits vorausgegangen.

Sie hatten es vorgezogen, die Loge rechtzeitig zu verlassen. Als Justinian und Belisar an der Wendeltreppe im Schneckenhaus angekommen waren, hielt Belisar inne und wandte sich an Justinian.
„Nun habt Ihr auch den Führer der blauen Partei in den Kerker werfen lassen! Das wird auch die Blauen gegen Euch aufbringen, die bisher fest an Eurer Seite standen."
„Höre ich da Kritik an meinen Entscheidungen, Belisar? Ich kann nur die Ordnung in meinem Reich wiederherstellen, wenn ich alle gleichbehandele. Aufrührer, welche die öffentliche Ordnung missachten, müssen bestraft werden. Ich werde an ihnen ein Exempel statuieren, und sie auf dem Marktplatz hinrichten lassen. Der Stadtpräfekt wird dafür sorgen, dass dies ohne Zwischenfälle durchgeführt wird!"
Belisar hob ergeben die Arme.
„Es sollte keine Kritik sein! Ich wollte nur meine Bedenken kundtun!"
Mit einem vielsagenden Blick auf Dardanus setzten sie ihren Weg in die Gemächer des Kaisers fort. Nachdem die Palastwache Justinian in Empfang genommen hatte und er ihren Schutz nicht mehr benötigte, verabschiedete sich Dardanus auch von Belisar und zog sich in sein neues Heim, nahe der Villa des Belisar, zurück. Er wollte sich gerade zur Ruhe begeben, da erschien Teyos vor seinem Schlafgemach. Es war bereits dunkel und man konnte ihn nur durch den Schein der Fackel erkennen, die er in der Hand trug. Dardanus fuhr im ersten Moment abwehrbereit hoch und wollte zu seinem Schwert greifen, das er immer neben seinem Nachtlager griffbereit hatte. Als er dann Teyos erkannte, legte er es wieder zur Seite und stöhnte:
„Es ist schon spät und nächtliche Besuche sind zumeist nicht freundlich gesinnt. Ich wäre beinahe auf dich losgegangen. Was führt dich zu so später Zeit noch zu mir?"
„Ich wäre jetzt nicht hier, wenn es bis morgen Zeit gehabt hätte. Darum höre mir jetzt zu, Dardanus! Ich habe Sarah

getroffen und mit ihr reden können. Ihr Hass auf den Kaiser und seine Gehilfen ist grenzenlos. Damit bist auch du gemeint. Wenn du es dennoch ernst mit ihr meinst, musst du ihren Vater retten. Er und zwei weitere Aufrührer sollen morgen in der Frühe auf dem Forum hingerichtet werden. Die Galgen dafür werden gerade im Schutze der Dunkelheit von den Männern des Stadtpräfekten schon errichtet, damit es nicht schon dabei zu Unruhen kommt. Du musst die Hinrichtung verhindern!"
Dardanus schüttelte ungläubig den Kopf.
„So bald schon? Wie soll ich das verhindern und warum? Thyros hat sich gegen den Kaiser gewandt und damit diese Strafe verdient! Soll ich mich jetzt offen gegen den Kaiser stellen? Dann werden sie für mich auch einen Galgen aufstellen!"
Teyos trat einen Schritt näher an Dardanus heran und blickte ihn voll an.
„Ich habe gewusst, dass du so etwas sagen würdest! Darum habe ich jemand mitgebracht. Es hat mich viel Mühe und Überredungskunst gekostet. Außerdem war es nicht einfach, sie hier in den Palastbereich zu schleusen. Dies ist mir nur gelungen, weil ich bei jeder Kontrolle deinen Namen genannt habe. Er hat so viel Gewicht, dass man uns immer passieren ließ."
Teyos wandte sich zum Ausgang und kam schon bald wieder mit einer verschleierten Frau zurück, die sich nur zögerlich näherte. Dicht vor Dardanus blieb sie stehen und löste ihren Schleier. Dardanus riss überrascht die Augen auf.
„Mein Gott, Sarah! Du bist zu mir gekommen? Dein Antlitz zu sehen, davon habe ich in Persien jeden einzelnen Tag geträumt. Nun stehst du vor mir!"
Er trat auf sie zu und wollte sie in seine Arme schließen, doch sie hob abwehrend ihre Hände und wich zurück.
„Ich habe mir unser Wiedersehen auch anders vorgestellt! Ich habe auf den Kammerdiener, einen Gehilfen im Hause des Belisar, gewartet. Zurückgekommen ist ein strahlender

Held, der zum Schild und Schwert des Heermeisters Belisar aufgestiegen ist. Du gehörst jetzt zu denen, die mein Vater als seine ärgsten Feinde ansieht. Darum gibt es für uns keine Zukunft. Dennoch bin ich hier und erflehe deine Hilfe. Du kannst nicht erahnen, wie schwer mir dies fällt. Doch bist du der Einzige, der meinem Vater helfen könnte. Als Dank dafür würde dir meinen Körper geben."
Dardanus hielt den Atem an. Für einen Moment schien die Welt still zu stehen. Ein tiefer Schmerz machte sich in seiner Brust breit.
„So ist also deine Meinung von mir? Du glaubst, du könntest einen Dienst von mir mit deinem Körper erkaufen? Wie verzweifelt musst du sein? Du warst damals nicht bereit, deine Seite zu verlassen und mit mir zu kommen. Nun verlangst du von mir, dass ich die Seiten wechsele und zum Verräter werde. So sehr ich dich auch begehre und mir deine Liebe so sehr wünsche, aber das wird niemals der Fall sein. Bringe sie wieder zurück, Teyos. Ich kann ihr nicht helfen!"
Sarah blickte Dardanus mit Tränen in den Augen an.
„Wie konnte ich nur so dumm sein und hierherkommen. Einen Schergen des Kaisers, um Hilfe zu bitten, kommt einen Pakt mit dem Teufel gleich. Lebe wohl, Dardanus!"
Sie wandte sich um und folgte Teyos hinaus, ohne sich noch einmal umzusehen.
Dardanus wäre ihr am liebsten gefolgt und hätte sie zurückgehalten, doch zu sehr hatten ihre Worte ihn verletzt. Kraftlos ließ er sich auf sein Nachtlager fallen. Doch kaum lag er so dahingestreckt auf dem Rücken, kam ihm eine Idee. Wie vom Skorpion gestochen fuhr er hoch. Hastig griff er nach seinem Schwert, schnallte es um und stürmte hinaus.
„Das wird eine unruhige Nacht werden",dachte er. Sein Weg führte ins Lager der Elitetruppen des Belisar. Als deren oberster Befehlshaber war es für ihn ein Leichtes sie aus ihren Zelten zu holen und sie antreten zu lassen.

„Ich brauche 50 Männer von euch, die mit mir die Hinrichtung der Aufrührer aus dem Hippodrom auf dem Forum vor dem Palast sichern. Es könnte sein, dass ihre Anhänger das verhindern wollen. Ich hoffe, dass unsere bloße Anwesenheit die Leute abschreckt und wir nicht eingreifen müssen. Es ist aber auch möglich, dass wir mit Waffengewalt gegen sie vorgehen müssen, um die Hinrichtung ordnungsgemäß durchführen lassen zu können. Ich will es euch nicht befehlen, denn es wird keine einfache Sache sein. Also, wer wird dabei sein?"
Zunächst herrschte betretene Stille. Dann meldete sich ein junger Legionär zu Wort.
„Wir kennen Euch seit Persien als großen Kämpfer, der ohne Rücksicht auf sich selbst sein Leben für andere einsetzt. Wir verstehen nicht, dass Ihr Euch da einmischt. Einen direkten Befehl von Belisar scheint es ja nicht zugeben, sonst würdet Ihr ja wohl den Befehl so an uns weitergeben. Die Hinrichtungen sind Sache der Stadtpräfektur, also was treibt Euch an?"
Dardanus fixierte den Wortführer prüfend und fragte mit scharfer Stimme:
„Wie ist dein Name, Legionär?"
„Ich bin Legionär Rufus, Herr!"
„Also Legionär Rufus, du hast eine lose Zunge! Wenn du sie nicht zügelst, wird es dir einmal zum Verhängnis werden. Ich werde jetzt einmal darüber hinwegsehen. Ich brauche Männer, die mir vertrauen und denen ich vertrauen kann. Es wird diesen Befehl von Belisar geben, aber ich möchte ihm nur zuvorkommen und rechtzeitig vor Ort sein. Nur so haben wir die Kontrolle!"
Rufus duckte sich leicht unter den strafenden Worten.
„Verzeiht mir meine Unbotmäßigkeit, Dardanus. Wenn Ihr mir befehlt, Euch zu folgen, so werde ich, ohne zu überlegen, mit Euch gehen. Wenn ich mich aber für etwas freiwillig melden soll, dann möchte ich auch wissen wofür! Ich denke, das geht allen hier so!"
Ein beifälliges Gemurmel bestätigte seine Worte.

Dardanus überlegte einen Moment, wie er darauf reagieren sollte. Dann kam er zu einem Entschluss.
„Also gut! Ich kann nachvollziehen, dass ihr nicht unwissend möglicherweise euer Leben aufs Spiel setzen wollt. Darum biete ich euch Folgendes an. Ihr erklärt euch bereit, mir zu folgen, und ich werde euch über meinen Plan in Kenntnis setzen. Danach kann jeder entscheiden, ob er dabeibleibt, oder wieder gehen will."
Nach dieser Rede traten wortlos so viel Legionäre vor, dass er Rufus anwies, die gewünschte Anzahl auszusuchen und die Pferde bereitzumachen.
Es dauerte nicht lange und sie saßen einsatzbereit auf ihren Pferden. Dardanus führte sie bis zu dem Nordtor der Palastmauer und hielt davor an. Er gab den Männern ein Zeichen, dass sie einen Kreis um ihn bilden sollten.
„Bevor wir diese Mauern verlassen, will ich euch erklären, was eure Aufgabe sein wird. Ich habe die Absicht, diese Hinrichtung zu verhindern!"
Dardanus machte eine Pause, um seine Worte wirken zulassen. Tatsächlich blickten ihn alle bestürzt an, doch ehe sie sich dazu äußern konnten, sprach er weiter.
„Ich möchte damit den Kaiser schützen und viel Blutvergießen verhindern. Ich halte diese Hinrichtung für falsch, denn sie wird den Volkszorn anstacheln. Die Blauen und die Grünen sind gleichfalls betroffen und sie könnten sich zu einem Aufstand zusammenschließen. Was dann geschieht, wage ich nicht auszudenken! Also werden wir dazu beitragen, dass die Hinrichtung misslingt!"
Wieder wagte sich Rufus zu einer Frage vor.
„Aber wie soll das geschehen? Wir können doch nicht die Wachen des Stadtpräfekten angreifen!"
Dardanus nickte dem Frager zustimmend zu.
„Bevor ich dies verrate, frage ich nun noch einmal in die Runde. Wer von euch will jetzt aussteigen?"
Er blickte forschend in die Runde, doch niemand rührte sich vom Fleck.
„Keiner? Dann hört mir zu!"

Die Hinrichtung

Die Sonne schickte schon erste Strahlen über die Berge auf der anderen Seite der Meerenge vor Byzanz. Vorerst erhellten sie nur den Himmel, doch es war für die Bewohner von Byzanz das Zeichen, dass der neue Tag begann und das Leben erwachte.
Thyros und Tarsus konnten in dem Kerker des Stadtpräfekten nichts davon sehen. Nur das Klappern der Schritte auf den groben Bruchsteintreppen riss sie aus ihrem unruhigen Schlaf. Mit den eisernen Fußfesseln, die an einer langen Kette in der Zellenmauer befestigt waren, konnte man keine Ruhe finden. Außerdem plagte sie die Furcht vor dem, was man mit ihnen anstellen würde. Thyros konnte seinen früheren Widersacher, Tarsus von den Blauen, in der Zelle nebenan sehen. Er hatte sich aufgerichtet und saß nun aufrecht auf der Pritsche in seiner Zelle und starrte zu ihm herüber.
„Hörst du sie? Nun werden sie uns holen! Mich werden sie freilassen und dich aufknüpfen, denn der Kaiser wird nicht zulassen, dass ein Blauer bestraft wird. Du hättest den Streit nicht beginnen sollen!"
Thyros lachte verächtlich auf.
„Ich wusste ja, dass die Blauen nicht besonders schlau sind, aber dass sie so dumm sind, hätte ich nicht gedacht. Der Kaiser wird dich nicht verschonen. Er will mit unserer Verurteilung seine Macht demonstrieren! Wache endlich auf, Tarsus. Er pfeift auf eure Unterstützung. Du wirst

genauso wie ich heute am Galgen baumeln. Du kannst nur noch etwas wirklich Nützliches tun. Du musst die Partei der Blauen dazu auffordern, sich mit uns zu vereinigen. Gemeinsam wären wir in der Lage, den Kaiser zu stürzen. Du hast doch sicher genau wie ich fähige Leute in deinen Reihen, die es vollendenden können. Wir beide werden davon nichts mehr haben, aber es wäre doch eine schöne Rache!"

Tarsus wandte nun Thyros den Rücken zu und knurrte: „Warum höre ich mir dein Geschwätz überhaupt an. Du wirst sehen, nur du alleine wirst baumeln."

Thyros kam nicht mehr dazu, zu antworten, denn die Schritte kamen näher und Schlüssel rasselten an ihren Zellentüren.

„Aufstehen und vortreten!", rasselte eine befehlsgewohnte Stimme. Einige der Wärter betraten ihre Zellen, lösten die Fußfesseln und banden dann mit Stricken ihre Hände auf den Rücken. Mit groben Stößen trieben sie die Gefangenen aus ihren Zellen vor sich her, die Stufen hinauf und dem Ausgang zu. Thyros bemerkte, dass man auch Origenes, seinen Stellvertreter bei der Partei der Grünen, aus seiner Zelle geholt hatte und ihn ebenfalls zum Ausgang trieb.

Tarsus protestierte lauthals und verlangte, freigelassen zu werden, was ihm nur einige Stockhiebe einbrachte.

Draußen vor der Präfektur hatte sich bereits eine große Menschenmenge versammelt. Als die Gefangenen herausgetrieben wurden, schwoll das unruhige Gemurmel zu lautem Protestgeschrei an. Die Wachen des Präfekten hielten die Menge mit aufgestellten Speeren auf Distanz, sodass eine schmale Gasse entstand, durch diese die Gefangenen hinaus zum Forum geführt wurden. Dort auf dem Marktplatz standen drei Galgen mit den Podesten davor. Drohend baumelten die Seile mit ihren Schlingen im seichten Meereswind. Rund um die Galgen hatte Dardanus mit seinen Männern Stellung bezogen. Sie bildeten in Zweierreihe einen großen Kreis darum, sodass der

Hinrichtungsort sicher abgeschirmt war. Auf einer extra aufgebauten Empore saß bereits der Stadtpräfekt Eudaimon, um beste Sicht auf die Hinrichtung zu haben. Die Vorfreude darauf stand ihm ins Gesicht geschrieben. Erwartungsvoll blickte er in die Richtung, aus der die Delinquenten kommen mussten. Dardanus hatte ihn mit nur wenigen Worten überzeugen können, dass die Unterstützung durch seine Legionäre von großem Nutzen war. Eudaimon war ein unduldsamer, gnadenloser Mann, der vom Volk gehasst wurde. Dessen war er sich auch bewusst und darum kam ihm der zusätzliche Schutz gerade recht.
Dardanus ritt den Verteidigungskreis seiner Männer ab. Dabei hielt er suchend in der wartenden Menge nach Sarah Ausschau. Dann sah er sie und ihre Blicke trafen sich für einen Moment. Sie stand in der ersten Reihe hinter den Legionären und starrte ihn hasserfüllt an. Ihr Blick fühlte sich wie ein Dolchstoß an, der ihn mitten ins Herz traf. In diesem Moment betete er, dass sein Plan aufgehen würde. Schon bald darauf verlor er sie wieder aus den Augen, denn es kam Bewegung in die Menge. Es waren hier überwiegend Schaulustige, die ein Spektakel erwarteten und darum brauchte auch niemand Gewalt anwenden, als die Gefangenen herangeführt wurden.
Der Präfekt richtete sich auf und befahl mit herrischer Geste, ruhig zu sein. Dann verkündete er mit lauter Stimme:
„Unser geliebter Kaiser von Gottes Gnaden, Justinian, hat Folgendes verfügt:
Die Führer der Grünen, Thyros und Origenes, haben sich des schweren Aufruhrs schuldiggemacht. Sie werden mit dem Strang bestraft und sollen hängen, bis der Tod eintritt!“
Tarsus atmete erleichtert aus. Grinsend blickte er zu dem verzweifelten Thyros herüber. Der nahm seine Blicke nicht wahr, sondern starrte nur vor sich hin. Er schaute nur kurz auf, als Eudaimon fortfuhr:

„Ebenfalls schuldig wird Tarsus von den Blauen gesprochen. Auch er soll hängen, bis der Tod eintritt!"
Ein Aufschrei ging durch die Menge und wütende Zurufe kommentierten das Urteil. Tarsus begriff erst nicht, was geschehen war. Doch als grobe Hände ihn ergriffen und zum Podest hinauf zerrten, wusste er, dass er sich gewaltig geirrt hatte. Er musste sich eingestehen, dass Thyros mit allem recht gehabt hatte. Oben auf dem Podest, mit der Schlinge vor Augen, fasste er einen folgenschweren Entschluss. Als man ihm und auch den anderen die Schlinge um den Hals legte, schrie er:
„Haltet ein! Jeder zum Tode geweihter hat das Recht auf ein letztes Wort! Ich fordere dieses Recht jetzt ein!"
Eudaimon gefiel sich in der Rolle des Richters und wollte die Prozedur auch auskosten. Darum hob er gnädig die Hand zum Zeichen, dass man Tarsus reden lassen sollte. Die Henker traten einen Schritt zurück und ließen ihn reden. Seine Stimme füllte den gesamten Platz des Forums aus, sodass auch der letzte in der Menge ihn verstehen konnte.
„Heute wird hier kein Recht geschehen! Weder Thyros noch ich haben den Tod verdient. Es zeigt aber, dass der Kaiser nicht zwischen den Grünen und den Blauen unterscheidet. Darum sollten wir das auch nicht mehr tun. Unser ewiger Streit ist sinnlos. Wenn man in Byzanz etwas ändern will, dann müssen wir zusammenhalten. Thyros und ich können nun nichts mehr für euch tun, aber ihr solltet etwas tun. Vereinigt euch und geht gegen einen ungerechten Kaiser vor, der nicht mehr Gottes Segen besitzt!"
Tarsus wollte noch weiterreden, doch daran wurde er nun grob gehindert. Die Henker hoben ihn, wie auch die beiden anderen, auf die bereitgestellten Schemel und zogen die Schlingen zu. Dann warteten sie auf das Zeichen von Eudaimon.
Mit dem Handzeichen von Eudaimon stießen sie die Schemel unter Thyros, Tarsus und Origenes mit kräftigen

Tritten zur Seite und die Delinquenten fielen hinunter. Dann geschah etwas Unglaubliches. Als sich die Seile von Thyros und Tarsus strafften, rissen sie mit einem lauten Knall. Tarsus krachte auf die Bretter des Podestes, während Thyros mit dem Rest des Seiles sogar die Stufen hinunterfiel. Bei dem unglücklichen Origenes riss der Strick nicht. Durch den Ruck brach sein Genick. Dadurch blieb ihm ein langsamer Tod erspart. Ein Aufschrei ging durch die Menge. Alle Augen richteten sich nur auf Thyros und Tarsus.

„Das ist ein Gottesurteil! Lasst sie frei!“, schrien sie immer wieder. Dardanus und der Legionär Rufus nickten sich zufrieden zu. Doch ihre Zufriedenheit sollte sich bald in Entsetzen wandeln. Eudaimon war wütend aufgesprungen. Dabei fuchtelte er mit hochrotem Kopf mit seinen Armen in der Luft herum.

„Nichts da!“, schrie er gegen den Lärm an. „Ergreift sie! Holt neue Stricke herbei und knüpft sie noch einmal auf!“

Ein Sturm der Entrüstung brauste auf und Dardanus konnte mit seinen Männern die Menge kaum noch zurückhalten. Es dauerte auch nicht lange, da kamen die Wachen des Präfekten mit neuen Seilen zurück. Währenddessen versuchte Sarah, den Ring der Legionäre zu durchbrechen, um zu ihrem Vater zu gelangen. Dies wurde aber von den Wachen des Präfekten, die direkt vor den Galgen aufgezogen waren, brutal verhindert. Mit harten Stößen wurde sie zurückgetrieben. Dardanus musste nun hilflos zusehen, wie Thyros und Tarsus wieder auf das Podest gezerrt wurden. Erneut wurden sie auf die Schemel gestellt und ihnen die Schlingen der neuen Seile um den Hals gelegt. Für einen Moment überlegte Dardanus einzugreifen, doch eine warnende Handbewegung von Rufus hinderte ihn daran. Dann überschlugen sich die Ereignisse. Eudaimon gab hastig wieder das Zeichen, denn jetzt hatte er große Eile und wollte alles so schnell wie möglich hinter sich bringen. Mit harten Tritten wurden die Schemel zur Seite gestoßen. Dieses Mal rissen die

Seile nicht. Sie zogen sich für einen kurzen Moment straff, ehe es laut berstend krachte. Die Ausleger der beiden Galgen, welche die Last des Seiles zu halten hatten, brachen mit lautem Knall und stürzten hinunter. Wieder, wie auch schon zuvor, prallten Thyros und Tarsus auf die Bretter des Podestes. Nur, dass dicht neben ihnen die abgebrochenen Balken laut polternd einschlugen. Eudaimon starrte fassungslos auf das Geschehen und es dauerte eine Weile, bis er begriffen hatte, was da geschehen war. Auch Dardanus rieb sich verwundert die Augen. Das hatte er nicht erwartet. Nur Rufus grinste still vor sich hin. Er hatte aber nicht lange Zeit sich zu freuen, denn die Lage eskalierte nun. Die tobende Menge durchbrach die Absperrungen der Legionäre, stießen die Wachen des Präfekten nieder und trampelten über sie hinweg zu den gerade dem Tode entronnenen Delinquenten. Sie nahmen die beiden in ihre Mitte und führten sie fort. Dardanus reagierte sofort und befahl den Rückzug. Er wollte hier kein Blutbad anrichten, denn diese Entwicklung hatte der Präfekt ganz alleine zu verantworten. Hätte er die Delinquenten nach der misslungenen Hinrichtung, wie es in solchen seltenen Fällen üblich war, begnadigt, so wäre für Dardanus alles nach Plan gelaufen. So lief nun alles aus dem Ruder. Ein Teil der aufgebrachten Menge stieß die Empore des Präfekten mit lautem Gejohle um und zerrte den heruntergestürzten Eudaimon zum Podest des Galgens. Hier legten sie ihm einen der abgerissenen Stricke um seinen Hals und schleiften ihn so lange über das Pflaster, bis sich die Schlinge so fest zu zog, dass er blau anlief und bald darauf der Tod eintrat. Dabei schrien sie immer wieder: „Nika, Nika, Sieg!“
Seine Wachen mussten das alles abgedrängt von der Meute hilflos mitansehen.
Dies alles bekam Dardanus schon nicht mehr mit. In scharfem Galopp entfernte er sich mit seinen Männern von dem Ort des Aufruhrs und kehrte zurück hinter die

schützenden Mauern des Palastes. Nachdem sie die Pferde versorgt hatten, rief Dardanus die Männer noch einmal zusammen.
„Ihr habt heute gesehen, welche Macht der Pöbel hat, wenn er gereizt wird. Dagegen werdet ihr demnächst eure Schwerter richten müssen. Ich hoffe nur, dass der Kaiser in Zukunft weisere Entscheidungen trifft, als sie der Präfekt heute getroffen hat. Wer hat von euch den Galgen angesägt? Darauf war ich nicht vorbereitet!“
Rufus trat zögernd vor.
„Das war ich, Herr! Ich wusste, dass sich Eudaimon nicht von zerrissenen Seilen beeindrucken lässt. Der brauchte noch ein überzeugenderes Mirakel!“
Dardanus schaute Rufus lange ausdruckslos an. Dann antwortete er leise:
„Ich mache dir keinen Vorwurf, Rufus, denn es war ja mein Plan, die Hinrichtung zu verhindern. Ich fürchte aber, dass damit der Aufstand gegen den Kaiser beginnt. Dafür werde ich die Verantwortung übernehmen. Darum gehe ich gleich noch zu Belisar und werde Bericht erstatten.“
Nach den Worten herrschte für eine Weile betretene Stille. Dann wagte Rufus doch noch zu sagen:
„Wir denken alle, dass eure Absicht gut war! In diesen Zeiten ist es aber gefährlich, eigenmächtig zu handeln. Wir haben noch nie einen besseren Führer gehabt. Darum hoffen wir für Euch, dass dieser Einsatz ohne Folgen bleibt.“

Das Unheil naht

Justinian blickte Theodora prüfend an. An ihrem Gesichtsausdruck konnte er erkennen, dass sie etwas

fragen wollte. Seitdem die Unruhen auf den Straßen von Byzanz sich so gefährlich entwickelt hatten, konnte er so etwas wie Furcht in ihren Augen erkennen. Eigentlich mischte sie sich in seine Staatsgeschäfte nicht ein, doch jetzt brannte ihr eine Frage auf der Zunge.
„Die Tempel und Paläste brennen in der Stadt! Der Pöbel wagt sich immer näher an den Palast heran und es wird nur eine Frage der Zeit sein, bis sie hier eindringen. Was unternimmst du dagegen? Sie wollen Hypatius als neuen Kaiser und du beherbergst ihn noch im Palast. Ich habe an dir immer deine Entscheidungsfreudigkeit bewundert. Du hast bisher nie gezögert, das zu tun, was nötig war. Nun siehst du tatenlos zu, wie deine Stadt zerstört wird und das Volk an deinem Thron sägt. Wann handelst du endlich?"
Justinian erhob sich und ging unruhig hin und her.
„Vertraue mir, meine Liebe! Ich weiß genau, was zu tun ist! Heute werde ich die Senatoren zusammenrufen und mit ihnen die Lage beraten."
„Warte nicht zu lange damit, denn die Zeit ist dein Feind!"
„Wer ist in diesen Zeiten überhaupt noch mein Freund? Das will ich jetzt endgültig herausfinden! Dazu müssen sich meine geheimen Widersacher so sicher fühlen, dass sie aus ihrer Deckung hervorkommen. Sie müssen den Eindruck gewinnen, dass ich mich dem Pöbel da draußen geschlagen gebe. Es wird sich alles in den nächsten Tagen entscheiden! Du wirst sehen, es wird alles gut!"
Theodora sagte nichts mehr dazu. Sie fragte sich aber insgeheim, woher ihr Gemahl diese Zuversicht nahm. Gerade in diesem Moment erschien Theodorus. Sein Gesichtsausdruck ließ nichts Gutes vermuten. Justinian machte eine ärgerliche Handbewegung und herrschte seinen höchsten Hofbeamten an:
„Ich brauche jetzt keine schlechten Nachrichten. Schere dich zum Teufel!"
Theodorus ließ diesen Ausbruch des Kaisers unbeeindruckt über sich ergehen und trat sogar noch einige Schritte vor.

„Ihr solltet Euch aber anhören, was ich zu berichten habe, Majestät. Es könnte wichtig für Euch sein!"
Justinian ließ sich ergeben auf seinen Schemel nieder.
„Also in Gottes Namen, rede!"
Theodorus räusperte sich unbehaglich und begann seinen Bericht mit leiser Stimme.
„Die Hinrichtung der Aufrührer heute Morgen ist fehlgeschlagen! Die Menge hat sie in die Klosterkirche des heiligen Laurentius gebracht, wo sie jetzt den Schutz der Mönche beanspruchen. Der Präfekt Eudaimon ist von der wütenden Menge getötet worden. Daraufhin hat der Pöbel das Gefängnis gestürmt und alle Gefangenen befreit. Nun ziehen marodierende Gruppen durch die Straßen und zünden Villen und Paläste an. Sogar die Hagia Sophia brennt!"
„Wie konnten die Hinrichtungen fehlschlagen?", fragte Justinian verwundert und unterbrach damit den Redefluss von Theodorus. Der zuckte nur mit den Schultern.
„Es war wie eine Fügung oder Gottes Wille! Zuerst riss der Strick. Als dann der Präfekt die Hinrichtung wiederholen ließ, kochte die Volksseele bereits. Die Situation geriet aber vollends außer Kontrolle, als dabei das Holz des Galgens brach und dies bei beiden Verurteilten!"
Justinian nahm die Nachricht erstaunlich gelassen auf.
„Vielleicht war es ja wirklich Gottes Wille! Wir werden es noch sehen! Nun schaff mir Mundus und Belisar hierher. Sie sollen aber alleine kommen. Ich muss mich noch einmal ihrer Ergebenheit versichern, bevor ich heute mit den Senatoren rede."
Theodorus verneigte sich leicht, wandte sich aber noch nicht zum Gehen.
„Was soll nun mit den Verurteilten geschehen? Das Kloster bietet ihnen zwar Asyl, aber sie sitzen dort fest."
Justinian überlegte einen Moment und entschied:
„Sorgt nur dafür, dass sie das Kloster nicht verlassen können. Ansonsten bleiben sie unbehelligt."

Als Theodorus gegangen war, blickte Theodora ihren Gemahl fragend an.
„Wie kannst du nur so ruhig sein? Die Lage ist schlimmer, als ich das befürchtet habe!"
„Ja meine Liebe, nun darf wirklich nichts mehr schiefgehen. Wenn alles schlecht für uns läuft und unsere Feinde die Oberhand behalten, dann steht für uns unten im Hafen ein Schiff bereit, das uns an einen sicheren Ort bringen wird."
„Du ziehst in Betracht zu fliehen? Was wäre denn das für ein Leben? Wer einmal die Krone getragen hat, wird nirgendwo auf der Welt seine Ruhe finden. Dann wäre es besser, gleich hier zu sterben!"
Justinian nahm sie in den Arm und drückte sie fest an sich.
„Dazu wird es nicht kommen! Ich habe von Gott den Auftrag bekommen, das Imperium wieder groß zu machen. Ich bin der festen Überzeugung, dass er nach wie vor seine Hand über mich hält. Darum werden wir unsere Feinde besiegen!"

Draußen, in einem der zahlreichen Säulengänge, die ringförmig um den Palast herum gebaut worden waren, drückten sich Hypatius und Pompejus in den Schatten einer der mächtigen Säulen und schauten sich vorsichtig nach allen Seiten um. Es war offensichtlich, dass sie nicht gesehen werden wollten.
„Heute wäre ein guter Tag, um Justinian ein Messer zwischen die Rippen zu jagen. So dicht kommen wir nicht mehr an ihn heran", flüsterte Hypatius. Pompejus blickte ihn entsetzt an.
„Du willst ihn während der Audienz und vor den Augen der Senatoren ermorden? Das ist kein guter Plan! Noch weißt du nicht, wie viele der Senatoren auf deiner Seite stehen. Sie könnten also die Wachen rufen und dich einkerkern lassen. Selbst wenn die Mehrheit der Senatoren deine Tat billigen, so würde doch das Blut eines Königsmörders an deinen Händen kleben. Das würde auch beim Volk nicht so gut ankommen. Wir haben doch alles schon genau geplant

und wie es aussieht, wird unser Plan gelingen. Du hast die Führer der Parteien aufgehetzt und ihnen mehr Macht und Einfluss zugesichert, wenn man dich zum neuen Kaiser ausruft. Sie sind dir blindlings gefolgt und haben nun Byzanz in ein Trümmerfeld verwandelt. Nun brauchst du doch nur noch abzuwarten, bis der Volkszorn Justinian vom Thron jagt. Bis dahin leben wir sicher und geborgen hier im Palast. Warum also willst du solch ein Wagnis eingehen?"

Hypatius wiegte bedenklich den Kopf.

„Es geht mir alles zu einfach! Sicherlich sind die törichten Parteien schnell auf meine Einflüsterungen eingegangen und haben genau das gemacht, was ich von ihnen verlangt habe, doch Justinian wird sich nicht kampflos ergeben. Er ist gefährlich und darum würde ich ihn lieber heute als morgen aus dem Weg schaffen. Doch, du hast recht. Wir sollten noch warten. Beim nächsten Rennen im Hippodrom wird das Volk ohnehin seinen Kopf fordern und mich zum neuen Kaiser ausrufen. Ich bin auch neugierig darauf, was er heute den Senatoren zu sagen hat."

Pompejus atmete erleichtert auf.

„Du wirst sehen, es war ein guter Rat von mir. Sehen wir, was heute Abend passiert!"

Nach diesem kurzen Gespräch lösten sie sich aus der Deckung der Säule und schlenderten hinauf zur Vorhalle, wo sich die geladenen Senatoren versammelten, bevor sie in den Audienzsaal hineingelassen wurden.

Genau zur selben Zeit hatte Dardanus seinen Dienstherrn Belisar um eine Unterredung gebeten. Während er darauf wartete, vorgelassen zu werden, traf er auf Prokopius, der aus Richtung der Privatgemächer kam. An seinem Gesichtsausdruck konnte Dardanus erkennen, dass der äußerst missgelaunt war. Darum konnte er es sich nicht verkneifen, eine spöttische Bemerkung zu machen.

„Hat die Dame des Hauses Ihre Gunst von Ihnen genommen, oder warum seid Ihr so ungehalten?"

Mit diesen leicht gesprochenen Worten hatte er wohl genau ins Schwarze getroffen. Das merkte er an der heftigen Reaktion von Prokopius.
„Dieses Weib ist eine Dirne! Sie ist es nicht wert, auch nur das geringste Gefühl an sie zu verschwenden. Sie hat sich einen neuen Liebhaber zugelegt und dazu noch Belisar überredet, diesen als seinen Sohn zu adoptieren. Es ist ungeheuerlich, dass er nicht sieht, was seine Gattin so treibt. Ich werde alles niederschreiben und so der Nachwelt Zeugnis davon abgeben, welch niederträchtiges Weib sie ist!"
Dardanus verzog missbilligend sein Gesicht.
„Ihr wusstet, worauf ihr Euch einlassen würdet, denn ich habe Euch gewarnt. Nun müsst Ihr damit leben und hoffen, dass sich auch Belisars Augen sich einmal öffnen. Wenn Ihr aber der Nachwelt etwas wirklich Wichtiges hinterlassen wollt, so seid Zeuge meiner Unterredung mit dem Heermeister."
Mit den Worten gab er den Wachen das Zeichen, die Tür zum Gemach des Belisar zu öffnen.
Prokopius, nun neugierig geworden, folgte im dicht auf.
Belisar schaute erstaunt auf. Er lag halb aufrecht auf seinem Diwan mit einem Krug, gefüllt mit rotem Wein.
„Was gibt es so Wichtiges, Dardanus, dass du mich um die Nachmittagsruhe bringst, und warum schleppst du auch noch meinen Sekretarius mit heran?"
„Verzeiht mir, Herr, aber dies duldet keinen Aufschub. Ihr müsst es erfahren, bevor ihr dem Kaiser Bericht erstatten müsst."
Belisar richtete sich nun neugierig vollends auf.
„Was ist geschehen? Ich weiß, dass der Pöbel in Byzanz wütet und der Kaiser in Gefahr ist. Die Hagia Sophia, der Palast der Helena und viele Villen reicher Patrizier brennen. Ja selbst die Therme Zeurippus, die nicht weit von hier steht, brennt. Also was hast du noch Wichtigeres zu berichten?"
Dardanus räusperte sich.

„Ihr habt sicher von den Hinrichtungen heute Morgen gehört?"
Belisar stieß ein spöttisches Lachen aus.
„So etwas spricht sich schnell rum! Was waren da bloß für unfähige Narren am Werk?"
„Sie konnten nichts dafür, dass die Hinrichtung misslungen ist. Ich habe dafür gesorgt, dass die Henkersseile reißen mussten, und einer meiner besten Männer hat obendrein noch auch eine Wiederholung der Hinrichtung scheitern lassen."
Für einen Moment herrschte lautlose Stille. Selbst Prokopius hielt den Atem an. Dann, nachdem Belisar die Fassung wieder zurückgewonnen hatte, fragte er mit schneidender Stimme in die Stille.
„Aus welchem Grund? Stehst du auf der Seite der Aufrührer?"
„Nein, Herr, ich hielt die Hinrichtung für falsch! Ich fürchtete, dass sich dadurch der Volkszorn entladen würde und ein Aufstand losbrechen würde. Ich konnte ja nicht ahnen, dass Eudaimon so uneinsichtig war und die übliche Vorgehensweise missachtete. Das Volk hätte es als Gottesurteil angesehen und die Verurteilten mit Triumph in ihren Reihen aufgenommen. Sie wären dann friedlich nach Hause gegangen. So war wenigstens der Plan."
Belisar schüttelte verärgert den Kopf.
„Na, der Plan ist ja prächtig aufgegangen! Weißt du überhaupt, was du angestellt hast? Wenn das der Kaiser erfährt, wirst du an dem Galgen hängen und ich würde ebenfalls seine Gunst verlieren. Darum muss ich dich dafür bestrafen, indem ich dich aus meinen Diensten entlasse. Ich hoffe für dich, dass der Kaiser es nie erfährt. Du kannst in deinem Wohngemach bleiben, bis du etwas Entsprechendes außerhalb der Palastmauern gefunden hast. Das bin ich dir schuldig! Nun gehe, ehe ich es mir anders überlege!"
Man sah Belisar an, dass es ihm schwerfiel, diese Strafe aussprechen zu müssen. Zu sehr war er Dardanus zu

Dank verpflichtet. Er wusste auch, dass er einen seiner besten Männer verlieren würde. Darum fügte er noch hinzu:
„Dir steht noch dein Sold für die letzten Tage in Persien zu. Lasse ihn dir von Prokopius auszahlen. Damit wirst du dir eine neue Bleibe suchen können. Das ist alles, was ich noch für dich tun kann!"
Er gab Prokopius einen Wink, näher zu kommen, und flüsterte ihm einige Worte zu. Der nickte stumm und verließ mit Dardanus den Raum.
Draußen blieb er stehen und schaute Dardanus verständnislos an.
„Ich hätte dich für klüger gehalten! Du hättest eine große Zukunft an der Seite von Belisar haben können. Warum hast du diesen Unsinn in Wahrheit getan?"
„Einer der Delinquenten ist der Vater meiner Geliebten! Ich musste ihn retten."
Prokopius lachte hart auf.
„Es ist nicht zu fassen, aber ich habe es mir fast gedacht. Nur die Liebe kann der Grund für solch törichte Handlungen sein. Doch du hast Glück, mein Freund! Belisar hat mich angewiesen, dich großzügig zu entlohnen. Das wird dir das Leben ohne den Dienst in der Legion erträglich machen."
„Das Leben wird in Byzanz wohl nicht erträglich werden. Ich sehe schwere Zeiten heraufziehen und hoffe, dass der Kaiser sie unbeschadet übersteht. Er wird Belisar mit seiner Hausmacht dafür brauchen. Darum mache ich mir um ihn auch keine Sorgen. Ich hätte Belisar nur gerne dabei zur Seite gestanden."

*

Justinian klopfte mit seinem großen Siegelring am Finger unruhig auf die Tischplatte vor ihm. Dabei fixierte er Belisar

und Mundus misstrauisch. Belisar bemerkte die Unruhe des Kaisers und fragte:
„Ihr habt uns rufen lassen, Herr? Gebt uns endlich den Befehl, die Unruhen zu beenden! Auf was wartet Ihr noch?“
Justinian ging auf die Frage nicht ein, sondern sprach:
„In diesen Zeiten muss ich wissen, wer bedingungslos zu mir steht. Ich habe das Gefühl, dass die vielen Speichellecker um mich herum mir lieber ein Messer in den Rücken stoßen würden. In diesen Zeiten, wo selbst Hinrichtungen sabotiert werden, gibt es nur wenige Menschen, denen ich bisher vertrauen konnte. Nun will ich wissen, ob dies bei euch immer noch der Fall ist. Werdet ihr meine Befehle auch in Zukunft befolgen und zu mir stehen, auch wenn es schwierig wird? Dessen muss ich sicher sein, sonst ist alles verloren!“
Belisar hatte zu dieser Audienz seine Uniform mit dem goldenen Brustpanzer angelegt. Nun legte er seine rechte Hand auf die Brust und verneigte sich leicht.
„Mein Leben gehört Euch, mein Kaiser! Ich habe ewige Treue gelobt und werde sie halten bis in den Tod. Darauf habe ich mein Wort gegeben!“
Justinian nickte zufrieden und wandte sich dann Mundus zu.
„Wie steht es mit dir, General?“
„Ihr könnt Euch auf mich verlassen, Herr! Meine Legion steht bereit, für Euch zu kämpfen. Ihr braucht es bloß zu befehlen!“
„Ich danke euch! Dieser Treuebeweis wird euch großen Lohn einbringen. Doch noch ist es nicht so weit. Es gibt noch einige Dinge zu klären! Wenn ich euch aber den Befehl zum Einsatz gebe, müsst ihr schnell und bedingungslos eingreifen. Es wird keine einfache Sache sein, das Schwert gegen das eigene Volk zu richten, doch es gibt keine andere Wahl. Nun werde ich beruhigt den Senatoren gegenübertreten können. Haltet euch zur Verfügung. Die Zeit ist bald reif!“

Im großen Audienzsaal herrschte große Unruhe. Einige der Senatoren hatten ihre Villen durch Brandschatzung verloren und nun Zuflucht im Palast gesucht. Sie hatten nur ihr nacktes Leben und das, was sie auf der Haut trugen, retten können. Entsprechend groß war ihre Erregung. Für zusätzliche Unruhe sorgte auch, dass die Villen einiger Senatoren nicht angezündet worden waren, wofür es eigentlich keinen ersichtlichen Grund gab. Hypatius versuchte die Unruhe noch anzufachen, indem er dem Kaiser dafür die Schuld gab, was bei den geschädigten auf fruchtbaren Boden fiel.
„Was glaubst du, warum dein Haus brennt, Germanium?", flüsterte Hypatius dem neben ihm stehenden Senator zu. „Hast du dich nicht vor einiger Zeit über den Kaiser in der Öffentlichkeit beklagt?", stachelte er ihn auf. Die Wirkung der Worte ließ auch nicht lange auf sich warten. Allmählich machte sich eine gefährliche Stimmung gegen Justinian breit. Der ließ sich mit seinem Erscheinen absichtlich Zeit. Als die Lage zu eskalieren drohte, erschien Justinian mit seiner Gattin Theodora. Schlagartig wurde es still. Justinian setzte sich auf seinen Thron, der ein paar Stufen hoch in der Mitte des Raumes stand. Von hier aus hatte er alle Anwesenden fest im Blick. Theodora stellte sich, wie es zu solchen Anlässen üblich war, rechts neben ihm auf. Sie trug ein offenherziges, weißes langes Kleid, welches ihre klare Schönheit eindrucksvoll unterstrich. Schon ihre bloße Anwesenheit ließ die Senatoren verstummen. Justinian begann mit leiser Stimme.
„Ich habe euch heute hier zusammengerufen, weil es die Zeiten erfordern. Die Ordnung in Byzanz ist aus den Fugen geraten. Viele von euch haben es am eigenen Leib erfahren müssen. Ich bedaure das sehr und werde etwas dagegen unternehmen. Dazu muss ich wissen, ob ihr Senatoren zu eurem Wort steht, das heilige Amt des Kaisers zu schützen. Wer nicht mehr dazu in der Lage ist, sollte das jetzt kundtun. Ich versichere, dass ihm dadurch kein Nachteil entstehen wird."

Lauernd blickte Justinian auf die Senatoren herunter, doch außer unruhiges Scharren mit den Füßen war nichts zu hören. Die meisten blickten zu Boden, damit sie sich ihre Blicke nicht mit Justinian trafen. In die betretene Stille trat Hypatius hervor.
„Wie könnt Ihr nur an unserer Treue zweifeln, Herr? Ich für meinen Teil und damit spreche ich auch für meinen Bruder Pompejus, werden Euch folgen und den Thron mit unserem Leben schützen!"
Justinian beugte sich vor und starrte Hypatius zweifelnd an.
„So? Ist das so? Habe ich nicht im Hippodrom Rufe vernommen, die dich als neuen Kaiser ausriefen? Darum ist es jetzt an der Zeit, dass du und Pompejus den Schutz des Palastes verlasst. Kehrt in eure Häuser zurück und sorgt für die Frauen und Kinder, damit ihnen in diesen unruhigen Zeiten nichts geschieht. Hier ist kein Platz mehr für euch! Für alle anderen hier im Raum ist es die letzte Chance, sich zu erklären. Sollte sich später herausstellen, dass ihr eure wahre Gesinnung verleugnet habt, so werdet ihr es bitter bereuen!"
Geschockt von der Maßnahme gegen die Enkel von Anastasius, wagte niemand, auch nur ein Wort zu sagen. Es herrschte eisiges Schweigen. Justinian erhob sich.
„Nun, denn sei es! Ihr habt gesprochen! Nun kann auch ich es angehen! Wachen! Schafft die beiden fort! Die Audienz ist beendet!"

*

Dardanus wachte nach einer unruhigen Nacht wie gerädert auf. Er hatte wirres Zeug geträumt und war oft aufgewacht. Entsprechend zerschlagen fühlte er sich jetzt. Außerdem war er sich noch nicht darüber im Klaren, was er nun anstellen sollte. Nachdem er sich angekleidet hatte, trat er hinaus in den Park und schaute wehmütig hinüber zur

Zeurippus Therme. Die Brände waren inzwischen gelöscht worden, doch viel hatte die Feuersbrunst nicht übrig gelassen. Wie magisch angezogen lenkte er seine Schritte dort hin. Er wusste nicht, was er dort finden wollte. Dennoch schaute er sich suchend um. Das Gym und die daran anschließenden Wohngebäude der Ringer, Faustkämpfer und allen anderen, die früher für die Unterhaltung im Hippodrom gesorgt hatten, waren niedergebrannt. Dünne Rauchwolken stiegen immer noch vereinzelt gerade hinauf in den Himmel. Dardanus stieg durch Trümmer und über Asche dorthin, wo sich vor nicht allzu langer Zeit noch der Trainingsraum der Kämpfer befunden hatte. Als wäre es ein Gruß aus der Vergangenheit, stand dort noch aufrecht und unbeschädigt der Winker. Das, von ihm selbst Erfundene, Übungsgerät.
„Ohne die ständigen Übungen daran hätte der Perser vor Daras Hackfleisch aus mir gemacht", dachte er und schlug vorsichtig gegen einen der Ausleger und duckte sich. Quietschend fuhren die Arme über ihn hinweg. Spielerisch veränderte er mit einem neuen Schlag die Richtung und duckte sich wieder blitzschnell. Wie befreit wiederholte er mit zunehmender Geschwindigkeit diese Übung. Es war, als könnte er seine Sorgen damit vertreiben.
„Du kannst es ja immer noch, Söhnchen!", tönte es hinter seinem Rücken. Erschrocken wirbelte Dardanus herum und blickte in das lachende Gesicht des Hünen Rufusius.
„Mein Gott, Dardanus! Wie lange habe ich dich nicht mehr gesehen? Ich habe gehört, dass du eine große Nummer in der Legion des Belisar geworden bist!"
„Ach Rufusius, du bist es! Schön dich zu sehen! Ich hätte mir für ein Wiedersehen bessere Zeiten gewünscht. Was ist hier geschehen?"
Die Miene von Rufusius verdunkelte sich.
„Die Wirrköpfe in Byzanz haben bereits die Oberhand in der Stadt. Sie rauben, plündern und brennen die Stadt in Schutt und Asche! Der Kaiser scheint nicht mehr die Macht zu haben, das zu beenden! Schau mich an, Dardanus. Wir

alle haben unser Heim und unseren Lebensunterhalt verloren. Viele von uns müssen jetzt im Freien schlafen und wissen nicht mehr, wohin sie gehen sollen. Ich will dir aber zu unserem Wiedersehen nichts vorjammern. Was macht der feine Herr denn hier?“
Dardanus lachte bitter auf und zeigte auf den Winker.
„Ich wollte mich bei dem da bedanken. Durch ihn bin noch am Leben!“
Rufusius nickte zustimmend.
„Ja, auch mich hat er in der Arena gerettet. Es ist genauso gekommen, wie du es mir prophezeist, hast. Mein Gegner konnte noch härter schlagen als ich. Aufgrund deiner Übungen konnte ich seinen Schlägen ausweichen und ihn so besiegen. Ich verdanke dir dadurch unendlich viel. Ich weiß aber nicht, wie ich es dir zurückzahlen kann, denn wir sind durch die Verhältnisse hier am Ende.“
„Ja Rufusius, auch bei mir lief es letzte Zeit nicht rund!“
Mit kurzen Worten berichtete Dardanus, was zu seiner Entlassung aus dem Dienst von Belisar geführt hatte und dabei ließ er nichts aus.
Nun fand Rufusius sein Lachen wieder.
„Ja, so kenne ich dich! Du suchst immer den Ärger, doch irgendwie fällst du immer wieder auf die Füße. Das wird auch dieses Mal der Fall sein. Da habe ich keine Sorge. Was hast du jetzt vor?“
„Ich weiß es noch nicht so genau! Ich weiß nur, dass ich helfen muss, diesen Wahnsinn zu stoppen. Auch wenn ich mich damit gegen die Liebe meines Lebens stellen muss.“
Rufusius reichte ihm die Hand.
„Dardanus, mein Freund! Wenn ich dir dabei helfen kann, dann genügt nur ein Wort von dir. Meine Freunde hier sind genau wie ich dem Kaiser treu ergeben. Sie würden sich dir anschließen, wenn du sie brauchst!“
Dardanus drückte die dargebotene Hand kräftig.
„Ich danke dir, Rufusius! Ich könnte darauf zurückkommen, doch noch habe ich keinen Plan. Dazu muss ich erst wissen, was die Aufrührer im Schilde führen. Wir sehen

uns wieder, vielleicht schon heute Abend hier an dieser Stelle."
„Ich werde alle zusammenrufen und ihnen die Lage erklären. Sie werden bereit sein!", begeisterte sich Rufusius und gab euphorisch dem Winker einen Schlag. Es klatschte in seinem Nacken. Dardanus lachte herzhaft auf.
„Blinder Eifer schadet nur! Der Winker lehrt dich immer noch, was richtig ist!"
Rufusius rieb sich seinen schmerzenden Nacken und knurrte:
„Wenn ich nicht wüsste, dass er nur aus einem Stück Holz ist, so würde ich annehmen, dass er diebische Freude empfindet, wenn er mir in den Nacken haut."
Dardanus hob lachend die Hand zum Gruß und wandte sich zum Gehen. Diese Begegnung mit Rufusius hatte Dardanus wieder die Zuversicht zurückgebracht. Er wusste zwar noch nicht, was zu tun war und wie er das Angebot verwenden konnte, doch zu wissen nicht alleine zu sein, gab ihm Mut. Sein Weg führte aus den schützenden Mauern des Palastes durch das Haupttor hinaus. Er blickte sich kurz um und lenkte seine Schritte hinunter zum Hafen. Noch waren keine Unruhen zu erkennen. Die Straße war ungewöhnlich menschenleer. Nur der Blick auf die immer noch brennende Hagia Sophia zeugte von den Unruhen in den vergangenen Tagen. Doch dann vernahm er den Lärm einer aufgebrachten Menschmenge nicht weit von ihm entfernt. Dem Gehör nach mussten die Geräusche aus dem vornehmen Viertel, dort wo Senatoren oder hohe Hofbeamten ihre Villen besaßen, kommen. Sofort änderte er sein Ziel und wollte von der Hauptstraße abbiegen, da vernahm er hinter sich eilige Schritte. Seinem Instinkt folgend wirbelte er herum und zog sein Kurzschwert, das er verdeckt unter seiner Toga trug und von dem er sich auch nach seiner Entlassung niemals trennte.
Teyos hob erschrocken seine Hände.

„Hoho, nimm das Schwert von meiner Kehle. Du willst doch nicht deinen Freund verletzen?“
„Verdammt, Teyos! In diesen Zeiten hält sich niemand in meinem Rücken auf, ohne sich zu erkennen zu geben. Das könnte gefährlich sein!“
Dardanus steckte sein Schwert wieder an seinen Platz und schaute Teyos fragend an.
„Was gibt es so Wichtiges, dass du es so eilig hast, mir zu folgen?“
„Ich dachte, du könntest Begleitung gebrauchen. Außerdem habe ich Neuigkeiten aus dem Palast. Der Kaiser hat Hypatius und seinen Bruder Pompejus aus dem Palast geworfen, weil er ihnen misstraut. Der Lärm, den wir gerade hören, kommt von seiner Villa. Die Meute hat sich davor versammelt. Wir sollten uns dort unter das Volk mischen. Vielleicht erfahren wir dann ja, was sie vorhaben.“
Dardanus blickte Teyos fragend an.
„Du weißt, dass es gefährlich werden kann. Wenn sie mich erkennen, sind wir geliefert. Also, warum willst du dich in Gefahr begeben?“
„Ich würde es mir nie verzeihen, wenn du dort alleine hingehst und dir etwas geschehen würde. Wir sind Freunde! Hast du das schon vergessen? Freunde lässt man nicht im Stich!“
„Du bist ein feiner Kerl! Das habe ich vom ersten Augenblick erkannt, an dem wir uns getroffen haben. Ich habe heute schon so viel Zuspruch erfahren, dass ich es nicht ertragen könnte, wenn einer von meinen Freunden durch meine Schuld zu Schaden kommen würde. Also hoffen wir, dass es gut geht.“
Sie setzten sich in Bewegung und folgten der Richtung, aus der die Geräusche zu ihnen drangen. Je näher sie kamen, umso mehr konnten sie erkennen, dass es Hochrufe und Jubel waren. Schon von Weitem konnten sie die Menge erkennen, die um die Villa von Hypatius drängten. Dardanus benutzte seine Ellenbogen, um durch

die dicht gedrängte Menge nach vorne zu kommen. Teyos folgte dicht auf und ließ Dardanus nicht aus den Augen.
„Ave Hypatius! “, skandierte die Menge lautstark. „Zeige dich deinem Volk! Du bist unser neuer Kaiser! Wir wollen, dass du die Krone trägst!“
Nach einiger Mühe hatte Dardanus sich bis nach vorne durchgedrängelt. Nun stand er in vorderster Reihe und schaute hinauf zur Veranda, doch da erschien Hypatius nicht. Dardanus sah sich die umstehenden Schreier nun genauer an. Neben einfachen Leuten in schäbiger Kleidung konnte er auch höhergestellte Personen in edlen Gewändern ausmachen. Ja, selbst einige Senatoren, die er auf dem Empfang beim Kaiser gesehen hatte, glaubte er erkennen zu können. Sie hoben ihre Fäuste und stießen Beschimpfungen auf den Kaiser aus und riefen immer wieder nach Hypatius.

Hypatius rannte in seinem Wohngemach unruhig hin und her. Pompejus saß aufrecht auf der Ruhebank und schaute ihm mit bangen Blicken dabei zu.
„Sie werden keine Ruhe geben da draußen! Du musst dich ihnen zeigen. Warum zögerst du so lange?“
„Verdammt, so habe ich das nicht gewollt. Es geht alles zu schnell und unvorbereitet. Möglicherweise ist die Zeit noch nicht reif. Justinian hat noch nicht die Flucht ergriffen. Er kann sich immer noch auf einige Senatoren und vor allen Dingen auf Belisar stützen.“
Pompejus machte eine hilflose Handbewegung.
„Du kannst jetzt aber nicht zurück! Gehe hinaus und lass dich zum Kaiser ausrufen. Du kannst Justinian ja die Nachricht überbringen, dass du dich nur zum Schein darauf eingelassen hättest, damit Zeit gewonnen und wieder Ruhe einkehren würde. Damit wärst du erst einmal sicher, sollte Justinian nicht fliehen.“
Hypatius hielt inne und schaute Pompejus überrascht an.

„Das ist es! Warum bin ich nicht eher darauf gekommen? Genauso werde ich es halten! Gehen wir es an! Komm mit, denn ich brauche dich an meiner Seite!“
Mittlerweile hatte die Gemahlin von Hypatius den Raum betreten und die Unterhaltung mit angehört. Sie sank vor Hypatius auf die Knie und klammerte sich um seine Beine.
„Geh nicht! Ich bitte dich, lass ab von deinem Plan. Wir hatten ein schönes Leben! Warum bist du damit nicht zufrieden? Wenn du jetzt daraus gehst, wird nichts mehr so sein, wie es war. Selbst wenn dein Plan gelingen sollte, wirst du als Kaiser keine ruhige Zeit mehr haben. Also bitte ich dich nochmals, geh hinaus und sage ihnen, dass du nicht zur Verfügung stehst!“
Hypatius schüttelte unwillig ihre klammernden Arme ab und hob sie hoch.
„Ich kann nicht mehr zurück, denn ich muss den Weg zu Ende gehen. Gott steh uns bei!“
Mit den Worten schob er sein jammerndes Weib zur Seite, nahm Pompejus an der Hand und trat hinaus vor die schreiende Menge.
Ein Jubelsturm brach los und Männer aus den vorderen Reihen schleppten einen Sessel heran. Mit sanfter Gewalt wurde Hypatius hineingesetzt. Dann hoben sie den Sessel in die Höhe, sodass er nun von allen gesehen wurde. Wieder brandetet Jubel und Hochrufe auf. Hypatius winkte der Menge mit beiden Händen zu. Dann setzten sich die Träger des Sessels in Bewegung. Ihr Ziel war das Forum, der Marktplatz im Herzen von Byzanz.

Dardanus hatte dies alles mit Entsetzen angeschaut. Er konnte nicht fassen, was er da gesehen hatte. Teyos zog ihn fordernd am Arm.
„Wir müssen hier fort! Wenn dich jemand erkennt, werden sie dich in Stücke reißen!“
Dardanus schüttelte den Arm ab.

„Nein, ich muss wissen, wie weit sie es treiben! Ich denke, in meiner einfachen Kleidung wird mich niemand dem Kaiser zuordnen."
Da näherte sich mit schnellen Schritten von hinten eine weibliche Gestalt. Sie trug einen Umhang aus Leinen, der einer Mönchskutte ähnelte. Die Kapuze hatte sie über ihren Kopf tief ins Gesicht gezogen. Teyos konnte im letzten Moment noch erkennen, dass sie in der rechten Hand einen Dolch trug. Er reagierte blitzschnell und fiel ihr in den, zum Stoß Erhobenen, Arm. Dardanus bemerkte die Attacke erst, als er ihren spitzen Schrei vernahm. Er wirbelte herum und blickte in ihre hasserfüllten Augen. Die Kapuze war durch die heftige Bewegung vom Kopf geglitten und gab so ihr ganzes Gesicht frei. Ihre dunklen Augen loderten und die schwarzen Locken hingen ihr wirr ins Gesicht, was sie wie eine Rachegöttin erscheinen ließ. Mit Erschrecken erkannte er trotzdem, dass es Sarah war. Selbst mit ihren hassverzerrten Gesichtszügen sah sie in seinen Augen wunderschön aus.
Teyos hielt sie immer noch eisern fest, entwand ihr den Dolch und fluchte:
„Bist du wahnsinnig, Weib? Du willst den Retter deines Vaters ermorden? Was ist in dich gefahren?"
„Retter?", schrie sie. „Er hat die Hinrichtung beaufsichtigt und dafür gesorgt, dass sie stattfinden konnte!"
Dardanus hatte sich von der Überraschung erholt und schaute sich vorsichtig um, ob man durch diesen Zwischenfall auf sie aufmerksam geworden war. Glücklicherweise galt alle Aufmerksamkeit der Menge im Moment dem Hypatius. So hatte niemand Notiz von dem Angriff genommen.
Dardanus gab Teyos ein Zeichen, worauf sie Sahra in ihre Mitte nahmen und die sich Sträubende mit sanfter Gewalt aus der Menge führten. Hinter einer der vielen Säulen vor der Villa nahmen sie Deckung. Erst jetzt fand Dardanus seine Sprache wieder.

„Mein Gott, Sarah! Ich habe nach dir gesucht und wollte dir sagen, dass ich nicht mehr in Belisars Diensten stehe. Ich bin wieder der einfache Bürger von Byzanz, den du damals kennengelernt hast!“
Teyos fuhr unsanft dazwischen:
„Ja, er ist aus seinem Dienst bei Belisar entlassen worden und das hat er nur dir zu verdanken! Er hat dafür gesorgt, dass die Hinrichtungen misslungen sind. Er hat es geschehen lassen, dass dein Vater in das sichere Asyl des Klosters gebracht werden konnte. Zum Dank dafür willst du ihm ein Messer in den Rücken jagen. Du solltest dich fragen, was falsch läuft in deinem Leben!“
Sarah schaute verwirrt von Teyos zu Dardanus herüber.
„Er hat meinen Vater gerettet?“, fragte sie fassungslos. Sie wandte sich nun direkt Dardanus zu und Tränen füllten ihre Augen.
„Das warst du? Du bist über deinen Schatten gesprungen und hast dich gegen den Kaiser gestellt und hast die Stricke und den Galgen unbrauchbar gemacht? Nun hat man dich für diese große Tat auch noch bestraft?“
Dardanus nickte stumm und Sarah schlug entsetzt ihre Hände vor ihr Gesicht.
„Mein Gott und ich dachte…!“, flüsterte sie. „Ich habe dich dafür so gehasst, dass ich dich töten wollte! Ich weiß nicht, ob du mir jemals verzeihen kannst. Ich stehe nun aber tief in deiner Schuld. Wenn du dich uns anschließest, wirst du unter dem neuen Kaiser Hypatius ein hohes Amt bekleiden. Den ersten Schritt hast du ja schon getan. Wenn unsere Leute von deiner Tat erfahren, werden sie dir alle Tore öffnen!“
Dardanus fasste sie nun an den Schultern und zog sie dicht zu sich heran.
„Es tut mir leid, dass wir auf zwei verschiedenen Seiten stehen, Sarah. Ich hatte gehofft, dass du inzwischen erkannt hättest, dass dieser Hypatius nur ein machtbesessener Narr ist, der euch für seine Zwecke ausgenutzt hat. Er ist ein feiger Blender und würde das

Imperium in den Untergang führen. Ich sehe jetzt immer klarer! Er hat diesen Aufruhr von langer Hand vorbereitet und nimmt dafür alle Opfer, die es kostet, kalt lächelnd in Kauf."
Sarah sah ihn zweifelnd an.
„Du hast trotzdem die Hinrichtungen verhindert! Wie passt dies mit deiner Meinung zusammen?"
„Es gab dafür für mich zwei Gründe. Zum einen habe ich die Hinrichtungen für falsch gehalten und wollte mit meiner Aktion die Volksseele beruhigen. Ich konnte ja nicht ahnen, dass Eudaimon das ungeschriebene Gesetz der Begnadigung missachten würde und damit die Wut des Volkes nur noch mehr anheizte. Noch wichtiger war für mich, dass ich dir den Schmerz über den Verlust deines Vaters ersparen wollte. Verwechsle das nicht mit Untreue. Ich liebe dich und darum bitte ich dich, wache auf! Sieh, was um dich herum geschieht! Mord und Totschlag können nicht die Grundlage für eine gerechte Welt sein."
Zum ersten Mal blickte Sarah ihn nachdenklich an.
„Hypatius hat uns versprochen, dass er die Senatoren auf seine Seite ziehen kann. Damit würde man den Kaiser ganz unblutig abgesetzt werden können. Der Plan hat sich wohl geändert. Wir sollen heute so viel Menschen wie möglich bewaffnen und ins Hippodrom bringen. Dort wird Hypatius zum Kaiser ausgerufen. Sollte es dagegen Widerstand geben, so wird es mit Waffengewalt erzwungen. Nach deinen Worten weiß ich nicht mehr, was richtig ist. Die Anführer, die jetzt an die Stelle von meinem Vater und Tarsus getreten sind, kennen nur ein Ziel und nehmen dabei keine Rücksicht. Ich kann es nun auch nicht mehr verhindern! Vielleicht kann ich allenfalls noch mäßigend auf sie einwirken. Nun muss ich aber gehen, denn ich werde sicher schon auf dem Forum vermisst. Man sieht mich immer noch als die Vertreterin meines Vaters, obwohl längst andere das Sagen haben. Hypatius wird dort die Menge heißmachen und danach ins Hippodrom einziehen. Ich kann dir nur raten, dich dort fernzuhalten!"

Dardanus schüttelte entsetzt den Kopf und wechselte mit Teyos einen kurzen Blick, der sagte, dass sie dort auf jeden Fall sein würden. Dann zog er Sarah noch einmal fest an sich, drückte sie und flüsterte:
„Ich werde da sein und auf dich achten, damit dir nichts geschieht!"
Sarah schaute Dardanus noch einmal voll an und ihr Blick drückte eine gewisse Hilflosigkeit aus. Dann löste sie sich von ihm und lief, mit wieder hochgezogener Kapuze, zurück zu der Menschenmenge, die sich johlend um Hypatius geschart hatte. Sie trugen ihn immer noch für jedermann sichtbar auf dem Sessel und bewegten sich dem Forum zu. Sarah verschwand in der Menge und Dardanus stieß Teyos unsanft an.
„Komm, wir müssen zurück! Die Lage ist schlimmer, als ich es gedacht habe. Wir müssen Belisar warnen!"
Mit schnellen Schritten eilten sie zurück. Am Tor der Palastmauer wurden sie von der Wache aufgehalten.
„Halt!", scholl es ihnen entgegen. „Hier kommt niemand mehr durch!"
Dardanus baute sich vor ihnen auf und herrschte sie mit befehlsgewohntem Ton an:
„Ich bin Dardanus und mein Begleiter hier ist Teyos, der Kammerherr des Belisar. Also lasst uns durch, wir haben eine wichtige Nachricht für Belisar!"
Ein zweiter Wachsoldat der Palastwache trat hinzu, betrachtete sie eingehend und sprach:
„Der Kaiser hat zwar verfügt, dass keine Maus mehr Zutritt zum Palast hat. Ich denke, bei euch können wir eine Ausnahme machen. Ihr könnt passieren!"
Dardanus hob dankend eine Hand.
„Du hast mit deiner weisen Entscheidung möglicherweise viele Leben gerettet."
Sie hielten sich nicht länger auf und ließen die doch etwas verwunderten Wachen zurück.

*

Auf dem Platz des Forums, welches in Sichtweite des Hippodroms lag, hatte man Hypatius auf den Sockel der Säule gehievt, die Kaiser Konstantin genau in der Mitte hatte errichten lassen. Hier thronte nun Hypatius über den vielen Menschen, die mittlerweile dicht gedrängt das Forum ausfüllten.
Der neue Führer der Grünen, Christos, blickte sich noch unsicher um. Er suchte nach Sarah, denn es war abgemacht, dass sie zusammen den Hypatius, mit den Insignien der Kaiserwürde, auszeichnen wollten. Da nicht die echte Kaiserkrone zur Verfügung stand, sollte diese durch eine massive goldene Kette ersetzt werden. Die hielt er nun unschlüssig in der Hand und schritt auf Hypatius zu. Dazu musste er ein paar Stufen den Sockel hinauf. Dort angekommen, brandete wieder großer Jubel auf. Auf dem feisten Gesicht von Hypatius machte sich ein zufriedenes Grinsen breit, als Christos ihm die Kette umlegte und vor ihm auf die Knie ging.
„Ab diesem Moment bist du unser neuer Herrscher!", rief er mit lauter Stimme. „Im Hippodrom, auf der Kaiserloge, werden wir das vor aller Welt verkünden und besiegeln!"
Hypatius erhob sich von seinem Sessel und hob die Hände zum Zeichen, dass Ruhe einkehren sollte. Als die Menschen sahen, dass er reden wollte, verstummten sie neugierig.
„Wir werden nun ins Hippodrom einziehen und den alten Kaiser Justinian von seinem Sockel stoßen. Wir werden den Palast ausmisten. Die Dirne Theodora wird wieder in die Hurenhäuser zurückgeschickt und Justinian in den Kerker geworfen! Ich stamme von Anastasius ab und bin der rechtmäßige Kaiser auf dem Thron der Cäsaren. So

lasst uns nun vollenden, was wir begonnen haben. Ziehen wir ins Hippodrom, vergesst aber eure Waffen nicht!"
Der Jubel kannte keine Grenzen. Einige der Männer holten unter ihren Umhängen die Schwerter hervor und fuchtelten damit in der Luft herum und schrien:
„Tod dem Justinian!"
Sarah hatte dies alles in sicherer Entfernung mitangesehen und plötzlich kamen ihr die Worte von Hypatius fremd vor. In ihren Gedanken hörte sie nun auch, was Dardanus zu ihr gesagt hatte. Plötzlich sah sie Hypatius mit anderen Augen. Dieses selbstgefällige Grinsen in dessen Gesicht ließ sie ahnen, dass, wenn der die Macht in den Händen hielt, alles nur noch schlimmer im Reich werden würde. Immer mehr kam ihr zu Bewusstsein, dass Dardanus mit seinen Worten recht hatte. Mitten in ihre Zweifel und Überlegungen zog sie jemand am Arm. Es war Christos.
„Wo bist du gewesen? Die Tochter von Thyros sollte in der ersten Reihe stehen!", herrschte er sie an.
Erschrocken riss sie sich los.
„Du hast mir nicht zu sagen, wo ich zu stehen habe! Also nimm dich in Acht! Du stehst nur in der ersten Reihe, weil mein Vater im Kloster festsitzt. Dort wird er aber nicht ewig bleiben und dann wirst du die erste Reihe wieder verlassen müssen. Außerdem war bei unseren Plänen nie von Gewalt die Rede. Wir wollten den Umsturz auf friedlichem Wege!"
Christos lachte gehässig.
„Wo hat es deinen Vater hingebracht? Er hätte fast sein Leben am Galgen ausgehaucht! Es gibt nur einen Weg, den Kaiser abzusetzen, und das ist Gewalt. Ich erwarte dich im Hippodrom in der ersten Reihe, Sarah! Dabei werden wir dich im Auge behalten!"
Sarah wollte noch heftig antworten, doch da war Christos bereits verschwunden. Plötzlich war sie sich darüber im Klaren, dass sie in einen Teufelskreis geraten war, aus dem sie nicht einfach entkommen konnte. Sie nahm sich

vor, nichts zu unternehmen, was den Grünen einen Grund gab, misstrauisch zu werden.
Als Christos den Platz des Forums verlassen wollte, wurde er von Thadäus, einem seiner Vertrauten, festgehalten.
„Ich weiß ja nicht, ob das von Wichtigkeit ist, Christos. Ist dir der Name Dardanus ein Begriff?"
„Ach Thadäus, ich habe jetzt nicht den Kopf für Rätsel. Was ist mit diesem Dardanus?"
Thadäus machte ein überlegenes Gesicht und zog Christos zu sich heran, sodass er nur noch flüstern brauchte, um gehört zu werden.
„Dieser Dardanus ist der Schild und das Schwert von Belisar!"
Christos verzog unwillig sein Gesicht.
„Komm zur Sache, Thadäus. Die Zeit läuft mir davon!"
„Ich habe vorhin gesehen, dass Sarah und Dardanus sich in den Armen gelegen haben. Das ist doch merkwürdig, nicht wahr?"
Christos blieb abrupt stehen und starrte Thadäus entgeistert an.
„Ist das wahr? Sie wird unsere Sache doch nicht verraten haben? Sollte sich dies bewahrheiten, so würde mir das für sie leidtun! Ab sofort wirst du ihr Schatten sein. Sollte sich deine Vermutung als richtig erweisen, so schicke sie ins Jenseits."
Thadäus blickte Christos erschrocken an.
„Ist das nötig? Immerhin ist sie die Tochter von Thyros und der würde dir das nie verzeihen. Außerdem, was könnte sie schon verraten?"
Christos lachte boshaft auf.
„Ich werde dafür sorgen, dass Thyros sein Asyl nicht lebend verlässt. Der macht mir keine Sorgen. Sarah weiß aber von der Statue! Wenn sie das an Belisar weitergibt, haben wir verloren! Also halte dich daran, was ich gesagt habe. Töte sie, wenn sie uns verraten will!"
Thadäus hob die Hand zum Zeichen, dass er verstanden hatte, und machte sich auf, seinen Auftrag auszuführen.

*

Dardanus schaute sich in der Villa von Belisar verwundert um. Niemand war zu sehen. Die Villa schien vollkommen verlassen zu sein. Er schaute Teyos fragend an.
„Hast du gewusst, dass Belisar seine Villa verlassen wollte?“
Teyos zuckte mit den Schultern.
„Ich weiß nur, dass bei Gefahr alle in den Palast ziehen sollten. Belisar wird bei seiner Legion sein!“
Dardanus fluchte leise. Nun konnte er ihn nicht mehr warnen. Fieberhaft überlegte er, wie er ihm trotzdem helfen konnte. Da kam ihm eine Idee.
„Hör mir gut zu, Teyos! Ich habe Sarah versprochen, dass ich auf sie achten werde! Ich will aber auch verhindern, dass Belisar in sein Unheil läuft. Er muss wissen, dass im Hippodrom nicht nur jubelnde Zuschauer sitzen, sondern jeder eine Waffe trägt und sie auch einsetzen will. Wir können aber alleine nichts ausrichten und darum brauchen wir Hilfe. Ich werde Rufusius aufsuchen und ihn um Hilfe bitten. Er kann die gesamte Kampfschule zusammenrufen. Das könnte schon eine stattliche Anzahl sein, die uns helfen würde, sollte die Sache in Gewalt enden. Wir mischen uns einfach unter die Besucher des Hippodroms und halten die Augen offen. Sollte etwas aus dem Ruder laufen, so könnten wir eingreifen. Das sollte für Verwirrung sorgen!“
Teyos schüttelte den Kopf.
„Du gibst nicht auf, was? Was glaubst, du könnten wir gegen eine aufgebrachte und gewaltbereite Menge ausrichten, die 30000 Köpfe zählen?“

Dardanus wischte den Einwand mit einer Handbewegung zur Seite.
„Wir werden sehen, was passiert! Ich glaube fest daran, dass wir von Nutzen sein werden! Also bist du mit dabei, oder fürchtest du dich?“
Teyos verzog beleidigt sein Gesicht.
„Wir sind Freunde! Hast du das schon wieder vergessen? Ich werde immer an deiner Seite sein. Wenn ich auch kein Meister mit dem Schwert bin, so könnte ich doch in vielen Dingen nützlich sein!“
„Ich würde dich auch gerne an meiner Seite sehen, doch möchte ich dich nicht in Gefahr bringen. Also überlege es dir reiflich!“
„Da brauche ich nicht zu überlegen. Ich bleibe bei dir. Jemand muss doch auf dich achten, wenn es gefährlich wird!“
Dardanus klopfte im lachend auf die Schulter.
„Verzeih mir, dass ich an dir gezweifelt habe. Nun schauen wir, was Rufusius zu meinen Plänen sagt.“

Rufusius schaute Dardanus lange schweigend an. In seinem Gesicht zuckte es und sein mächtiger Brustkorb hob und senkte sich vor Anspannung.
„Was du verlangst, geht über einen Freundschaftsdienst weit hinaus, Dardanus. Wir sind alle keine Legionäre, deren täglich Brot es ist, zu töten. Sicher können wir kämpfen, aber es geschah bisher selten auf Leben und Tod. Jetzt könnte es aber passieren, dass wir unser Leben riskieren! Ich weiß nicht, ob alle dazu bereit wären!“
Dardanus hatte diese Antwort auf seine Bitte erwartet. Rufusius und Mitglieder der Kampfschule waren in allen Kampftechniken zu Hause, doch nun ein Schwert in die Hand zunehmen und damit auch auf Leben und Tod zu kämpfen, war schon eine andere Sache.
„Ach Rufusius, als Freundschaftsdienst würde ich dich nur darum bitten, die Männer der Kampfschule zusammenzurufen. Ich möchte zu ihnen reden und sie um

Hilfe bitten. Sollten sie sich dann dagegen entscheiden, so werde ich ihnen nicht gram sein. Ich weiß, dass ich viel von ihnen verlange."

Rufusius nickte stumm und verschwand. Kurze Zeit später tauchte er mit den Männern wieder auf. Die meisten von ihnen kannte Dardanus noch aus früheren Zeiten. Mit einigen hatte er sich in zahlreichen Übungskämpfen gemessen und kannte ihre Stärken. Nun standen sie hier in den verbrannten Resten des Gym und blickten ihn erwartungsvoll an.

„Ich freue mich und bin euch zu tiefstem Dank verpflichtet, dass ihr mich zumindest anhören wollt," begann Dardanus seine Rede.

„Du brauchst uns nichts erklären, Dardanus!", unterbrach ihn Tantalus, der Ringer. „Wenn du unsere Hilfe brauchst, so sind wir zur Stelle. Du bist einer von uns und wir, die Kampfschule, hält zusammen. Also, was sollen wir für dich tun?"

Völlig überrascht von der Reaktion begann Dardanus zu stottern.

„Ihr, ihr braucht mich nur ins Hippodrom zu begleiten. Dabei solltet ihr mit dem roten Umhang der Kampfschule bekleidet sein, damit wir uns in der Menge nicht verlieren. Ach ja, und nehmt eure Waffen mit, für den Fall, dass etwas Ungewöhnliches passiert!"

Tantalus grinste.

„Du bist ein Meister im Verharmlosen! Wir wissen alle, dass es dort um den Kaiser geht. Hab aber keine Sorge, denn wir stehen alle hinter Justinian. Er hat uns immer gut behandelt und diese Schule gegründet, die jetzt in Schutt und Asche liegt. Was könnte von Hypatius Gutes kommen? Wenn wir dazu beitragen können, dass Justinian die Krone behält, dann werden wir das tun!"

„Dann brauche ich wirklich nichts mehr zu sagen. Wir treffen uns gleich vor dem Säulengang, der zum Hippodrom führt. Ich denke, dass uns die Palastwache dort durch das Kupfertor einlässt. Wir nehmen dort unterhalb der Kaiserloge unsere Plätze ein. Von dort aus haben wir die beste Sicht auf das Geschehen."

Die Entscheidung

In der kaiserlichen Audienzhalle herrschte große Aufregung. Alles redete durcheinander. Es ging dabei hauptsächlich darum, wie man sich jetzt verhalten sollte. Die Mehrheit der Senatoren sprach sich für eine Flucht aus, um damit ihr Leben zu retten. Justinian hatte seine Generäle Belisar und Mundus sowie die wichtigsten Senatoren zu einer letzten Besprechung befohlen. Es waren wohl nun die einzigen Getreuen, die noch zu ihm hielten. Wie es stets bei den Audienzen üblich war, stand auch Theodora neben seinem Thron. Sie hatte eine Hand auf die Schulter des Kaisers gelegt und demonstrierte damit die Geschlossenheit des Kaiserpaares. Justinian sah müde und angespannt aus. Man sah ihm an, dass er wohl nächtelang nicht geschlafen hatte. Er hatte sich die Meinungen eine Weile mit zunehmender Verärgerung angehört und fuhr nun dazwischen. Ungehalten befahl er nun, ruhig zu sein. Sofort kehrte gespannte Stille ein. Justinian richtete sich auf und trat einen Schritt vor. Er hatte sich die Uniform des obersten Befehlshabers der Legionen angelegt. Über dem roten Hemd trug er den goldenen Brustpanzer, der hinunter bis zu dem grünen Rock reichte. Den goldenen Helm mit den roten Federn trug er lässig in der rechten Hand. So gab er ein entschlossenes und zum Kampf bereites Bild ab. Nur sein müdes und angespanntes Gesicht zeugte von dem Ernst der Lage.

„Ihr habt euch hier eingefunden, weil ich euch gerufen habe! Also gehe ich davon aus, dass ihr mir treu ergeben seid. Dennoch wollt ihr fliehen und mich und die Kaiserin zurücklassen!"
Nach diesen Worten protestierten einige Senatoren lauthals.
„Wir werden nur gehen, wenn Ihr auch geht, Herr! Die Schiffe stehen im Hafen bereit. Ihr braucht nur ein Wort zu sagen und sie bringen uns alle an sichere Gestade", wagte Plegius, der Sprecher der Senatoren, einzuwerfen.
Justinian ließ sich nicht beirren und fuhr fort, dabei durchbohrte er die Senatoren mit seinen Blicken.
„Ich habe lange und eingehend mit der Kaiserin darüber gesprochen!"
Bei diesen Worten wandte er sich zu ihr um und suchte nach ihrer Hand.
„Sie ist genau wie ich der Meinung, dass ein von Gott berufener Kaiser seinen Platz nicht verlassen darf. Darum werde ich alles daransetzen, den Aufruhr niederzuschlagen. Sollte es Gottes Wille sein, dass dies nicht gelingt, so werden wir den Tod wählen!"
Senator Plegius zuckte zusammen, doch er hielt den bohrenden Blicken von Justinian stand.
„Dann soll es so sein! Wir werden an Eurer Seite stehen", versprach er mit fester Stimme.
Justinian nickte gnädig.
„Ich werde mich sicherlich an Deine Worte erinnern, wenn alles vorüber ist. Nun aber zu euch, meine Generäle. Von euch und eurer Treue zu mir hängt alles ab. Ihr tragt die ganze Last und darum müsst ihr euch unbedingt genau nach unserem Plan halten. Es darf nichts schiefgehen! Also, du, Mundus, greifst durch den Eingang an, der von der Therme zu erreichen ist und dies genau zu dem Zeitpunkt, wenn sie Hypatius zum Kaiser krönen wollen. Deine Legion riegelt die Kaiserloge von seinen Anhängern ab, sodass Hypatius und Pompejus ungehindert festgenommen werden können. Dann bringst du sie durch

das Schneckenhaus in den Kerker des Palastes. Die Palastwache wird euch wohl durchlassen. Wie ich es im Moment abschätze, verhält sie sich noch abwartend. Sie ist nur dem rechtmäßigen Kaiser verpflichtet und wird sich loyal verhalten, wenn feststeht, dass ich es bleiben werde. Das muss unbedingt gelingen. Darum muss jede Gegenwehr niedergeschlagen werden. Dafür habt ihr alle Freiheiten und seid nicht nachsichtig! Die Anhänger von Hypatius werden das nicht gewaltlos hinnehmen. Sie werden angreifen! Das ist der Moment, wo du, Belisar, eingreifen musst. Du kommst mit deiner Legion durch das eiserne Westtor im Norden und greifst sie in ihrem Rücken an. Das wird so für Verwirrung sorgen, dass sie versuchen zu fliehen!"
Belisar wiegte bedenklich den Kopf.
„Das Hippodrom fasst 30000 Besucher und wir zählen nur 2000 Köpfe. Das wird gegen die Masse nicht reichen! Wie viel bringt denn Mundus mit?"
Der meldete sich nun zum ersten Mal zu Wort.
„Ich komme mit 1000 ausgebildeten und kampferprobten Legionären. Das zählt mehr, als 5000 von den Aufrührern, die nicht wissen, wie ein Schwert gehalten wird. Außerdem denke ich, dass sie noch nicht mal eines mit sich führen."
Belisar war aber immer noch nicht überzeugt.
„Was die Sache nicht erleichtert", warf er ein. „Meine Männer sind erprobt im Kampf Mann gegen Mann. Einen bewaffneten Gegner zu töten ist eine Sache, aber unbewaffnete niederzumetzeln eine andere."
Mundus lachte hart auf. Dabei verzerrte sich sein Gesicht boshaft.
„Sie können ja ohne Gegenwehr das Feld räumen! Dann geschieht ihnen nichts!"
Justinian hob verärgert die Hand.
„Jetzt ist nicht die Zeit zu streiten! Haltet euch daran, was ich befohlen habe. Bringt mir Hypatius und Pompejus hierher und jagt die Aufrührer aus dem Hippodrom. Nun geht und erledigt eure Aufgabe!"

Belisar nahm Haltung an und hob den rechten Arm.
„Ave Justinian! Wir werden siegen! Das ist ein Versprechen!"
Justinian grüßte lässig zurück und fügte hinzu:
„Ich bin mir gewiss, dass ich auch morgen noch euer Herrscher sein werde!"
In diesem Moment stürmte Theodosios, der höchste Hofbeamte, herein.
„Verzeiht mir meine Unbotmäßigkeit, mein Kaiser, aber ich glaube, es ist von großer Wichtigkeit. Wir haben einen Boten von Hypatius abgefangen. Seine Botschaft lautet:
Hypatius ist nur zum Schein auf die Forderungen der Aufrührer eingegangen. Damit wollte er die Menge nur beruhigen und Zeit gewinnen. Ihr solltet Euch keine Sorgen machen. Er würde nicht nach dem Thron trachten!"
Zunächst herrschte atemlose Stille unter den Senatoren. Dann brachen sie in lauten Jubel aus. Alle redeten jetzt aufgeregt durcheinander. Wieder war es Plegius, der es wagte, die Meinung der Senatoren vorzutragen.
„Das ist ja eine gute Nachricht! Nun brauchen wir nur noch zu warten, bis die Menge sich beruhigt. Dann ist der Spuk vorbei!"
Seine Worte wurden von lauter Zustimmung der Senatoren begleitet.
„Ruhe!", donnerte Justinian nun.
„Wenn ich jetzt den Aufstand aussitze, werde ich nie sicher sein, dass es vorbei ist! Ich denke eher, dass Hypatius mich in Sicherheit wiegen will. Er fürchtet nach wie vor das Eingreifen von Mundus und Belisar. Wenn ich jetzt stillhalte, sind wir verloren. Selbst wenn der Aufstand jetzt zur Ruhe kommen sollte, werde ich in Zukunft nie mehr sicher sein, wer mir treu ergeben ist und welcher meiner angeblichen Getreuen mir einen Dolch in den Rücken stößt. Nein, es ist noch nicht vorbei! Darum gebt dem Boten die Nachricht mit, dass ich bereits geflohen sei. Damit bleibt alles so, wie wir es besprochen haben!"

Nach diesen Worten machte sich Entsetzen unter den Senatoren breit. Damit wusste jeder von ihnen, dass mit dieser Nachricht der Aufstand nicht mehr aufzuhalten war. Plegius nahm sich insgeheim vor, die Seiten zu wechseln. „Mit dieser Nachricht hat Justinian seinen Thron verspielt“, dachte er, wagte es aber nicht, dies kundzutun.

*

Als Hypatius mit seinen Anhängern das Hippodrom durch das westliche Kupfertor betrat, waren die Ränge der Zuschauer bereits dicht gedrängt besetzt. Er musste diesen Weg benutzen, denn der Eingang vom Palast her wurde von der Palastwache geschlossen gehalten. Dadurch war der direkte Zugang zur Kaiserloge versperrt. Die Palastwache verhielt sich nach wie vor abwartend, denn sie befolgte ihren Eid, der sie nur dem regierenden Kaiser verpflichtete. Sobald aber Justinian gestürzt wäre, so würden sie bedingungslos dem neuen Kaiser folgen. So war es Gesetz.
Als die Massen die Ankunft von Hypatius bemerkten, brach ein Jubelsturm los. Auf den Zuschauerrängen unterhalb der Kaiserloge bildeten die Menschen eine Gasse, sodass Hypatius von außen her freien Zugang zur Loge hatte. Hier wurden er und Pompejus von starken Männern über die Brüstung der Loge gehoben. Dort wurden sie, von den bereits anwesenden Senatoren empfangen. Kaum zeigte sich Hypatius dort der Menge, erschollen lautstark die Rufe: „Nieder mit Justinian, es lebe der neue Kaiser Hypatius!“
Der trat vor bis zu Brüstung und streckte huldvoll seinen Arm zum Gruß. Dann setzte er sich demonstrativ auf den Stuhl, der nur dem amtierenden Kaiser vorbehalten war. Mit einer herrischen Geste winkte er Pompejus herbei. Als der sich zu herunterbeugte, raunte Hypatius ihm zu:

„Jetzt ist es an der Zeit, den Boten zu schicken. Damit gewinnen wir Zeit. Noch ist das Volk nicht bereit. Außerdem traue ich dem Frieden nicht. Belisar und Mundus müssten mit Ihren Legionen längst hier sein!"
Pompejus antwortete ebenso leise:
„Ich verstehe dein Zaudern nicht. Das Volk will dich auf dem Thron sehen! Dagegen werden auch Mundus und Belisar nichts ausrichten können. Auf diesen Augenblick hast du so lange hingearbeitet. Nun ist es so weit! Jetzt ergreife auch diese Chance!"
Hypatius schüttelte ungehalten den Kopf.
„Es wird so gemacht, wie ich es sage! Sollte dieser Versuch fehlschlagen, so sind an diesem Aufstand nicht schuldig. Ich kann dann immer noch einmal einen besseren Versuch starten!"
Ergeben richtete sich Pompejus auf und gab dem Boten einen Wink.
„Es ist an der Zeit! Lauf in den Palast und lass dich nicht abweisen." Der hob die Hand zum Zeichen, dass er verstanden hatte, und machte sich auf dem Weg zum Palast.

Zur gleichen Zeit durchschritten etwa 50 Männer in roten Umhängen das Tor, welches von der Therme her erreichbar war. Sie wurden trotz ihrer doch recht auffälligen Kleidung kaum beachtet. Vielleicht auch nur deshalb, weil Dardanus sie in kleine Gruppen aufgeteilt hatte. Auf diese Weise betraten nicht alle gemeinsam das Hippodrom. Dardanus blickte sich sofort suchend um. Sarah musste sich in der Nähe der Kaiserloge befinden. Darum galt jetzt seine besondere Aufmerksamkeit der Menge unterhalb der Loge. Er fand sie recht schnell, denn sie stand etwas abseits der johlenden Menge genau an dem Platz, wo er sie zum ersten Mal gesehen hatte. Sie schaute nicht, wie alle, hinauf zu Hypatius, sondern blickte sich ängstlich suchend um. Dardanus konnte deutlich sehen, dass etwas mit ihr nicht stimmte. Ihr Gesicht verriet Furcht und Panik.

Dardanus gab Rufusius und Teyos ein Zeichen, dass sie ihm folgen sollten. Mühsam drängten sie sich durch die dicht stehende Menge, um in Sarahs Nähe zu gelangen. Kurz vor der Loge wurden sie aufgehalten. Einige Männer mit grünen Umhängen stellten sich ihnen in den Weg.
„Dieser Bereich ist nur für die Grünen erlaubt, also verschwindet! Der neue Kaiser Hypatius duldet nur seine Anhänger in seiner Nähe!"
Rufusius drängte sich nach vorne und grollte:
„Gehe zur Seite, du Wicht! Es gibt keinen neuen Kaiser! Justinian ist unser Kaiser und wird es auch bleiben! Also geh mir aus dem Weg!"
Der Grüne schob drohend seinen Umhang zur Seite und zog sein Schwert. Er kam aber nicht dazu, es zu erheben, denn Rufusius holte ihn mit einem harten Schwinger von den Beinen. Dabei flog er gegen seine Leute und riss sie mit zu Boden. Dadurch wurde der Weg zu Sarah frei. Die wurde durch das Handgemenge auf sie aufmerksam. Als sie Dardanus erkannte, rief sie verzweifelt seinen Namen. Der stürmte nun mit großen Sätzen auf sie zu. Mit einem erleichterten Seufzer fiel sie in seine ausgebreiteten Arme.
„Um Gottes willen, Dardanus! Was machst du hier? Es wird hier gleich die Hölle losbrechen. Du musst hier fort! Sie tragen alle Waffen unter ihren Umhängen. Wenn Hypatius zum neuen Kaiser gekrönt worden ist, werden sie den Palast stürmen und jeder, der sich ihnen in den Weg stellt, wird niedergemacht! Du musst dich und deine Freunde in Sicherheit bringen!"
Dardanus hielt sie in seinen Armen für einen Augenblick fest umschlungen. Er spürte ihren wilden Herzschlag und versuchte, sie zu beruhigen.
„Nun atme erst einmal durch, Liebste. Noch ist nichts verloren! Ich weiß, dass Belisar Justinian treu ergeben ist! Er wird mit seiner Legion eingreifen, das ist gewiss."
„Ach Dardanus, ich habe zu spät erkannt, dass wir uns von diesem Blender haben missbrauchen lassen. Der verfolgt seinen Plan schon seit langer Zeit und hat nur auf den

richtigen Zeitpunkt gewartet. Er hat meinem Vater ein hohes Amt versprochen, wenn er die Grünen gegen Justinian aufwiegelt. Dabei hat er tatenlos zugesehen, wie mein Vater zum Tode verurteilt wurde. Das alles habe ich viel zu spät erkannt. Nun hat Hypatius mit Euristos einen neuen Grünen verführt. Der hat jetzt die Führung der Partei übernommen und wird sie auch nicht mehr abgeben, selbst wenn mein Vater freikommen sollte. Der Lohn für seine Dienste muss hoch sein, denn Euristos ist besessen und kennt keine Grenzen. Es wird Mord und Totschlag geben, damit er sein Ziel erreicht."
Dardanus hielt sie weiterhin fest an sich gedrückt und flüsterte.
„Komm mit mir. Ich bringe dich hier raus! Ich könnte es nicht ertragen, wenn dir etwas geschehen würde!"
Sarah schüttelte heftig den Kopf.
„Nein, Dardanus! Du kannst jetzt nicht einfach gehen! Ich muss dir etwas Wichtiges beichten. Als ich noch mit der Planung dieses Tages betraut war, hatte uns Hypatius Folgendes aufgegeben. Er weiß, dass Belisar eingreifen und durch das eiserne Tor das Hippodrom stürmen würde. Er hatte den Plan, sobald Belisar an der Spitze seiner Legion ins Hippodrom eindringt, soll die Reiterstatue des Konstantin, die direkt neben dem Tor steht, gestürzt werden. Die Trümmer sollten das eiserne Tor verschließen, wenn es Belisar mit nur einigen Männern passiert hat. Damit wäre er von seiner Truppe getrennt und in der Falle. Er hätte dann die Wahl, sich Hypatius anzuschließen oder zu sterben. Wenn Belisar beseitigt ist, hat Hypatius leichtes Spiel. Dann ist ihm der Thron nicht mehr zu nehmen."
Dardanus hatte ihr mit offenem Mund zugehört. Plötzlich war ihm alles so klar. Nun wusste er auch, worauf Hypatius im Moment noch wartete.
„Mein Gott, Sarah! Das hättest du mir alles viel eher sagen müssen. Auch, wenn ich nicht mehr im Dienst von Belisar

stehe, so werde ich es nicht zulassen, dass er hier in einen Hinterhalt läuft."
Dardanus schaute sich nach Rufusius um. Der wehrte immer noch die wütenden Angriffe der Grünen mit wuchtigen Hieben ab, während Teyos dafür sorgte, dass sie liegen blieben. Mittlerweile hatte sich aber auch der Rest der Kampfschule eingefunden und mischte kräftig mit. So dauerte es nicht lange und die Angriffslust der Grünen wurde im Keim erstickt. Dardanus winkte Rufusius zu sich heran.
„Wir müssen zum eisernen Tor im Westen!"
Er wollte noch eine Erklärung hinzufügen, als in der Kaiserloge großer Jubel ausbrach. Dardanus blickte irritiert hinauf. Hypatius hatte sich erhoben und trat mit ausgebreiteten Armen vor. Direkt vor der Brüstung blieb er stehen und schaute zum Himmel. Dann gebot er mit einer herrischen Handbewegung, ruhig zu sein. Es dauerte eine Weile, bis die tobende Menge zur Ruhe kam. Nur noch einzelne Schreie tönten noch durch das weite Rund des Hippodroms. Nun blickten aber alle gebannt zu Hypatius hinauf.
„Es ist vollbracht!", rief er mit überschlagender Stimme. „Ich habe gesiegt! Justinian ist geflohen. Ein Bote hat mir soeben diese Nachricht überbracht. Nun werde ich die Macht in diesem Reich sein und niemand wird sie mir streitig machen. Ich werde endlich den Platz einnehmen, der mir aufgrund meiner Geburt zusteht. Ab sofort bin ich das Recht und Gesetz im Imperium und werde noch heute den Thron besteigen!"
Weiter kam er nicht. Als auch der Letzte im Hippodrom verstanden hatte, was Hypatius da gerade verkündet hatte, da gab es kein Halten mehr. Aus Tausenden Kehlen scholl es zu Hypatius herauf: „Nika, Nika, Nika!" (Sieg, Sieg, Sieg)
Dardanus traute seinen Ohren nicht. Fassungslos schaute er Rufusius an und stöhnte:
„Der Kaiser ist geflohen? Das glaube ich nicht!"
Sarah klammerte sich angstvoll fest an Dardanus.

„Was geschieht nun mit uns? Wenn Hypatius die Macht übernimmt, ist unser Leben keinen Billon mehr wert. Meine Leute werden wissen, dass ich sie verraten habe, und du giltst als einer der Getreuen von Justinian. Sie werden uns jagen und töten!"
Dardanus hielt sie weiterhin fest an sich gedrückt und schüttelte energisch den Kopf.
„Justinian ist nicht geflohen! Ich kann das nicht glauben! Justinian verlässt nicht kampflos seinen, von Gott zugewiesenen, Platz auf dem Thron. Er schleicht sich nicht einfach davon. Er wird auf Belisar setzen und darum müssen wir verhindern, dass diese Statue zu Fall gebracht wird und das Westtor unpassierbar macht!"
Er wandte sich um und blickte in die ratlosen Gesichter seiner Begleiter. Die Nachricht von Justinians Flucht hatte ihnen den Mut genommen. Sie brauchten jetzt Zuspruch. Dardanus verlor auch nun keine Zeit.
„Hört mir jetzt genau zu! Der Kaiser ist nicht geflohen und darum haben wir eine Aufgabe zu erledigen!"
Er gab nun mit kurzen Worten wieder, was Sarah ihm verraten hatte. Rufusius fasste sich als Erster. Entschlossen klatschte er in die Hände und rief:
„Worauf warten wir noch? Wir werden es diesen hinterhältigen Aufrührern schon zeigen, was es heißt, sich gegen das Recht zu stellen!"
Da alles zur Kaiserloge hochschaute und jubelte, fiel es nicht sonderlich auf, dass sie sich geschlossen in Richtung Westtor in Bewegung setzten. Dardanus flüsterte Sarah zu:
„Komm mit und weiche mir nicht von der Seite. Wenn es dort zum Kampf kommen sollte, so wird Teyos dich in Sicherheit bringen. Er kennt den richtigen Ausgang!"
Er hatte es noch nicht ganz ausgesprochen, als sich eine dunkle Gestalt auf Sarah stürzte. In der Hand hielt sie einen blitzenden Dolch, womit sie zum Stoß ausholte. Dardanus hatte diesen Angriff viel zu spät erkannt. Er konnte sich nur noch dazwischenwerfen. Der Dolch traf ihn

hoch in der linken Brust. Instinktiv hatte er seinen Arm hochgerissen, sodass die Klinge nicht ins Herz fuhr, sondern vom Schlüsselbein abglitt und ins Fleisch darüber eindrang. Es ging alles sehr schnell, doch noch schneller war Rufusius. Ehe der Angreifer ein weiteres Mal zustechen konnte, griff er sich dessen Arm mit dem Dolch und hielt ihn zunächst eisern fest. Dann bog er ihn mit unbändiger Kraft in die Richtung der Kehle des Angreifers. Dabei blickte er in die weitaufgerissenen Augen seines Gegners. Gnadenlos drückte Rufusius den Arm langsam runter. Der Dolch fuhr mit einem hässlichen Knirschen in seinen Hals. Blut spritzte hoch und mit einem Röcheln fiel sein Kopf zur Seite. Rufusius stieß ihn von sich fort und richtete sich wieder auf. Sein erster Blick galt Dardanus, der immer noch Sarah mit seinem rechten Arm festhielt. Auf der linken Seite färbte sich seine Bluse rot. Sofort war er bei ihm, schob die Bluse zur Seite und begutachtete die Wunde.

„Gott sei Dank ist das nur ein Kratzer. Du warst nicht schnell genug, Söhnchen. Das kommt davon, wenn man nur Augen für die Frauen hat.“

Dardanus grinste schon wieder, obwohl er höllische Schmerzen hatte.

Zu Tode erschrocken starrte Sarah auf den toten Angreifer.

„Das ist der Vertraute von Euristos! Der hat ihm sicherlich den Auftrag gegeben, mich zu töten!“

Dabei wandte sie sich Dardanus zu.

„Ach Dardanus, du hast mich wieder einmal gerettet! Wenn du mich nicht geschützt hättest, wäre ich jetzt ….!“

Sie hielt mit ihren Worten inne und stieß einen spitzen Schrei aus, als sie das Blut an seiner Schulter sah.

„Oh mein Gott, er hat dich getroffen!“

„Ach, das ist nur ein Kratzer! Es hätte schlimmer kommen können“, versuchte er sie zu beruhigen. Sarah schaute sich nun die Wunde genauer an und mit schriller Stimme protestierte sie:

„Nur ein Kratzer? Das ist eine tiefe Wunde! Du musst sofort zu einem Wundarzt! Du verlierst zu viel Blut!“
„Das geht jetzt nicht! Wir müssen verhindern, dass die Statue das Westtor versperrt!“, antwortete er bestimmt. Sarah schüttelte über so viel Unvernunft den Kopf.
„Wenn du hier verblutest, wird das keinem etwas nützen! Zieh deine Bluse aus!“
Danach raffte sie hastig ihren Umhang hoch und hielt ihn Rufusius hin.
„Hier, nimm dein Schwert und schneide zwei Streifen davon ab. Vielleicht kann ich damit die Blutung stoppen!“
Rufusius überlegte nicht lange. Er zog sein Schwert und trennte damit handbreite Streifen aus dem Leinenumhang ab. Sarah nahm einen davon, faltete ihn mehrmals zusammen und drückte ihn auf die blutende Wunde.
„Drück ihn fest auf die Wunde!“, herrschte sie Rufusius an. „Mit dem anderen Streifen werde ich versuchen, so gut es geht, einen Druckverband anzulegen!“
Rufusius staunte nicht schlecht, als er sah, wie geschickt sich Sarah im Verbinden anstellte. Dardanus stöhnte leicht, als Rufusius auf die Wunde drückte. Doch er merkte aber auch, dass sein Blut nicht mehr die Brust herunterlief. Dankbar schaute er Sarah an.
„Das hast du gut gemacht, Liebste! Wenn hier alles vorbei ist, werde ich immer auf dich hören. Nun müssen wir aber eine Katastrophe verhindern. Ich bete zu Gott, dass er mir die Kraft dazugibt.“
Inzwischen hatte Hypatius wieder auf dem Stuhl des Kaisers Platz genommen. Vor ihm kniete Euristos und neben ihm stand Pompejus. Er hielt eine Nachbildung der Kaiserkrone in der Hand und begann mit der Krönungszeremonie. Doch da öffnete sich mit einem lauten Knall das Westtor. Belisar stürmte an der Spitze seiner Legion in das Hippodrom. Im gleichen Moment begann die Statue des Konstantin zu wanken. Dardanus sah noch, wie sie stürzte und mit lautem Getöse vor das Tor fiel.

„Nein!“, schrie er mit unbändiger Wut. „Das darf nicht sein! Folgt mir, wir müssen Belisar helfen.“
Ohne Rücksicht bahnten sie sich den Weg zum Westtor. Sarah wollte ihnen folgen, wurde aber von Teyos festgehalten.
„Es tut mir leid, Sarah, aber Dardanus hat es so befohlen! Du musst jetzt mit mir kommen! Ich bringe dich hier raus. Wir wissen alle nicht, wie das hier ausgeht. Doch es ist ausdrücklich der Wunsch von Dardanus, dass du überleben musst!“
Sarahs Augen weiteten sich.
„Nein, niemals! Ich lasse Dardanus nicht im Stich! Ich fühle, dass er mich braucht! Er ist verwundet und kann mit Sicherheit nicht kämpfen. Ich will bei ihm sein!“
Teyos nahm ihren Oberarm und zog sie mit sich fort.
„Mach es mir nicht so schwer! Ich werde dich hier rausbringen und sei es mit Gewalt. Es wäre mir aber lieber, du bist vernünftig und kommst freiwillig mit.“
Sarah traten die Tränen in die Augen.
„Und wenn ich ihn dann nicht mehr lebend wiedersehe? Ich könnte mit dem Gefühl nicht weiterleben, ihn im Stich gelassen zu haben!“
Teyos schaute sie mitleidig an und versuchte, sie zu trösten:
„Denke immer daran, welchen Sinn hätte sein Opfer gehabt, wenn dir etwas geschehen würde?“
Sarah gab ihren Widerstand auf.
„Du hast recht! Ich werde für ihn beten und Gott bitten, dass er ihn wieder zu mir führt!“
Teyos atmete auf.
„Komm, wir werden durch das Tor zum Schneckenhaus hinausgelangen. Ich kenne dort den Offizier der Palastwache, Gregorius. Er schuldet mir etwas und wird uns durchlassen!“
Da Sarah ihren Widerstand aufgegeben hatte, erregten sie nun auch nicht viel Aufsehen und konnten sich unauffällig

dem Tor nähern, weil die Menge nun dem Geschehen am Westtor die ganze Aufmerksamkeit schenkte.
Hypatius war aufgesprungen und starrte gebannt herunter. Sein teuflisches Lachen ließ selbst seinen Anhängern das Blut in den Adern gefrieren.
Mit glühenden Augen herrschte er Pompejus an:
„Bringe es endlich zu Ende. Ich bin jetzt euer Herrscher und niemand wird es mehr verhindern können!“
Er hatte es kaum ausgesprochen, als das Tor, durch das normalerweise die Senatoren und Hofbeamten ins Hippodrom gelangten, mit lautem Bersten aufsprang. Mundus stürmte mit seinen Heruler Legionären herein. Rücksichtslos setzten sie ihre Schwerter ein und bahnten sich den Weg zur Kaiserloge. Dort stießen sie auf erbitterten Widerstand der grünen Wächter vor der Loge. Es dauerte aber nicht lange, denn die, im Kampf bestens ausgebildeten Legionäre, schlugen alles nieder, was sich ihnen in den Weg stellte. Euristos war aufgesprungen und schaute fassungslos auf das Kampfgetümmel.
„Ihr habt versprochen, dass alles ohne Verluste gehen würde!“, schrie er Hypatius vorwurfsvoll an und blanke Furcht erfasste ihn.
„Ich bin der neue Kaiser!“, rief Hypatius trotzig. „Ich werde ihnen befehlen innezuhalten!“
Mit den Worten stieg er mit den Füßen auf seinen Stuhl, sodass er über der Menge weithin zu sehen war.
„Ich befehle euch, zieht euch zurück! Ich bin der Kaiser!“
Er hätte sich diesen Versuch sparen können, denn niemand hörte auf ihn. Die einen waren damit beschäftigt zu fliehen und die anderen kämpften um ihr Leben. Die Heruler wussten nun auch, wo sich ihr Ziel befand. Mundus nahm mit einem Satz die Brüstung der Loge und stürmte auf Hypatius zu. Pompejus hatte sich hinter den Stuhl des Kaisers geduckt und versuchte, sich nun davonzuschleichen. Er kam aber nicht weit, denn er lief dabei genau Mundus in die Arme. Der gab ihm einen heftigen Stoß, sodass er gegen Hypatius fiel, der sich

dadurch nicht mehr auf dem Stuhl halten konnte und Mundus geradezu vor die Füße fiel. Mundus hielt sein Schwert so, dass die Spitze auf die Kehle von Hypatius zeigte.
„Du hast Glück, dass Justinian dich lebend will. Ich würde jetzt sonst einiges mit dir anstellen, du Ratte!"
„Ich bin jetzt dein Kaiser, denn Justinian ist geflohen! Du hast mir zu gehorchen!"
Mundus lachte dröhnend auf.
„Wer sagt denn so etwas? Justinian und Theodora haben nie die Veranlassung gehabt zu fliehen. Sie erfreuen sich bester Gesundheit und können es nicht erwarten, über euch Verräter zu richten!"
Hypatius richtete sich ein wenig auf und seine Augen glühten.
„Er ist nicht geflohen? Dann wird er es aber bald, wenn ich Belisar vernichtet habe. Er stirbt gerade vor dem Westtor!"
Nach den Worten brach Hypatius in ein irres Lachen aus.
„Dann wirst du vor mir im Staub liegen und um Gnade winseln, denn deine Legion alleine wird uns nicht aufhalten können!"
Mundus schaute sich ratlos zu seinen Offizieren um.
„Wisst ihr, was der da faselt?"
„Wir können nur sehen, dass Belisar mit wenigen Männern das Westtor passiert hat! Die Aufständischen haben dort die Statue des Konstantin gestürzt und damit den Zugang versperrt."
Plötzlich läuteten bei Mundus alle Alarmglocken. Er gab Hypatius einen Tritt, sodass er nach hinten flog.
„Bringt ihn fort! Ich glaube wir müssen uns um Belisar kümmern!"

Belisar hatte das Westtor als bestmöglichen Zugang gewählt. Er wusste, dass Mundus vom Palast her angreifen würde. Damit konnten sie die Aufständischen im Hippodrom von zwei Seiten her angreifen. Mit einem Rammbock sprengte Belisars Vorhut das, von innen

verschlossene, Tor auf. Danach stürmten sie in Zweierreihe hinein. Normalerweise hielt sich Belisar nicht an der Spitze auf. Doch dieses Mal wollte er dafür sorgen, dass nichts schieflief. Er wusste nur zu genau, dass es von seiner Legion abhing, ob der Aufstand niedergeschlagen werden konnte. In der Arena stieß er zu seiner Überraschung sofort auf bewaffneten Widerstand. Jetzt kam es darauf an, dass so schnell wie möglich die gesamte Legion durch das enge Tor kam. Darum konnte sich Belisar aber nicht kümmern, denn er musste sich zu seiner Überraschung heftiger Angriffe erwehren. Ihr Vorteil war es nur, dass sie ihre Schilde vor den Kurzschwertern der Aufständischen schützten. So konnte Belisars Garde für eine Zeit lang einen schützenden Kreis um ihn bilden und damit ihren General abschirmen. Wenn aber nicht schnell genug der Rest der Legion zur Hilfe kam, würden sie gegen die Übermacht nichts ausrichten können. Belisar fluchte innerlich. Auf diese Situation war er nicht vorbereitet. Niemand hatte ihm gesagt, dass er nicht nur einfachen Bürgern gegenüberstand, sondern fast 30000 bewaffneten Gegnern, die zu allem entschlossen waren. Dies war geplant und hatte nichts mehr mit einer Empörung unzufriedener Bürger zu tun.
Verzweifelt schaute er sich nach seiner Legion um, als es in seinem Rücken krachte. Er sah, wie die Reiterstatue des Konstantin seitlich vor dem Tor ins Wanken geriet und stürzte. Zu seinem Entsetzen fiel sie genau vor das Tor und begrub etliche seiner Männer unter sich. Durch den heftigen Aufprall zerbarst die Figur in viele Teile, während das Pferd sich quer vor das Tor legte. Damit wurde Belisar von seinen Männern abgeschnitten. Erschrocken wichen die nachrückenden Legionäre zurück. Belisar wusste, dass es nun um sein Leben ging, denn es rückten die Aufständischen mit lauten Siegesschreien gegen ihn vor. Der schützende Kreis, den seine Garde gebildet hatte, wurde durch den Ansturm immer enger.

„Verdammt!“, dachte Belisar. „Ich habe in meinem Leben schon so viele Schlachten geschlagen und bin immer heile davongekommen. Nun werde ich mein Leben hier im Hippodrom aushauchen.“
Wütend darüber spornte er seine Männer noch einmal an.
„Kämpft, Männer! Es gibt erst keine Hoffnung mehr, wenn ihr den letzten Atemzug haucht!“, schrie er.
Mittlerweile standen sie Rücken an Rücken und wehrten mit dem Mut der Verzweiflung die Angriffe ab.
Plötzlich kam unruhige Bewegung in die Front der Angreifer. Belisar verstand zunächst nicht, was da geschah. Er sah aus den Augenwinkeln, wie Männer in roten Umhängen eine Bresche in die Angriffsformation schlugen. Körper wirbelten durch die Luft oder stürzten zu Boden. Die Wucht des Angriffs der Männer mit den roten Umhängen brachte die Angreifer durcheinander. Auf die Attacke in ihrem Rücken waren sie nicht vorbereitet, sodass sie sich nun erst einmal zurückzogen. Belisar versuchte zu erkennen, wer ihm da zu Hilfe kam, doch die Gesichter waren ihm unbekannt. Da hörte eine ihm wohlbekannte Stimme.
„Macht den Weg zum Tor zurück frei und bringt Belisar hinaus!“
Belisar riss erstaunt die Augen auf.
„Dardanus? Mein Gott, es ist Dardanus! So ein verrückter Hund!“
Plötzlich waren nur noch Männer in roten Umhängen um ihn herum. Sie führten ihn über die die Trümmer der Reiterstatue, während die anderen mit Belisars Garde den Rückzug deckten. Am Tor angekommen sah Dardanus, dass der Kopf der Statue den Flügel des Tores zugeschlagen hatte und dadurch ein Öffnen nicht möglich war. Dardanus überlegte nicht lange. Er rief Rufusius und Antalus, den Ringer, zu sich.
„Nun zeigt mal Jungs, wie kräftig ihr seid! Der Konstantin hat seinen Kopf verloren! Leider an der falschen Stelle. Er muss da fort, also los!“

Rufusius grinste.
„Geh zur Seite Dardanus! Das ist nichts für halbe Portionen wie dich!"
Antalus und Rufusius hockten sich hinter den Kopf, stemmten ihre Beine gegen den Torflügel und auf ein Kommando drückten sie mit vereinten Kräften mit beiden Händen gegen das Hindernis. Erst schien es, als würde sich der Kopf nicht bewegen lassen, doch dann stießen die beiden einen Urschrei aus. Es war unfassbar, aber es gelang ihnen tatsächlich, ihn zur Seite zu rollen und das Tor zu öffnen. Mit eiligen Sätzen war Dardanus bei Belisar.
„Kommt Herr, es ist Zeit, sich erst einmal zurückzuziehen! Ihr solltet eure Legion durch das Kupfertor im Osten angreifen lassen!"
Mittlerweile hatten sich auch die Männer der Kampfschule zurückgezogen. Dardanus bekam noch mit, wie im Rücken der Aufständischen, Mundus mit seiner Legion angriff. Erleichtert ließ er sein Schwert sinken.
Belisar war damit beschäftigt, seine Befehle zu ändern.
„Hier bleiben nur so viel Männer zurück, die nötig sind, um das Tor als Fluchtweg zu verschließen. Der Rest marschiert zum Kupfertor. Jetzt werden sie meine Wut und Rache zu spüren bekommen!"
Erst jetzt suchte er nach seinem Retter, Dardanus. Er machte ihn zwischen den Männern mit den roten Umhängen aus, die ihn besorgt stützten. Als Belisar herankam, erschrak er. Dardanus sah fürchterlich aus. Sein Gesicht hatte eine graue Farbe angenommen und seine Bluse hing blutdurchtränkt in Fetzen an seinem Körper herunter. Der, von Sarah angelegte Verband, hatte sich gelöst, sodass die Wunde wieder heftig zu bluten angefangen hatte. Belisar erkannte sofort als erfahrener Kriegsherr, dass sich Dardanus in einem kritischen Zustand befand.
„Was machst du bloß für Sachen? Ich weiß nicht, wie ich dir danken soll. Du hast Großes vollbracht. Doch nun

müssen wir uns um dich kümmern! Du hast zu viel Blut verloren. Ich bete zu Gott, dass es nicht zu spät ist."
Dardanus hörte diese Worte schon nicht mehr. Ihm wurde schwarz vor Augen und sank langsam zu Boden.
Belisar rief einen seiner Männer herbei, der in der Wundversorgung kundig war.
„Bringe ihn in meine Villa und versorge ihn erst einmal so gut es geht. Dann informiere Theodosios darüber, was dieser Mann geleistet hat. Er wird daraufhin die besten Ärzte schicken. Du haftest mir mit deinem Kopf dafür, dass alles für ihn getan wird, was möglich ist."
Der Angesprochene zögerte nicht lange. Er rief seine Gehilfen herbei. Die wollten gemeinsam Dardanus vom Boden aufheben. Da stellte sich ihnen Rufusius sich in den Weg.
„Finger weg von meinem Freund! Ich werde ihn in Sicherheit bringen. Ihr braucht mir nur den Weg zu zeigen!"
Er nahm ihn mit beiden Händen vom Boden auf und trug ihn auf seinen Armen vor seiner Brust, so als würde er nur ein Bündel Heu tragen.
Als Belisar sicher war, dass für Dardanus alles Menschenmögliche getan wurde, ließ er seine Legion antreten.
„Wir werden nun durch das Kupfertor stürmen und Mundus zur Hilfe kommen. Es gibt keine Gnade mehr. Zu viel Schuld haben die Aufrührer auf sich geladen!"
Entschlossen nahmen die Legionäre ihre Schilde und Schwerter hoch.

Was nun geschah, kann man eigentlich nicht beschreiben. Es nahm eine der größten Tragödien der Zeit ihren Lauf.
Als Belisars Truppen durch das Kupfertor stürmten, hatte Mundus bereits begonnen, die restlichen Ausgänge zu verschließen, damit niemand entkommen konnte. Alles, was den Herulern vor die Schwerter lief, wurde niedergemetzelt. Ob es sich dabei um bewaffnete Aufrührer, oder unbewaffnete Anhänger der Parteien

handelte, war ihnen egal. Es war wie eine Orgie im Blutrausch, in diese, Belisars-Legion mit einfiel. Sie gaben auch nicht eher Ruhe, bis auch der Letzte niedergemacht worden war. Der Boden der Arena war bedeckt mit Leichen und Blut floss in Strömen in die Abwasserkanäle des Hippodroms. Wo noch ein Stöhnen zu hören war, wurde dem Leben gleich ein Ende gemacht. Es gab keine Gnade. Ein widerlich süßlicher Geruch breitete sich aus und zeugte von Tod und Verderben. Erst, als sich von den dreißigtausend Menschen im Hippodrom niemand mehr regte, war die Strafaktion beendet. Belisar hob die Hand zum Rückzug.
„Es ist vorbei!", krächzte er mit versagender Stimme. „Ein Bote soll die Nachricht zu Justinian bringen."
Noch einmal schaute er sich um und ein unangenehmes Gefühl beschlich ihn, als er die Masse der Toten sah. Dieser Tag würde für ewig auf seiner Seele lasten. Dessen war er sich gewiss.

*

Justinian kniete mit Theodora in der kleinen Kapelle in einem Seitenflügel des Palastes vor der dem Altar. Sie hielten sich an den Händen und blickten hinauf zum Kreuz. Sie hatten beide ihre Gebete gesprochen. Nun hielten sie nur noch schweigend inne. Justinian brach als Erster die Stille.
„Es kann nicht mehr lange dauern und wir wissen, ob Gott unsere Gebete erhört hat. Dieser Tag endet in eine neue Zukunft, oder er endet für uns nie! Bist du dir sicher, dass du an meiner Seite bleiben willst, meine geliebte Kaiserin?"

„Ich bin in meinem Leben noch nie so sicher gewesen! Wir gehören zusammen bis in den Tod und nichts kann uns trennen."
Da wurde zaghaft das Tor zur Kapelle geöffnet und Theodorus erschien. Justinian wandte sich hastig um und versuchte, an dessen Gesicht zu ergründen, ob er mit guten oder schlechten Nachrichten kam. Doch in der ausdruckslosen Mine seines höchsten Hofbeamten konnte er nichts ablesen.
„Würden die Hoheiten mir ihr Gehör schenken?"
Seine Stimme hallte in der kleinen Kapelle von den Wänden zurück.
„Los rede, Mann! Welche Botschaft hast du uns zu überbringen? Ist es vorbei?"
„Ja, es ist vorbei, Herr! Sie haben Hypatius, Pompejus und einige Anführer der Parteien in den Kerker des Palastes gebracht. Der Aufstand ist niedergeschlagen und dennoch ist es kein Tag der Freude. Das Hippodrom ist gefüllt mit den Leichen der Erschlagenen. Mundus und Belisar haben ganze Arbeit geleistet. Es wird niemand mehr seine Stimme gegen Euch erheben."
Justinian sprang auf und zischte:
„Kein Tag der Freude, sagst du? Wäre es denn ein Tag der Freude gewesen, wenn sich hier im Palast die Leichen stapeln würden? Sie haben den Kampf gewollt und haben ihn bekommen!"
Theodora legte Justinian beruhigend eine Hand auf seinen Arm.
„Lass es gut sein, mein Kaiser! Theodorus hat recht. So viele Opfer sind nie ein Grund zur Freude. Freuen wir uns über den Sieg und nicht über die Toten. Nun können wir Byzanz wieder aufbauen. Du wirst die zerstörten Paläste erneuern und vor allen Dingen die Hagia Sophia im neuen Glanz erstrahlen lassen. Alles ist jetzt gut! Du weißt nun auch, wer Freund ist und wer Feind war. Das ist es doch, was du erreichen wolltest!"
Justinian nahm Theodora liebevoll in den Arm.

„Du findest, wie immer, die richtigen Worte, meine Liebste. Nun wird es meine größte Aufgabe sein, den Stall auszumisten und aufzuräumen. Es werden die bestraft, die schuldig sind und all jene meine Großzügigkeit erfahren, die zu mir gehalten haben!"
Theodosios räusperte sich.
„Es gibt da etwas, das solltet ihr erfahren. Hypatius hatte einen teuflischen Plan."
Nun berichtete er, was der Bote ihm von Belisar überbracht hatte, und Justinian hörte mit offenem Mund zu.
„Dardanus? Ist das nicht ....?", fragte Justinian nun nach, sprach aber nicht weiter.
Theodosios nickte.
„Ja, das ist genau dieser Dardanus. Ohne ihn wäre Belisar wohl nicht mehr am Leben und der Aufstand hätte einen anderen Verlauf genommen. Wenn ihr also jemandem dankbar sein wollt, dann hätte er es verdient. Leider ist er dabei so schwer verwundet worden, dass kaum noch Hoffnung besteht. Ich habe, Euer Einverständnis vorausgesetzt, unsere besten Wundärzte zu ihm geschickt!"
Justinian nahm Theodora an die Hand und schritt auf Theodosios zu. Nun geschah in der Stille der Kapelle etwas, was selbst den abgebrühten Hofbeamten aus der Fassung brachte. Der Kaiser legte beide Hände auf seine Schultern und blickte ihn mit seinen ausdrucksvollen Augen an.
„Du bist ein guter Mann, Theodorus! Es liegen große Aufgaben vor uns! Wir werden sie zusammen angehen!"
Theodosios verneigte sich tief.
„Wenn Ihr mich braucht, werde ich da sein! Mein Leben gehört Euch, Herr!"
Justinian nickte.
„Ach, und noch etwas! Sorge dafür, dass dieser Dardanus wieder auf die Beine kommt!"
Theodorus verneigte sich wieder und wandte sich zum Gehen. Noch im Hinausgehen rief Justinian ihm zu:

„Ich will sie sehen! Ich will mit den Verrätern reden! Lass die Palastwache kommen, damit sie mich in den Kerker begleitet."
Theodorus wandte sich um und lächelte.
„Ich habe es mir gedacht, Herr. Die Eskorte steht vor der Tür!"
Justinian blickte Theodora vielsagend an.
„Manchmal ist mir der Kerl unheimlich."
Theodora lachte nun auch und antwortete:
„Auch, wenn ich mich in der Vergangenheit manchmal über ihn geärgert habe, einen Besseren gibt es nicht! Nun verzeih mir, mein Gemahl, dass ich dich nicht mit in den Kerker begleite. Es ist ein schönes Gefühl, das Leben wieder unbeschwert genießen zu können, und dies werde ich jetzt tun!"
Justinian nickte nur und begab sich in die Obhut der Eskorte, Sie nahmen den direkten Weg in die Katakomben unter dem Palast.
Hypatius und Pompejus saßen in verschiedenen Zellen in völliger Dunkelheit. Die Zellen lagen nebeneinander und dadurch konnten sie sich leise verständigen.
„Wo bist du?", erkundigte sich Pompejus mit zitternder Stimme. „Ich habe Angst! Justinian wird nicht nachsichtig mit uns sein!"
„Ich liege in diesem Rattenloch, eine Zelle neben dir!", knurrte Hypatius ungehalten. „Justinian kann uns nicht bestrafen. Wie du weißt, habe ich einen Boten zu ihm geschickt, dass ich das alles nur zum Schein eingegangen bin. Etwas anderes wird er mir nicht beweisen können. Also lass das Heulen!"
Nach einiger Zeit der Stille kam es zaghaft von nebenan:
„Aber warum kam der Bote mit der Nachricht zurück, dass der Kaiser geflohen sei? Wollte er damit deine wahre Gesinnung testen?"
„Warten wir es ab! Es bringt nichts, schon vorher zu verzagen. Es ändert nichts an unserer Lage. Noch setze

ich darauf, dass wir die Brudersöhne von Anastasius sind. Justinian wird es nicht wagen, Hand an uns zu legen."
Er hatte es noch nicht ganz zu Ende gesprochen, da erhellte das Licht einiger Fackeln die dunklen Gänge des Kerkers. Schritte vieler Männer, die schnell näherkamen, waren zu hören. Die Zellentüren wurden rasselnd aufgeschlossen und die Fackeln brachten für die Augen der Gefangenen grelles Licht. Sie blendeten sie so, dass sie nicht erkennen konnten, wer vor ihnen stand. Aus der Nebenzelle wurde Pompejus herausgeholt und kurzerhand grob zu Hypatius hereingeworfen. Jetzt, im Schein der Fackeln konnte man den erbärmlichen Zustand der beiden sehen. Die Männer von Mundus waren nicht zimperlich mit ihnen umgegangen. Die edle Kleidung von Hypatius, die er sich eigens für seine Krönung ausgesucht hatte, hing nur noch verschmutzt und in Fetzen an seinem Körper herunter. Pompejus lag nun halb nackt neben Hypatius, weil man ihm bei der Festnahme die Toga vom Leib gerissen hatte. Blaue Flecke am ganzen Körper zeugten von der rohen Behandlung. Allmählich gewöhnten sich die Augen von Hypatius an das Licht der Fackeln. Darum erkannte er auch zu seinem Entsetzen, wer vor ihm stand. Justinian blickte in seine weit aufgerissenen Augen.
„Ja, so hast du dir unser Wiedersehen nicht vorgestellt! Wäre dein unseliger Plan aufgegangen, so wäre ich noch nicht einmal bis hier in den Kerker gekommen. Ich hätte mein Leben noch im Thronsaal ausgehaucht!"
Hypatius schüttelte energisch den Kopf.
„Nein, Herr, Ihr seht das falsch! Ich bin nur zum Schein darauf eingegangen. Ich wollte Zeit für Euch gewinnen. Ihr könnt uns dafür nicht bestrafen. Ich bitte um Gnade, denn ich habe das alles nicht so gewollt."
Justinian trat einen Schritt näher und schaute Hypatius fest in die Augen.
„Lass das Winseln um Gnade. Du hast unfassbare Schuld auf dich geladen. Durch dich sind viele Menschen gestorben. Du hast den größten Teil von Byzanz verwüsten

lassen und viele, eigentlich gute Männer, mit ins Verderben gezogen. Und da bittest du um Gnade? Ich bin so wütend auf dich, dass ich kein gerechtes Urteil fällen kann. Darum wird ein unabhängiges Gericht über euch das Urteil sprechen. Bis dahin werdet ihr euer Leben hier in diesem Kerker fristen und das wird einige Zeit dauern!"
Hypatius wollte noch etwas sagen, doch Justinian hatte sich bereits abgedreht und war wortlos hinausgegangen. Hypatius hämmerte verzweifelt mit seinen Fäusten auf die feuchte Erde der Zelle. Nun schwand auch bei ihm die letzte Hoffnung, dass er noch einmal davonkommen könnte. Nur eine winzige Chance bestand für sie darin, dass ein unabhängiges Gericht zu einem gnädigen Urteil kommen könnte.
Draußen, wieder in den Gängen des Palastes angekommen, fragte Justinian seinen Hofbeamten Theodorus:
„Wo sind eigentlich Mundus und Belisar? Ich hatte erwartet, dass sie mir als Erste Bericht erstatten!"
„Das wollten sie auch, aber ich habe sie fortgeschickt! In der Verfassung konnten sie Euch nicht unter die Augen treten. Sie sahen aus, als hätten sie in Blut gebadet. Nun warten sie aber, nach einem Bad und frischer Kleidung, im großen Audienzsaal auf Euch!"
Justinian nickte gütig.
„Dann wollen wir sie auch nicht länger warten lassen!"

Zur gleichen Zeit kämpfte Priscus, der Medicus Legionis und Leibarzt des Kaisers, mit seinem Assistenten Gajus, um das Leben von Dardanus. Man hatte ihn in die Villa von Belisar gebracht und dort in sein altes Gemach gelegt. Die beiden Ärzte wirkten sehr angespannt und nervös.
„Ich brauche das Skalpell! Die Wundränder sind bereits entzündet. Er hat viel Glück gehabt. Wenn die Klinge nur eine Handbreit tiefer eingedrungen wäre, so hätte sie sein Herz getroffen. Doch, wenn jetzt der Brand in die Wunde kommt, werden wir ihn nicht mehr retten können.“, herrschte er seinen Assistenten an. „Ich habe keine Lust darauf, gehängt zu werden, weil dieser Mann gestorben ist.“
Gajus reichte ihm, mit fliegenden Händen, das gewünschte Skalpell. Das Skalpell bestand aus einem reichlich verzierten Griff aus Bronze und einer Klinge aus Eisen. Um die Klinge am rechteckigen, oberen Teil des Griffes befestigen zu können, war dieser mit einer Bohrung und einem Einschnitt versehen, in den die Klingen eingeschoben wurden. In der Bohrung konnte die Klinge dann fixiert werden. So war der Arzt in der Lage, verschiedene Klingen zu benutzen, ohne ein weiteres Gerät in die Hand nehmen zu müssen. Mit schnellen, sicheren Schnitten beseitigte Priscus die entzündeten Wundränder. Dann legte er eine Salbe aus Alraune und Bilsenkraut darauf und verschloss alles mit einem festen Verband aus weißem Leinen.
„Das wird die Entzündung hemmen und ihm die Schmerzen nehmen“, konstatierte er zufrieden im Selbstgespräch. Zu seinem Assistenten gewandt verkündete er laut:
„Ich habe nun alles Menschenmögliche getan! Gott ist mein Zeuge. Nun muss dieser Mann um sein Leben kämpfen, denn er hat viel Blut verloren.“
In diesem Moment stürmten Sarah und Teyos herein.
„Oh mein Gott, was ist mit ihm?“, schrie sie verzweifelt. „Warum liegt er hier? Er hatte nur diese harmlose

Verletzung in der Schulter. Als ich ihn verließ, war er bei bester Gesundheit. Warum regt er sich nicht?"
Sie wollte Dardanus berühren und aufwecken, doch Priscus schob sie zur Seite.
„Nicht berühren und nicht aufwecken! Der gnädige Schlaf bewahrt ihn vor höllischen Schmerzen. Er hat viel Blut verloren und muss nun kämpfen. Wir werden erst morgen sagen können, ob er diesen Kampf besteht!"
Sarah wurde leichenblass.
„Sein Leben ist in Gefahr? Und was macht Ihr nun außer Warten? Wisst Ihr, was dieser Mann geleistet hat?"
Priscus schüttelte betrübt den Kopf.
„Nein, ich weiß nur, wenn dieser Mann stirbt, habe auch ich mein Leben verwirkt. Das ist eine Drohung des Kaisers!"
Teyos hatte die ganze Zeit unfähig, einen klaren Gedanken zu fassen, stumm an der Tür gestanden. Doch nun kam Leben in ihn. Er hörte die vielen Schritte draußen im Gang und wusste, dass es Rufusius mit den Männern aus der Kampfschule waren. Irgendwie fühlte er sich verpflichtet Rufusius über den Gesundheitszustand von Dardanus zu berichten und verließ unbemerkt den Raum.
Rufusius hörte sich den Bericht von Teyos zunächst ruhig an. Dann lief er vor Wut rot an.
„Sie wollen nur warten? Verdammt, Dardanus hat viel Blut verloren! Es geht um das Leben meines Freundes und besten Menschen, den ich je kennengelernt habe. Er darf nicht sterben!"
Plötzlich hielt er inne, so als würde ihm etwas einfallen.
„Mutter Celeste! Schaft mir Mutter Celeste herbei! Sie kennt sich mit so etwas aus! Sie hat unzähligen Kindern auf die Welt geholfen. Es waren Mütter dabei, die bei der Geburt ihres Kindes so viel Blut verloren haben, dass sie eigentlich schon tot waren. Mutter Celeste hat sie wieder zurückgeholt. Sie weiß, was zu tun ist!"
Antalus rannte los, noch ehe Rufusius zu Ende gesprochen hatte. Er wusste, wo er Mutter Celeste erreichen konnte. Draußen schaute er sich kurz um und seln Blick fiel auf

eine Kutsche, die vor dem Eingang des Palastes stand und augenscheinlich auf jemanden wartete. In einer Geschwindigkeit, die man einem Ringer nicht zugetraut hätte, rannte er quer über den Vorplatz zu der Kutsche und nahm mit einem Satz auf dem Bock neben dem Kutscher Platz.
„Los, lass deine Pferdchen rennen. Es geht um Leben und Tod!"
Der Kutscher schaute ihn erschrocken von der Seite an und fluchte:
„Verdammt, was fällt dir ein! Diese Kutsche wartet auf den großen Belisar. Runter von meinem Bock!"
„Der große Belisar wird dich vierteilen lassen, wenn du jetzt nicht machst, was ich sage! Los, wir müssen Mutter Celeste holen. Der Mann, der deinen „großen Belisar" vor dem sicheren Tod gerettet hat, kämpft nun selbst um sein Leben. Nur Mutter Celeste kann ihn jetzt noch retten. Das Fehlen seiner Kutsche wird dir der „große Belisar" nachsehen und die paar Schritte zu seiner Villa zu Fuß gehen."
Der Kutscher überlegte nun nicht mehr lange, sondern zog die Zügel an, mit einem lauten „Heja!"

*

Im großen Audienzsaal warteten Belisar und Mundus ungeduldig auf den Kaiser. Sie waren erschöpft und müde. Mundus blickte Belisar anerkennend an.
„Ihr habt heute ganze Arbeit geleistet! Doch beinahe wäre das auch schiefgegangen. Ich hätte nicht gedacht, dass Hypatius so ein schlauer Fuchs ist!"

Belisar nahm seinen goldenen Helm mit den roten Federn, den er unter seinem rechten Arm getragen hatte, nun in beide Hände und zeigte ihn Mundus.
„Sieh her! Diesen Helm kann ich jetzt noch tragen, weil ein tapferer Mann mich mit seinen Leuten gerettet hat. Meine Gedanken sind jetzt bei ihm und ich stehe hier nur noch, weil es der Respekt und die Achtung vor dem Kaiser gebietet."
Bei seinen letzten Worten betrat Justinian den Audienzsaal.
„Ich habe deine letzten Worte vernommen, Belisar und kann verstehen, dass du in Eile bist. Ich möchte euch beide aber nicht gehen lassen, ohne meinen Dank an euch auszusprechen.
Dich, Belisar, ernenne ich zum Oberbefehlshaber der Legionen im Imperium. Diese Tat heute wird dich unsterblich machen. Ich werde dem Berichterstatter Prokopius die Anweisung geben, deine Heldentaten für die Nachwelt festzuhalten. Und nun zu dir, Mundus. Du bist zur Stelle gewesen, als ich dich gebraucht habe. Darum ernenne ich dich zum Regenten und Kriegsbefehlshaber über Illyrien. Dort brauche ich einen verlässlichen Vasallen! Ich bin mir sicher, dass du genau der Richtige dafür bist! Dass ich heute noch euer Kaiser bin, verdanke ich der Tatkraft und der Treue von euch beiden. Darum werde ich für ewig in eurer Schuld stehen. Nun, Belisar, schau nach dem Rechten in deiner Villa. Dieser Dardanus hat es verdient, dass man sich um ihn kümmert!"
Belisar atmete auf und verneigte sich.
„Es würde sich der helle Tag verdunkeln, wenn es dieser Mann nicht schaffen würde! Bitte verzeiht meine Eile!"
Mit diesen Worten eilte er dem Ausgang zu. Draußen schaute er sich suchend nach seiner Kutsche um, doch der Platz, an dem sie warten sollte, war leer. Wütend fluchte er:
„Zum Teufel, ich werde den Kerl ersäufen lassen!"

Er wollte noch mehr Drohungen ausstoßen, als seine Kutsche in voller Fahrt an ihm vorbeirauschte. Die Pferde hatten weißen Schaum vor ihren Mäulern und ihre Hufe donnerten über das Pflaster. Mit einem erschrockenen Satz wich Belisar zurück. Nun steigerte sich seine Wut ins Unermessliche. Ehe er jedoch noch weitere Verwünschungen ausstoßen konnte, sah er, wie die Kutsche vor seiner Villa anhielt. Ein Mann sprang vom Kutschbock und öffnete eine Tür der Kutsche. Eine alte Frau stieg aus. Sie hielt eine große Stofftasche in der Hand und folgte mit eiligen Schritten dem Mann ins Haus. Langsam dämmerte es Belisar, dass dies alles mit Dardanus zu tun haben musste. Darum machte er sich jetzt auch zu Fuß auf den Weg zu seiner Villa. Das gab ihm Gelegenheit, sich wieder zu beruhigen. Es musste schlimm um Dardanus stehen, wenn man solch eine Aktion startete.

Dardanus lag regungslos auf seinem Bett und hatte die Augen geschlossen. Nur das Flattern seiner Augenlider und die flache Atmung verrieten, dass noch Leben in ihm war. Sarah saß neben ihm und hielt seine Hand. Sie fühlte sich kalt und schlaff an. Priscus hatte sich mit den Worten verabschiedet:
„Ich werde bald wieder nach ihm sehen. Im Moment kann ich nichts für ihn tun. Mein Gehilfe Gajus bleibt hier und wird mich benachrichtigen, wenn sich etwas ändert."
Nachdem Priscus gegangen war, blieb Sarah neben Dardanus sitzen und betrachtete ängstlich jede Regung auf seinem Gesicht. Der Gehilfe Gajus saß etwas abseits und ließ ebenfalls kein Auge von Dardanus, sagte aber kein Wort. Es war eine gespenstische Stille, die Sarah fast den Atem nahm. Da wurde die Tür aufgestoßen und Rufusius und Antalus erschienen mit einer alten Frau.
„Es ging leider nicht schneller!", entschuldigte sich Antalus. Mit einem schnellen Blick auf Dardanus überzeugte er sich, dass sie nicht zu spät gekommen waren. Sarahs Augen blieben an der alten Frau hängen. Sie ging leicht gebeugt

und ihr langer grauer Umhang hing dadurch bis hinunter zur Erde. Ihre weißen Haare waren zu einem Zopf geflochten und dann hinter dem Kopf zu einem Knoten gebunden. Ihr Gesicht zeigte unzählige Falten um die Augen, die nun mit prüfenden Blicken Dardanus betrachteten. Als sie jedoch Dardanus berühren wollte, protestierte Gajus lauthals.
„Verschwinde von ihm, Alte! Er darf nicht geweckt werden! Das hat der Medicus Priscus so angeordnet!"
Mutter Celeste blickte Gajus vernichtend an.
„Medicus Priscus, he? Ich sehe, dass er die Wunden gut versorgt hat! Mehr kann dieser Medicus auch nicht. Vielleicht noch den Patrizierfrauen Einläufe verpassen, oder die schlechten Säfte abzapfen. Was hat er hier noch verordnet, außer Warten?"
Gajus zuckte hilflos mit den Schultern.
„Mehr konnte er nicht tun!"
Mutter Celeste lachte geringschätzig.
„Das habe ich mir gedacht!"
Unbeirrt trat sie nun zu Dardanus und bat Sarah, zur Seite zu treten. Sie legte ihre Hand auf seine Stirn. Als Gajus wieder protestieren wollte, gebot sie ihm mit einer energischen Handbewegung zu schweigen.
„Er hat nicht den Brand in sich! Das ist schon mal ein gutes Zeichen.", zeigte sie sich zufrieden. Danach kramte sie in ihrer großen Stofftasche herum und holte ein, mit einem Stopfen verschlossenes, Tongefäß heraus. Dazu kramte sie eine seltsam geformte Schale hervor, die aussah wie der Schnabel einer Ente.
„Wir müssen ihn aufwecken", murmelte sie. Dabei blickte sie Sarah an.
„Ich sehe dir an, dass du ihn liebst. Es ist gut für ihn, wenn er beim Aufwachen ein bekanntes Gesicht sieht. Also weckst du ihn auf!"
Sarah machte eine hilflose Geste und schaute sie fragend an.

„Wozu soll das gut sein? So spürt er doch seine Schmerzen nicht!"
„Hör mir gut zu, Schätzchen! Dieser Mann hat wahrscheinlich mehr Blut verloren, als sein Körper zum Überleben braucht. Was glaubst du, wie er das wieder zurückbekommen kann? Durch Schlafen und Warten? Ich habe einen Saft mitgebracht, den ich immer den Frauen verabreiche, die bei der Geburt ihres Kindes viel Blut verloren haben. Er muss ihn trinken und dies in regelmäßigen Abständen und so viel wie möglich. Nur so können wir seine guten Säfte anregen."
Gajus wollte wieder protestieren und Mutter Celeste zur Seite schieben, doch Rufusius fasste ihn am Kragen, schüttelte ihn leicht wie einen nassen Lappen und trug in so aus dem Raum.
„Lass dich hier vorerst nicht mehr Blicken! Diese alte Frau hat mehr Erfahrung, als ihr Ärzte zusammen."
Eingeschüchtert wagte Gajus keinen Protest mehr. Vielmehr machte er sich eilig auf den Weg, den Medicus Priscus zu holen.
Sarah war nach der Erklärung von Mutter Celeste voll von der Richtigkeit überzeugt. Leicht tätschelte sie die Wangen von Dardanus.
„Wach auf, Liebster! Du musst trinken! Komm zu mir zurück, wach auf!"
Unruhig warf Dardanus den Kopf hin und her. Dann öffnete er mühsam die Augen. Nur verschwommen sah er Sarahs Gesicht vor sich. Sofort wollte er sich aufrichten, doch Sarah drückte ihn sanft zurück. Dardanus fühlte seinen Schmerz und seine Schwäche wie einen Schock. Nur mühsam formten seine Lippen die Frage:
„Was ist mit mir? Haben wir gewonnen?"
„Es wird alles gut, Liebster!", flüsterte Sarah und hauchte ihm einen Kuss auf die Stirn. Nun schob Mutter Celeste sie sachte zur Seite. Sie hielt die merkwürdige Schale in der Hand, in die sie den Saft aus dem Tongefäß geschüttet hatte. Eine Hand schob sie in den Nacken von Dardanus

und hob so seinen Kopf an. Mit der anderen Hand führte sie die Schale mit dem Schnabel der Ente an seinen Mund. „Versuche zu trinken, mein Junge! Es geht um dein Leben. Wenn dir etwas daran liegt, so kämpfe jetzt deinen größten Kampf. Trink!"
Verwirrt schaute Dardanus die Alte an. Er hatte aber nicht die Kraft, noch etwas zu fragen.
Sie hielt ihm die Schale nun so an den Mund, dass ihm nichts anders übrig blieb, als zu schlucken. Der Saft schmeckte bitter und doch auch fruchtig zugleich. Er schaffte mehrere kleine Schlucke, ehe er ermattet zurückfiel. Mutter Celeste nickte zufrieden.
„Das war schon mal ein guter Anfang!"
Zu Sarah gewandt sagte sie:
„Genauso wiederholst du das zu jeder vollen Stunde, bis der Saft alle ist! Der Morgen wird dann zeigen, ob Gott es gut mit ihm meint."
Sie ließ Dardanus wieder zurücksinken, der daraufhin sofort wieder die Augen schloss und fest einschlief. Zur Bekräftigung ihrer Worte holte sie nun aus ihrer Tasche zwei Tongefäße hervor.
„Diese Klepsydra wird dir helfen, die Zeiten einzuhalten.
Wie du siehst, besteht sie aus einem Auslauftopf, der über den Einlauftopf gesetzt wird. Du füllst den Auslauftopf mit Wasser und durch ein winziges Loch im Boden rinnt dann das Wasser in den Einlauftopf. Wenn der Auslauftopf leergelaufen ist, weckst du ihn auf und gibst ihm diesen Saft. Dann schüttest du das Wasser aus dem Einlauftopf wieder zurück und es beginnt alles von vorn", erklärte sie bestimmt. „Mit dieser Wasseruhr kann man die Zeit genau bestimmen. Das ist für mich bei der Geburtshilfe von großer Wichtigkeit. Also nutze auch du sie," ergänzte sie noch.
„Warum ist das Einnehmen dieses Saftes denn so wichtig? Was birgt er für ein Geheimnis, dass er ihm die Kraft zurückbringen soll?", fragte Sarah unsicher.
Mutter Celeste legte beruhigend eine Hand auf ihren Arm.

„Ich habe dieses Rezept von meiner Mutter und die hat es von Ihrer Mutter bekommen.
Es ist ein Sud aus Holunder, Maulbeeren, Brombeeren und einer Wurzel, die rot wie Blut ist. Dieser Saft hat bisher in den meisten Fällen bei den Frauen verlässlich geholfen. Hoffen wir, dass er auch bei Männern wirkt, denn das habe ich noch nicht ausprobiert. Es ist nur wichtig, dass er es regelmäßig trinkt. Mehr kann ich nun nicht für ihn tun. Beten wir zu Gott, dass es genug war! Ich komme morgen wieder und bringe mehr Saft mit. Wenn er die Nacht überlebt, muss er ihn noch einige Zeit zu sich nehmen, bis er völlig gesund ist."
Sie erhob sich und gab Antalus einen Wink. Der verstand ihre Geste und öffnete die Tür, um sie hinaus zu begleiten. In der Tür blieb sie noch einmal stehen und wandte sich zu Rufusius um.
„Lass nicht zu, dass die Pfuscher etwas anders mit ihm machen. Sie dürfen lediglich nach der Wunde sehen!"
Rufusius nickte und knurrte:
„Ich werde auf ihn achten, wie auf meinen Augapfel. Das ist ein Versprechen!"
Beruhigt wandte sich Mutter Celeste ab. Dabei wäre sie draußen auf dem Flur beinahe mit Belisar zusammengestoßen. Der starrte sie verwundert an.
„Was hat die Alte hier zu schaffen?", herrschte er Antalus an. „Wo ist der Medicus Priscus? Habe ich nicht befohlen, dass Dardanus jede erdenkliche Hilfe bekommen soll?"
Noch ehe Antalus antworten konnte, fuhr Mutter Celeste ihn wütend an:
„Was wisst Ihr davon, welche Hilfe Dardanus braucht? Die Wundärzte haben ihre Arbeit getan. Nun war meine Kunst gefragt. Wenn Euch nur etwas an dem Mann liegt, so vertraut darauf."
Irritiert blickte Belisar die alte Frau an. In ihren Augen konnte er erkennen, dass sie es bitterernst meinte.

„Also gut, ich vertraue deiner Kunst! Sollte sich aber herausstellen, dass du ihn auf dem Gewissen hast, so wirst du ihn ins Jenseits begleiten."
Mutter Celeste lachte bitter auf.
„Das schreckt mich nicht! Auch mit Eurer Drohung helft Ihr ihm nicht. Sein Leben liegt nun in Gottes Hand."
Belisar sagte nun nichts mehr dazu, sondern drängte sich an den beiden vorbei ins Gemach von Dardanus. Der Anblick ließ seinen Atem stocken. Fassungslos schaute er Sarah an.
„Bist du nicht die Tochter des Aufrührers Thyros von den Grünen? Was hast du hier zu suchen? Habt ihr noch nicht genug angerichtet?"
Sarah blickte ihn verschüchtert an.
„Ja, ich bin die Tochter von Thyros. Ja, mein Vater hat sich von Hypatius verführen lassen. Mittlerweile weiß er, dass es falsch war. Dafür gibt es keine Entschuldigung. Ich versuche nun, diese Schuld abzutragen, indem ich mich um Dardanus kümmere. Er hat mir mehr als einmal das Leben gerettet. Ich liebe ihn und er hat mir auch seine Zuneigung gestanden. Darum werde ich alles versuchen, was in meiner Macht steht, sein Leben zu retten!"
Belisar schluckte und anstatt einer heftigen Antwort sagte er nur:
„Wir reden später darüber! Jetzt zählt nur das Wohlergehen von diesem vortrefflichen Mann!"
Nachdem Belisar gegangen war, verlangte Sarah auch von Rufusius, dass er das Gemach verlassen sollte.
„Du kannst dich draußen vor der Tür postieren und lass niemanden hier herein. Ich möchte jetzt mit Dardanus alleine sein. Es könnte ja die letzte Nacht sein."
Rufusius überlegte nicht lange, sondern verließ, ohne zu protestieren, den Raum.
Mittlerweile war es dunkel geworden. Sarah zündete eine Fackel an und blickte prüfend auf die Wasseruhr. Das obere Gefäß war leer, darum musste sie Dardanus wieder wecken. Sie wiederholte die gleiche Methode, mit der sie

ihn beim ersten Mal geweckt hatte. Nur mit viel Mühe gelang ihr das, doch erfreulicherweise trank er reflexartig, ohne sich zu verschlucken, die ganze Schale leer. Erleichtert ließ sie ihn wieder zurücksinken. Dieses Mal hatte er sie nicht wahrgenommen und danach sofort wieder die Augen geschlossen. Sofort schüttete sie das Wasser zurück in die obere Schale, damit die Zeit wieder lief, und wollte sich beruhigt zurücklehnen, als Dardanus plötzlich anfing zu zittern, so als würde er fürchterlich frieren. Sarah versuchte, ihn mit Streicheln zu beruhigen, doch das Zittern wurde immer heftiger. Krampfhaft überlegte sie, wie sie ihm helfen könnte. Da kam ihr eine Idee.
„Wenn er friert, dann braucht er Wärme", dachte sie. Mit schnellen Griffen entledigte sie sich ihrer Kleidung und legte sich zu ihm. Sie presste ihren Körper fest an ihn und versuchte mit einer Hand sein Zittern aufzuhalten, indem sie einen Arm um ihn legte. Anfangs jedoch mit wenig Erfolg. Mit zunehmender Zeit erreichte sie doch mit ihrer Körperwärme, dass er sich beruhigte und das Zittern aufhörte. Dabei fühlte sie, dass er ihre Nähe spürte. Darum drückte sie nun auch ihre nackten Brüste gegen seinen Rücken. Bis zu diesem Zeitpunkt hatte sie noch nie mit einem Mann im Bett gelegen und schon gar nicht so eng und nackt. Es war so ein wunderbares Gefühl und sie wusste schon jetzt, dass sie dies nie vergessen würde. Darüber schlief auch sie in dieser Stellung ein. Nach einiger Zeit fuhr sie erschrocken hoch. Ihr ängstlicher Blick galt der Wasseruhr. Gott sei Dank war sie noch nicht ganz abgelaufen. Dardanus schlief ruhig und fest, so als würde sein Körper sich auf dem Wege der Besserung befinden. Vorsichtig weckte sie ihn auf. Es tat ihr in der Seele weh, ihn nun aus dem Schlaf reißen zu müssen.
Dieses Mal öffnete er seine Augen und blickte sie voll an.
„Bin ich im Himmel?", fragte er leise. „Mir war so, als hätte ein Engel seine Arme um mich gelegt!"
Sarah konnte sich vor Freude kaum fassen.

„Nein Liebster, ich lasse dich nicht in den Himmel ziehen. Ich brauche dich hier bei mir auf der Erde."
Bevor er noch etwas sagen konnte, führte sie ihm die Schale mit dem Saft an den Mund.
Dieses Mal war es anders als vorher. Gierig trank er mit einem Zug die Schale leer, so als würde er innerlich vertrocknen. Sarah erkannte seinen Durst und gab ihm den Rest aus dem Tongefäß dazu. Als er sie danach weiter verlangend ansah, reichte sie ihm auch noch einen Krug mit Wasser. Danach ließ er sich erschöpft zurücksinken.
„Ich bin müde!", murmelte er und legte seinen Kopf zur Seite. Sarah streichelte ihm sanft über das Haar.
„Schlaf mein Schatz! Schlaf dich gesund! Diese Nacht brauche ich dich nicht mehr wecken!"
Sie zog nun wieder ihre Kleidung an und wachte den Rest der Nacht neben seinem Bett. In dieser Zeit gingen ihr viele Gedanken durch den Kopf. Sie hatte an der Reaktion von Belisar gesehen, dass er auch sie für den Aufstand verantwortlich machte. Es war für sie ganz klar, dass nun eine Hetzjagd auf alle Schuldigen gestartet wurde. Mit dieser Erkenntnis wusste sie, dass sie nicht bleiben konnte. Sie wusste aber auch, dass es ihr unendlich schwerfallen würde, sich von Dardanus trennen zu müssen. So sehr sie sich gegen diesen Gedanken wehrte, wusste sie, dass es keinen anderen Ausweg gab. Vielleicht konnten ihr Teyos und Rufusius dabei helfen, unterzutauchen. Natürlich erst, wenn sie sicher sein konnte, dass es Dardanus geschafft hatte. Aber dies würde sich ja morgen früh schon zeigen. Mit diesem Gedanken schlief auch sie neben seinem Bett ein.

Noch ehe der Tag anbrach und die Sonne ihre ersten Strahlen über Byzanz schickte, wachte Sarah auf. Ihr erster Blick galt Dardanus. Er schlief noch fest mit ruhigen tiefen Atemzügen. Sein Gesicht hatte die fahle, bleiche Farbe verloren. Dies zeigte wohl, dass er sich auf einem guten Weg der Besserung befand. Dieser Saft von Mutter

Celeste hatte wahrscheinlich ein Wunder bewirkt. Wehmütig hauchte sie ihm einen Kuss auf die Stirn. Ihr Entschluss stand fest. Sie musste von hier verschwinden, bevor alle zurückkamen. Vorsichtig öffnete sie die Tür des Gemaches und fand Rufusius sitzend an die Wand neben dem Eingang gelehnt. Auch ihn hatte der Schlaf während der Nacht übermannt. Mit einem leichten Stoß weckte sie ihn auf.
„Aufwachen Rufusius! Du musst mir helfen!"
Erschrocken fuhr der hoch.
„Was ist los? Mein Gott, habe ich auf Wache geschlafen? Was ist geschehen? Wie geht es Dardanus?"
Sarah legte ihm die Hand auf dem Mund, zum Zeichen, dass er schweigen sollte.
„Dardanus geht es gut! Er wird es schaffen", flüsterte sie. „Aber ich brauche jetzt deine Hilfe. Ich muss hier fort. Belisar hat mich erkannt. Er weiß, dass ich die Tochter von Thyros bin. Darum wird er mich in den Kerker werfen lassen."
Rufusius versuchte nun, endgültig wach zu werden, und rieb sich die Augen.
„Vielleicht hast du recht damit. Es braucht sicher seine Zeit, bis sich alles geklärt hat. Ich habe da auch schon eine Idee. Komm mit!"
Er nahm sie an der Hand und trat mit ihr hinaus auf den Vorplatz der Villa. Dort herrschte bereits reger Betrieb. Die Sklaven und Diener waren damit beschäftigt, den Platz von den Hinterlassenschaften der Pferde zu säubern und die Marmorplatten der Gänge zu reinigen. Niemand nahm jedoch Notiz von Ihnen.
Rufusius stieß einen der Diener an.
„Sag deinem Herrn, Teyos, dass Rufusius ihn sprechen will. Und eile dich!"
Der Diener verlor keine Zeit und rannte los. Kurze Zeit später erschien Teyos völlig atemlos. Man sah ihm an, dass er auf eine schlimme Nachricht gefasst war.
„Was ist mit Dardanus?"

„Keine Sorge mein Bester, Dardanus wird es schaffen! Wir haben aber ein anderes Problem. Wir müssen Sarah verstecken, denn Belisar hat sie erkannt und wird sie vermutlich in den Kerker werfen lassen. Sie muss also verschwinden."
Teyos wiegte bedenklich mit einem schrägen Blick auf Sarah den Kopf.
„Da kommst du ausgerechnet zu mir? Ich soll etwas gegen meinen Herrn unternehmen? Und wo soll ich sie deiner Meinung nach hinbringen?"
„Ich habe da an Mutter Celeste gedacht! Sie kennen sich bereits und dort wird sie niemand suchen. Außerdem können wir dieser Frau vertrauen. Du musst sie nur dorthin bringen."
Teyos schüttelte nur den Kopf.
„Was hast du gestern nur alles angestellt? Du musst mir nachher alles berichten."
Sarah zeigte sich von der Idee begeistert.
„Das ist eine gute Wahl. Mutter Celeste kann jederzeit nach Dardanus sehen und mir von ihm berichten, nur sollte sie nicht verraten, wo ich mich aufhalte."
Nun ging alles sehr schnell. Teyos befahl dem Kutscher, vorzufahren, und bald darauf hatten sie alle Kontrollen an den Toren der Palastmauern passiert, denn Teyos genoss aufgrund seiner Stellung bei Belisar freie Fahrt.

Kurze Zeit später erschien wieder der Medicus Priscus mit seinem Gehilfen Gajus bei Dardanus. Natürlich hatte Gajus ihm alles berichtet, was sich am Abend noch ereignet hatte und darum war er jetzt auf das Schlimmste gefasst. Als er das Gemach von Dardanus betrat, traute er seinen Augen nicht. Der saß aufrecht in seinem Bett und schaute die Ärzte mit wachen Augen an. Zunächst war Priscus sehr erleichtert, doch erklären konnte er sich den guten Zustand des Mannes nicht. Priscus trat zu Dardanus heran und staunte nur.

„Es ist wohl ein Wunder geschehen! Gestern hätte ich nicht geglaubt, dass wir uns heute wiedersehen!“
Dardanus antwortete mit leiser Stimme, die zeigte, dass er immer noch sehr schwach war:
„Mich hat diese Nacht ein Engel in den Arm genommen und gesagt, dass im Himmel noch kein Platz für mich ist. Also bleibe ich hier!“
Priscus nickte freundlich und dachte:
„Die Hitze in seinem Körper hat ihm wohl den Geist verwirrt.“
Laut sagte er aber:
„Es ist für uns alle gut, dass Ihr hierbleiben wollt. Dann lasst uns mal nach der Wunde sehen!“
Priscus sah mit einem Blick, dass die Wunde nicht mehr das Problem war. Sie hatte sich nicht entzündet und der Heilungsprozess war schon fortgeschritten. Noch während er einen neuen Verband anlegte, kam Mutter Celeste herein. Priscus schaute sie überrascht an. Natürlich kannte er sie, denn sie besaß selbst unter den Frauen der Senatoren und Patrizier einen guten Ruf.
„Wenn ich gewusst hätte, dass Ihr hier aufkreuzt, hätte ich mir nicht so große Sorgen gemacht.“
Mutter Celeste achtete zunächst nicht auf ihn, sondern betrachtete interessiert Dardanus.
„Es wirkt tatsächlich auch bei Männern,“ stellte sie zufrieden fest.
„Dann hat dieser Saft diesem Mann das Leben gerettet?“, hakte Priscus gleich ein.
„Ja, aber nicht nur! Da waren Mächte am Werk, die stärker sind als jede Medizin. Aber das werdet Ihr wohl nie verstehen!“
Dardanus konnte dieser Unterhaltung nur schwer folgen, aber eines hatte er verstanden. Sein Leben verdankte er dieser alten Frau. Mühsam versuchte er, sich an die letzte Nacht zu erinnern, doch es erschienen nur Bruchstücke. Immer wieder sah er Sarahs Gesicht aufblitzen und wieder verschwinden.

Priscus gab nun keine Ruhe, denn er wollte es genau wissen.
„Wenn dieser Saft gut gegen hohen Blutverlust ist, dann könnte er doch auch in den Zelten der Feldärzte nach einer Schlacht zum Einsatz kommen. Damit könnten wir doch viele Menschenleben retten."
„Darüber können wir ja mal in aller Ruhe reden. Ich hätte daran aber einige Bedingungen zu knüpfen."
Priscus nickte zustimmend.
„Ja, reden wir später darüber! Ich denke, dass ich hier nicht mehr gebraucht werde, und kann dem Kaiser berichten, dass mein Patient wieder wohlauf ist. Vielen Dank!"
Nachdem der Medicus gegangen war, wandte sich Mutter Celeste wieder Dardanus zu.
„Ich habe noch einmal etwas von diesem Saft mitgebracht. Wenn du ihn noch regelmäßig trinkst, dann wird deine alte Stärke bald zurückkehren.".
Dardanus griff nach ihrem Arm.
„Sag mir, was diese Nacht geschehen ist. Ich habe das alles doch nicht geträumt. War Sarah hier?"
Mutter Celeste drückte seine Hand.
„Ja, mein Junge! Ich denke, sie hat dir das Leben gerettet. Sie hat dich überzeugt, dass du kämpfen musst und dass es sich lohnt, hier, auf dieser so manchmal grausamen Welt, zu bleiben."
Dardanus ließ sich ermattet zurücksinken.
„Sie war also hier! Wo ist sie jetzt? Warum sitzt sie jetzt nicht an meiner Seite?"
„Nun ruhe dich erst einmal aus und komm wieder zu Kräften. Dann wird sich alles regeln", beruhigte sie ihn. Dardanus schloss die Augen. Für den Augenblick war für ihn noch alles zu viel. Leise verließ Mutter Celeste mit einem guten Gefühl den Raum.

Auf der Suche nach dem Glück

Nachdem ein Mondzyklus vergangen war, hatte sich Dardanus völlig erholt. Körperliche Schmerzen und die allgemeine Schwäche waren abgeklungen. Nur sein Herz wollte sich nicht damit abfinden, dass Sarah wie vom Erdboden verschwunden und einfach nicht aufzufinden war. Er hatte in der letzten Zeit eine Menge Besuch bekommen. Vor allen Dingen seine Gefährten aus der Kampfschule kamen oft vorbei. Seine drängenden Fragen nach Sarah wurden aber immer abgeblockt. Selbst Rufusius hatte keine Erklärung für ihr Verschwinden. Mutter Celeste hatte sich nur noch einmal sehen lassen. Auch sie reagierte geradezu schroff auf seine Frage nach Sarah. Darum hatte Dardanus den Tag herbeigesehnt, an dem er stark genug sein würde, um selbst auf die Suche nach ihr zu gehen. Heute war dieser Tag gekommen. Zuerst wollte er aber bei Belisar vorbeischauen. Der hatte ihn darum gebeten, sobald er wieder auf den Beinen wäre. Darum hatte er einen Diener gebeten, sein Kommen anzumelden. Dardanus brauchte ja nicht weit zu gehen, denn Belisars Gemächer lagen im selben Flügel der Villa, in dem sein eigenes Krankenlager gestanden hatte. Die Wachen vor dessen Gemach nahmen Haltung an und hoben grüßend den rechten Arm, als Dardanus erschien. Erst auf den zweiten Blick erkannte er einen von ihnen. Es war Rufus, der Legionär, der im bei der Verhinderung der Hinrichtungen behilflich gewesen war.

„Ach, Rufus? Was soll das? Ich bin nicht Belisar. Ihr braucht nicht strammzustehen!“

„Mit Verlaub, Herr! Es gäbe keinen Belisar und viele von uns auch nicht, wenn Ihr nicht gewesen wäret. Ihr hattet

dort wohl kein Auge dafür, aber wir sind mit Belisar zusammen in das Hippodrom gestürmt. Wir wären gleichfalls nicht davongekommen. Darum bezeugen wir Ehre dem besten und tapfersten Mann in der Legion."
Dardanus lachte geschmeichelt auf.
„Schon vergessen? Ich bin nicht mehr in der Legion!"
Rufus sagte nichts mehr, sondern gab den Weg ins Gemach von Belisar frei.
Der blickte freudig überrascht auf, als er Dardanus eintreten sah.
„Die Welt hat ihn wieder! Gott hat meine Gebete erhört! Sei gegrüßt, Dardanus."
Belisar war aufgestanden und ihm einige Schritte entgegengekommen.
„Ich habe jeden Tag darauf gewartet, dich hier wiederzusehen! Wie geht es dir? Ist alles wieder gut?"
Dardanus nickte zustimmend.
„Ja, Herr! Es ist fast alles so wie vor diesem schrecklichen Tag!"
Belisar zögerte nun ein wenig und wollte mit einer Lobrede auf Dardanus beginnen, da hob Dardanus die Hand.
„Herr, ich bin nicht gekommen, um mir Lob abzuholen. Ich habe einige Fragen, damit ich verstehen kann, was an diesem Tag geschehen ist. Ich habe mir, während meiner Zeit im Krankenbett, viele Gedanken gemacht. Hätte man das alles nicht verhindern können? Mussten fast 30000 Menschen abgeschlachtet werden, um den Thron zu retten? Dass Hypatius ein Verräter und Thronräuber ist, hätte man doch auch schon früher erkennen können und es nicht so weit kommen lassen dürfen."
Belisar zuckte zusammen.
„Ich kann dir dazu nur so viel sagen. Auch der Kaiser ist nicht unfehlbar. Ich kenne auch seine Gedanken dazu nicht. Es ist mir wahrlich nicht leichtgefallen, aber ich habe dem Kaiser Treue geschworen und die werde ich halten, bis ich die Augen schließe. Egal, welche Aufträge er mir gibt! Mehr kann ich dir nicht dazu sagen. Wenn du mehr

erfahren willst, dann komm heute zur Gerichtsverhandlung über die Aufrührer in den Palast!"

„Ich habe mir gedacht, dass die Antwort so lautet. Ich werde also zur Verhandlung kommen. Allein schon, um zu sehen, wie unerbittlich der Kaiser mit den Aufrührern und seinen Helfern umgeht. Ich habe nie um Lohn für mich meine Dienste im Hippodrom gefragt. Jetzt hätte ich aber einige Bitten!"

„Die kannst du dem Kaiser vortragen!", ließ Belisar ihn nicht ausreden. „Er will dich heute noch vor der Gerichtsverhandlung sehen. Ich werde dabei sein und dir den Rücken stärken. Das wird aber wohl nicht nötig sein, denn der Kaiser ist dir sehr wohlgesonnen. Darum nutze die Gunst der Zeit."

Dardanus verneigte sich und verabschiedete sich.

Am späten Nachmittag betraten Belisar und Dardanus gemeinsam die große Audienzhalle und warteten auf das Eintreffen des Kaisers.

„Ich rate dir, dem Kaiser keine despektierlichen Fragen zu stellen. Konzentriere dich auf das, was du erreichen willst. Und rede nur, wenn du dazu aufgefordert wirst. Dann wird das ein guter Tag für dich," raunte Belisar Dardanus noch zu, als Theodora und Justinian erschienen. Bewundernd schauten sie zu ihnen auf, denn das Herrscherpaar hatte ihre festliche Kleidung angelegt, die sonst nur zu großen Anlässen getragen wurde. Noch ehe sie sich weiter darüber wundern konnten, begann Justinian ohne förmliche Begrüßung. Dabei lächelte er Dardanus freundlich an.

„Wir haben nicht viel Zeit, denn das Gericht wird gleich das Urteil über Hypatius, Pompejus und alle, die an der Verschwörung beteiligt waren, sprechen. Darum will ich es auch kurz machen. Wir haben dir viel zu verdanken, Dardanus! Darum möchte ich dir meine Dankbarkeit auch zeigen. Trage deine Wünsche vor und wenn es in meiner Macht liegt, werde ich sie erfüllen."

Dardanus verneigte sich leicht und atmete tief durch. „Ja, mein Kaiser, ich habe einige Wünsche. Doch zunächst möchte ich hervorheben, dass ich Euch nicht alleine einen Dienst erwiesen habe. Meine Freunde von der Kampfschule hatten großen Anteil daran. Darum gilt denen auch mein erster Wunsch. Bitte baut die Therme Zeurippus und die Kampfschule wieder auf, damit meine Freunde wieder eine Heimat bekommen. Mein nächster Wunsch wird Euch möglicherweise nicht gefallen. Ich werde ihn aber trotzdem vortragen. Die Rettung von diesem großen Feldherrn ...!"
Dardanus stockte und wandte sich nun Belisar zu. „Die Rettung war nur möglich, weil Sarah, die Tochter von Thyros, den Ihr wegen Aufruhr zum Tode verurteilt habt, mir den Plan von Hypatius verraten hat. Sie hat mich rechtzeitig gewarnt und damit konnte ich noch das Schlimmste verhindern."
Das Lächeln auf Justinians Gesicht erstarrte. Seine Augen funkelten, als er Dardanus unterbrach.
„Wie mir berichtet wurde, hast du in einer tolldreisten Aktion die Hinrichtung von Thyros verhindert! Thyros sitzt immer noch in dem Kloster fest. Er hat nach wie vor sein Leben verwirkt!"
Dardanus zuckte zusammen, ließ aber nicht locker.
„Ich habe damals die Bestrafung für falsch gehalten und bin noch immer der gleichen Meinung!"
Belisar hielt den Atem an. Es hatte bisher noch niemand gewagt, mit dem Kaiser so zu sprechen. Da konnte man schnell im Kerker landen. Unmerklich stieß er Dardanus an, doch der ließ sich nicht beirren. Auch nicht, als Justinian lauernd fragte:
„Was ist falsch daran, wenn ein Aufrührer zum Tode verurteilt wird?"
„Der wahre Schuldige ist Hypatius! Er hat die Führer der Parteien verführt und mit falschen Versprechungen für seine Zwecke ausgenutzt. Sie haben mittlerweile erkannt, dass es falsch war. Darum bitte ich Euch, die ehemaligen

Führer der Circus-Parteien zu begnadigen. Es würde dem Volk von Byzanz den Glauben an Eure Güte und Gerechtigkeit zurückgeben. Ihr könnt nur ein großer Herrscher sein, wenn Ihr die Achtung Eurer Untertanen besitzt!"

„Du bist ganz schön mutig, mir solche Ratschläge zu geben. Bist du der Meinung, dass ich nicht weiß, wie ich mein Volk regieren muss?", fragte Justinian lauernd. Dardanus hielt seinen bohrenden Blicken stand.

„Es sollten keine Ratschläge sein. Ich wollte Euch nur zu Gehör bringen, wie auch das Volk denkt!"

Justinian nickte versonnen. Der Ärger auf seinem Gesicht war verflogen.

„Du hast nun einige Wünsche geäußert, doch ich kann nicht erkennen, was du dir für dich selbst wünschst.!"

„Ich habe nur einen Wunsch und den könnt Ihr mir nicht erfüllen! Ich liebe die Tochter von Thyros von ganzem Herzen und würde sie sofort zur Gemahlin nehmen, wenn ich sie nur wiederfinden würde. Sie ist wie vom Erdboden verschluckt. Möglicherweise versteckt sie sich, um einer drohenden Strafe zu entgehen!"

Justinian schaute seine Gemahlin Theodora fragend an. Ihr Blick genügte, denn sie verstanden sich blind.

„Nun ja, ich werde einige Zeit darüber nachdenken müssen. Die Audienz ist beendet!"

Als Belisar und Dardanus den Palast verließen, sagte Belisar nur:

„Du hast eine große Chance vertan. Du hättest einen Platz im Senat fordern können, wenn du dich geschickter angestellt hättest! So kann ich dir nur anbieten, wieder die Führung meiner Garde zu übernehmen."

Dardanus blieb stehen und schaute Belisar ernst an.

„Bitte lasst mir noch ein wenig Zeit für die Entscheidung. Ich muss erst noch mein Leben ordnen."

Belisar nickte verständnisvoll und sagte nur dazu:

„Wir sehen uns gleich, wenn das Gericht das Urteil spricht!"

Das Urteil

Die große Versammlungshalle in der Mitte des Palastes war der Architektur der Hagia Sophia nachempfunden. Durch die riesigen Kuppeln, die in kühnen Schwüngen die Halle überdachten, schien das grelle Licht der Sonne. Trotzdem herrschte in der Halle zu dieser Sommerzeit eine angenehme Kühle. Zur Urteilsverkündung waren nur Senatoren und hohe Beamte des Hofes geladen. Darüber hinaus konnten die neuen Vertreter der Circus-Parteien in den hinteren Reihen die Sitzung verfolgen. Noch herrschte aufgeregtes Gemurmel unter den Zuschauern. Als Dardanus mit Belisar eintrat, verstummten sie kurz und starrten zu ihnen herüber. Die Unruhe schwoll aber wieder an, als sie in der ersten Reihe Platz nahmen.
Kurze Zeit später erschienen die drei Männer, die heute als Richter fungieren sollten. Dardanus kannte von ihnen nur Theodorus, der die Interessen des Kaisers vertreten sollte. Die anderen mussten wohl einflussreiche Patrizier sein. Zur Ehrerbietung des Gerichts erhoben sich die geladenen Zuschauer und setzten sich erst wieder, als die Richter hinter einem großen Pult Platz nahmen. Ungeduldig warteten nun alle auf das Erscheinen des Kaiserpaares.
Die ließen auch nicht lange auf sich warten. Der Ausrufer klopfte mit seinem Zeremonienstock dreimal fest auf den Boden und rief mit lauter Stimme:
„Die Majestäten, die Kaiserin Theodora und Kaiser Justinian!“
Wie es das Protokoll verlangte, erhoben sich alle von ihren Sitzen und senkten ihre Häupter. Erst als das Kaiserpaar Platz genommen hatte, durften sich alle wieder setzen.

Gleich darauf öffnete sich mit einem lauten Krachen eine schmale Tür an der Seite der Halle und Hypatius und Pompejus wurden, an Händen und Füßen gekettet, in die die Halle geführt. Mann zerrte sie bis vor das Pult des Gerichtes. Sie sahen erbärmlich aus. Das früher so feiste und wohlgenährte Gesicht von Hypatius wirkte nun abgezehrt und hager. Pompejus konnte man kaum wiedererkennen. Der Kerker hatte ihm wohl zu sehr zugesetzt und allen Lebensmut genommen. Er stand darum nun auch nur mit gesenktem Kopf vor seinen Richtern. Hypatius hingegen starrte mit großen flehenden Augen zu Justinian herüber, doch der beachtete sie nicht, sondern gab Theodorus ein Zeichen, dass er beginnen sollte.
Der räusperte sich geräuschvoll und stand von seinem Sitz auf. Dabei blickte er besonders Hypatius an.
„Die Anklage lautet auf Verrat und Anstiftung zum Aufruhr. Euch wird außerdem Mord in unzähligen Fällen zur Last gelegt. Wir haben in den vergangenen Tagen alles zusammengetragen, was diese Anklage beweist. Dabei gab es nichts, was euch entlasten konnte. Ihr habt hinterhältig, mit List und Tücke, den Mord an dem Kaiser geplant. Dazu habt ihr euch der Circus-Parteien bedient. Mit falschen Versprechungen und beispielloser Hetze habt ihr sie für eure ruchbaren Zwecke benutzt. Wir, dieses unabhängige Gericht, sind daher zu einem Urteil gekommen. Normalerweise steht auf solche schwere Vergehen nur der Tod. In Anbetracht, dass ihr von edlem Blut und direkte Abkömmlinge von dem großen Kaiser Anastasius seid, wird das Gericht Gnade walten lassen. Es wandelt die Todesstrafe in lebenslange Verbannung um. Ihr werdet nie mehr den Boden des Römischen Reiches betreten. Solltet ihr dies trotzdem versuchen, so seid ihr vogelfrei und jeder kann euch töten. Dieses Urteil gilt ab sofort und muss nur noch vom Kaiser bestätigt werden.“

Unter den Zuhörern bereitete sich nach dieser Urteilsverkündung Unruhe aus. Das hatte niemand erwartet. Theodorus forderte sofort Ruhe ein.
„Ich bin noch nicht fertig! Es fehlt noch der Urteilsspruch gegen alle anderen Beteiligten. Gegen Unterstützer und Mittäter, auch wenn sie heute hier nicht anwesend sind. Sie sind genauso schuldig und werden zum Tode verurteilt."
Dieser Urteilsspruch verursachte lähmende Stille. Dardanus wollte aufspringen und lauthals protestieren, doch Belisar hielt in eisern auf seinem Sitz fest.
„Ruhe!", zischte er. „Jetzt ist nicht die Zeit! Warte ab!"
Theodorus beendete nun seine Urteilsverkündung mit den Worten:
„Das Gericht hat sein Urteil gefällt! Nun liegt es in der Hand des Kaisers, dies zu bestätigen, damit es gültiges Recht wird."
Dabei schaute er zu Justinian herüber. Der erhob sich langsam und schaute in den Saal, wo immer noch betretene Stille herrschte. Er trat mit ernster Miene einige Schritte vor. Alle Augen richteten sich gebannt auf ihn, als er seine Rede begann.
„Ich, Kaiser des Ostreiches, ernannt mit Gottes Segen, habe nicht das Recht, Urteile unabhängiger Gerichte verschärfend abzuändern. Nur zu gerne würde ich den Urteilsspruch gegen Hypatius und Pompejus aufheben. Sie hätten einen Tod in Schimpf und Schande und noch nicht einmal ein christliches Begräbnis verdient. Ich möchte dem Volk zeigen, dass hier Recht gesprochen wurde und darum kann und werde ich es nicht abändern! Hiermit ist der Urteilsspruch rechtskräftig!"
Justinian machte eine Pause und starrte zu Hypatius und Pompejus herüber. Er sah die Erleichterung und einen Schimmer von Triumph in ihren Gesichtern. Mit größter Anstrengung schluckte Justinian seinen Ärger darüber herunter und fuhr fort.
„Der Kaiser kann Urteile nicht verschärfen! Er kann sie aber abmildern oder eine Begnadigung aussprechen. Ich

hebe hiermit das Urteil gegen die Mittäter und Helfer auf und begnadige sie in vollem Umfang. Ihren eingezogenen Besitz und ihr Vermögen soll ihnen zurückgegeben werden. Sie haben zwar Schuld auf sich geladen, waren aber letztendlich nur Opfer der Verführer. Ich möchte mit dieser Begnadigung auch ein Zeichen setzen!"
Mit den letzten Worten schaute er zu Dardanus herüber.
„Ein Kaiser ist nur so stark, wie das Volk, das hinter ihm steht. Last uns, im Zeichen der Versöhnung, einen Neuanfang starten. Ich bin dazu bereit!"
Dardanus ließ sich erleichtert zurücksinken. Dabei wusste er, dass seine Worte am Nachmittag nicht spurlos an dem Kaiser vorbeigegangen waren. Anders reagierten die geladenen Zuhörer. Sie stießen begeisterte Hochrufe aus. Das lähmende Entsetzen war verflogen. Mit diesen Worten hatte Justinian sie eingefangen.

Später, auf dem Platz des Forums, verabschiedete sich Dardanus von Belisar.
„Ich werde mich jetzt auf die Suche nach Sarah begeben. Sie muss die gute Nachricht erfahren. Doch zuerst werde ich meiner Lebensretterin Mutter Celeste einen Besuch abstatten und mich bedanken. Ich denke, sie kann einige Unterstützung gebrauchen."
Belisar reichte ihm die Hand.
„Mein Angebot steht immer noch! Komm zu mir zurück! Ich habe damals einen dummen Fehler gemacht. Solltest du dich aber dagegen entscheiden, dann werde ich trotzdem meinen Einfluss geltend machen, dass eine Belohnung nach deinen Wünschen in Erfüllung geht. Bis dahin wünsche ich dir viel Erfolg bei deiner Suche nach dem Glück!"
Dardanus verneigte sich und drückte dankbar die dargebotene Hand.

Sarah

Dardanus schaute sich suchend um. Sein Weg führte durch die Gassen der Vorstadt im Hinterland von Byzanz. Hier gab es nur einfache Hütten und verwinkelte Straßen. Misstrauisch wurde er von vielen Augen beobachtet. Er fühlte dies nur, denn zu sehen war niemand. Darum konnte er auch nicht einfach nach Mutter Celeste fragen. Ratlos blieb er stehen. Da fiel sein Blick auf ein junges Mädchen, das vor einer ärmlichen Hütte saß und völlig mit dem Spiel mit einer Stoffpuppe beschäftigt war. Erschrocken fuhr sie hoch, als Dardanus sie ansprach.
„Hör mal, Kleine, kannst du mir vielleicht helfen? Ich suche das Haus von Mutter Celeste!"
Das Mädchen schaute ihn nur mit großen Augen verschüchtert an. Dann hob sie ihren Arm und zeigte mit dem Finger die Gasse hinauf.
„Was wollt Ihr von Mutter Celeste?", fragte eine raue Stimme hinter der Tür, die sich nur zögernd öffnete. Eine abgehärmte Frau blickte durch den geöffneten Spalt der Tür.
„Mutter Celeste ist der einzige Lichtblick in dieser Gegend. Wir würden sie mit aller Macht beschützen, wenn jemand ihr Böses will. Also, was wollt Ihr von ihr?"
„Auch ich würde sie mit meinem Leben beschützen, denn sie hat meines gerettet. Ich will mich nur bei ihr bedanken", erwiderte Dardanus schnell.
Die Tür öffnete sich nun ganz. Die Frau musterte Dardanus von oben bis unten und kam zu dem Schluss:
„Ihr scheint nicht zu dem einfachen Volk zu gehören. Darum wäre es gut, wenn Mutter Celeste als Dank nicht nur warme Worte bekäme. Sie könnte es gebrauchen!"
Dardanus lächelte die Frau an.

„Ich sehe, sie ist sehr beliebt hier. Ich versichere, dass ich es nicht nur bei den „warmen Worten“ belassen werde. Ihr müsst mir nur sagen, wo ich sie finden kann!“
„Es ist das letzte Haus in dieser Gasse. Sie wird zurzeit aber von einigen Männern bewacht. Die müsst ihr überzeugen, sonst kommt ihr nicht an sie heran.“
Dardanus wollte sie noch fragen, warum sie bewacht wurde, doch die Tür wurde von der Frau hastig geschlossen.
Dardanus machte sich daher auf den beschriebenen Weg und nach kurzer Zeit erreichte er das letzte Haus in der Gasse. Es sah nicht ganz so ärmlich und verfallen aus, wie die anderen in dieser Gegend. An der dicken Holztür hing ein Schild mit dem Stab und der Schlange daran. Das zeigte Dardanus, dass er hier richtig sein musste. Darum hob er den Eisenring an der Tür an und ließ ihn krachend fallen. Mit einem Ruck wurde die Tür aufgerissen und Dardanus erstarrte. Ein Hüne hielt ihm seine Faust unter die Nase, zog sie aber sofort mit lautem Lachen zurück.
„Rufusius?“, stieß Dardanus fassungslos aus. „Was machst du denn hier?“
Hinter Rufusius drängten sich nun auch Antalus und einige bekannte Gesichter aus der Kampfschule hervor.
„Verdammt, wie hast du uns gefunden? Schickt dich Belisar oder der Kaiser?“
Dardanus schüttelte energisch den Kopf.
„Nein, ich will mich nur bei Mutter Celeste bedanken. Teyos hat mir die Gegend verraten. Der Rest war einfach. Nun erkläre mir, warum ihr Mutter Celeste bewacht. Ist sie in Gefahr?“
Rufusius antwortete nicht darauf, sondern gab Dardanus den Weg ins Haus frei.
Er betrat einen Raum, in dem einige Betten aufgestellt waren. Darin lagen junge Frauen, die teilweise schliefen, oder sich stöhnend umherwälzten.
„Das ist meine Krankenstation!“, tönte es von einer, ihm bekannten Stimme, aus dem Hintergrund.

„Mutter Celeste?“, fragte er nun erfreut.
„Ja, mein Junge! Es freut mich, dich so gesund wiederzusehen! Was führt dich zu mir? Ich denke nicht, dass du noch meine Hilfe benötigst!“
„Nein, dank deiner Hilfe habe keine Beschwerden mehr. Dafür wollte ich mich bei dir bedanken. Warum wirst du denn hier von meinen Freunden bewacht? Sie wollen mir nichts verraten. Droht dir Gefahr?“
Mutter Celeste trat nun aus dem Hintergrund hervor und lächelte.
„Nein, die Bewachung gilt nicht mir! Sie bewachen meine neue Gehilfin. Darf ich sie dir vorstellen?“
Sie wandte sich um und rief etwas in den Nebenraum hinein. Dardanus blickte interessiert in die Richtung. Dann hielt er den Atem an. In der Tür erschien Sarah und blieb dort zögernd stehen. Fassungslos starrte er sie, nicht fähig etwas zu sagen, an. Dann hielt sie nichts mehr. Schluchzend fiel Sarah in seine Arme.
„Mein Liebster! Ich hätte es nicht mehr länger ohne dich ausgehalten. Mir ist jetzt jede Strafe recht, wenn ich nur bei dir sein kann!“
Dardanus zog sie zärtlich an sich.
„Es ist alles gut! Der Kaiser hat alle begnadigt! Auch deinen Vater kannst du aus dem Asyl des Klosters abholen. Ab jetzt werden wir für immer zusammen sein und niemand kann uns trennen.“
Er küsste sie sanft und fügte hinzu: „Wenn du noch willst!“
„Ich wünsche mir nichts sehnlicher als das, aber kannst du das auch versprechen? Wenn du mit Belisar wieder in die Schlacht ziehst, werde ich wieder alleine sein!“
Dardanus ließ sie einen Moment los und zeigte auf seine Freunde von der Kampfschule.
„Sie werden nun Zeugen meines Versprechens. Ich werde nicht mehr mit Belisar in die Schlacht ziehen. Ich habe das damals auch nicht freiwillig getan, sondern ich hatte keine andere Wahl. Ich will die Therme Zeurippus mit dem Gym

und der Kampfschule mit dir an meiner Seite wieder aufbauen."
Dabei schaute er in die leuchtenden Augen seiner Freunde. Zu Mutter Celeste gewandt versprach er:
„Ich werde außerdem den Kaiser bitten, hier ein Medicuszentrum zu bauen, dass die Armen dieser Stadt versorgt. Du, Mutter Celeste, wirst dann darüber wachen, dass alles nach deinen Wünschen geschieht!"
Nach seinen Worten trat sie auf ihn zu und streichelte mit einer Hand seine Wange.
„Gott hat dich nicht umsonst beschützt. Ich bin dankbar, dass er mir geholfen hat. Es zeigt sich immer wieder, dass alles seinen Sinn hat."

Epilog

Justinian festigte nun seine Macht nach der Niederschlagung des Aufstandes nach Innen und nach Außen. Niemand wagte auf lange Zeit nicht mehr, seine Stimme gegen den Kaiser zu erheben. In Persien kam Chosrau, der jüngste Sohn von König Kabades, nach dessen Tod an die Macht. Auch der musste seine Macht im Innern, auch erst festigen und den Adel in die Schranken weisen. Dazu brauchte er Ruhe an den Grenzen zum Oströmischen Reich. Justinian ließ sich auf Tributzahlungen ein und besiegelte den ewigen Frieden. Einen Schatten auf seine Herrschaft warf aber noch ein Ereignis, dass doch noch für einige Unruhe sorgte.

Hypatius und Pompejus wurden einige Wochen nach der Verurteilung auf ein Schiff gebracht, dass sie zu ihrem Exil auf einer einsamen griechischen Insel verfrachten sollte. Als das Boot den Hafen verlassen hatte, lagen die beiden in der Sonne an Oberdeck. Hypatius frohlockte und stieß Pompejus triumphierend in die Seite.
„Siehst du? Ich habe es doch gesagt! Sie werden es nicht wagen, Hand an uns zu legen. Dieses Exil ist nur ein Übergang. Es gibt noch genug Unterstützer, die uns eines Tages zurückholen. Dann werde ich es besser machen und auf den Thron steigen."
Pompejus knurrte nur:
„Ich möchte eigentlich nur meine Ruhe haben. Vielleicht gefällt uns das Leben auf dieser Insel ja!"
Hypatius lachte gehässig auf.
„Ich wusste ja immer schon, dass du nicht für höhere Aufgaben geboren bist. Ich werde mich von dir trennen, wenn es so weit ist."
Sie blieben auf dem Oberdeck so lange liegen, bis die Küste nicht mehr zu sehen war und es windig und kühl wurde. Die Sonne machte sich auf, ihren Tageslauf zu beenden, und schickte nur noch schwache rötliche Strahlen zu ihnen herüber. Sie wollten sich gerade aufmachen und ihre Kammer unter Deck aufsuchen, da erschienen, wie aus dem Boden gewachsen, schwarze Gestalten, die ihre Kapuzen tief ins Gesicht gezogen hatten. Schwerter blitzten auf. Dann ging alles sehr schnell. Hypatius und Pompejus wurden förmlich zerhackt. Unzählige Hiebe trafen sie und trennten Gliedmaßen und den Kopf vom Rumpf. Schließlich wurde auch der Rumpf in kleine Stücke gehackt. Danach warfen sie die Leichenteile den Fischen zum Fraß über Bord. Der Wunsch von Justinian hatte sich erfüllt. Es wurde nie geklärt, wer für diese Hinrichtung verantwortlich war. Als es jedoch bekannt wurde, was sich auf dem Schiff ereignet hatte, da wusste eigentlich jeder, wer das angeordnet hatte.

Dardanus machte sein Versprechen wahr. Er bekam aufgrund seiner Verdienste die Mittel für sein Vorhaben zur Verfügung gestellt und konnte mit seiner Gemahlin Sarah die Zeurippus-Therme wieder aufbauen und leiten.
Belisar wurde schon kurze Zeit später nach Karthago geschickt. Der, mit Justinian befreundete König der Vandalen, Hilderich, war von seinem Enkel Gelimer ermordet worden. Das sollte nicht ungesühnt bleiben. Hier vollbrachte Belisar seine größte Heldentat. Er schlug die Vandalen in einer entscheidenden Schlacht vor Karthago und brachte Gelimer als Gefangenen nach Byzanz. Das Römische Reich hatte seine alten Gebiete wieder. Ein Ziel, das Justinian nie aus den Augen verloren hatte.
Der Berichterstatter Prokopius hatte all diese Ereignisse mit großer Genauigkeit für die Nachwelt festgehalten. Er begleitete auch weiterhin den Weg des großen Generals Belisar und lobte in höchsten Tönen dessen Heldentaten. Bis zu dem Zeitpunkt nach seinem eigenen und Justinians Tod, die Anekdota herauskam, in der er alles, was er bisher geschrieben hatte, widerrief und Justinian und Belisar auf das Schwerste beschuldigte. Besonders an Antonia und Theodora ließ er kein gutes Haar. Die Geschehnisse des Nika - Aufstandes änderte er aber nicht.

Ende

Register der historischen Personen:

Antonia	Gattin des Belisar
Baresmanas Kabades	Sohn des Königs von Persien,
Belisar	Der größte Feldherr seiner Zeit
Bouzes	Legionsführer
Dardanus	Laut Prokopius, alias Andreas
Eudaimon	Präfekt von Byzanz
Hermogenes	Magister und Feldherr
Hypatius	Enkel des Anastasius
Justinian	Kaiser des Oströmischen Reiches
Kabades	König von Persien
Mundus	Feldherr aus Illyrien
Sittas	Feldherr
Tarsus	Führer der blauen Circus - Partei
Theodora	Kaiserliche Gemahlin von Justinian
Theodorus	Hofbeamter im Kaiserpalast
Thyros	Führer der grünen Circus - Partei

Pompejus	Bruder von Hypatius
Prokopius	Zeitgenössischer Berichterstatter und Notariat
Pharas	Feldherr in der Schlacht von Daras
Perotzes	Oberbefehlshaber der Persischen Armee

Nachsatz zur geschichtlichen Handlung

Die Schlacht um Daras hat, laut den zeitgenössischen Schreibern Prokopius und Theophanes, genauso stattgefunden. Ich habe sie lediglich nur mit meinen Worten wiedergegeben. Die misslungene Hinrichtung der Führer der Circus – Parteien ist ebenfalls, nach verschiedenen Quellen, so geschehen. Zu guter letzt sind alle Ereignisse rund um den Nika – Aufstand auch historisch belegt.

Gerd Gerber

Printed in Poland
by Amazon Fulfillment
Poland Sp. z o.o., Wrocław

23834973R00111